KB253790

두엉

두멍

장재현 수필집

수필과비평사

개나리 꽃이 활짝 핀 따스한 봄날 오후.

알을 깨고 나온 병아리들이 어미닭을 따라서 나들이를 나왔다가 땅바닥에 떨어진 노란 개나리 꽃잎을 입에 물고 종종 걸음으로 달음박질을 합니다. 한참을 노닐다 목이 마르면 병아리들은 길 옆 웅덩이에 고인 물을 마십니다. 물을 한 모금 머금고 고개를 들어 하늘을 보다가 어미닭이 부르는 소리에 깜짝 놀라서 부리나케 어미 곁으로 달려갑니다. 어미닭과 병아리의 모습을 상상하면서 내 자신을 돌아봅니다. 늦깎이로 등단하여 병아리처럼 종종 걸음으로 글을 쓰면서 조급한 마음으로 너무 급하게 서둘러 책을 내는지 모르겠습니다. 그러나 오는 8월 말 정년퇴직을 앞두고 40여 년 동안 가슴 속 깊이 묻어 두었던 시골 훈장의 세상 사는 이야기를 사람들에게 들려주고 싶었습니다.

책의 제목을 정하느라 여러 날 밤을 잠 못 이루며 고민하다가 〈두멍〉이라는 이름표를 달기로 했습니다. 세상 인심이 각박해져서 삶이 고달프고 힘이 들 때 어릴 적 고향집 부엌의 물을 담아 두고 쓰던 큰 두멍이 어머님의 품처럼 그리웠기 때문입니다. 요즘처럼 수도꼭지만 틀면 맑은 물이 콸콸 쏟아져 나오는 상수도 시설도 없고 펌프에 마중물을 부어 작두질을 해서 물을 퍼올리던 무자위조차도 없었던 때였습니다. 어머님은 아침 저녁으로 마을의 공동우물에서 두레박으로 물을 퍼서 물동이에 가득 채워 머리에 이고 물을 길어 왔습니다. 이렇게 길어 온 물을 부엌 한 구석에 놓여 있는 두멍에 가득 담아 두고 식수와 밥을 짓고 음식을 조리하는 데 사용했습니다. 우리 집 두멍은 겉모양은 투박하고 볼품이 없어도 가족들의 생명수를 담아 두고 쓰던 소중한 보물이었습니다. 어머님은 매일 두멍을 반들반들 윤이 나도록 정성을 다하여 닦으셨습니다. 우리 집 두멍에는 어머님의 가족을 위하는 따뜻한 사랑과 함께 그동안 살아온 인고의 세월이 깃들어 있었습니다. 우리집 두멍에는 항상 맑고 깨끗한 물이 가득차 있었습니다. 나는 친구들과 어울려서 온 종일 들판을 쏘다니며 뛰어놀다가 집에 돌아오면 뜰에 나와 놀던 목마른 병아리가 움푹 파인 땅두멍에 고인 물을 머금듯이 어머님이 가득 담아 둔 두멍에서 큰 바가지로 물을 퍼서 허기진 배를 마음껏 채웠습니다.

두멍은 물뿐만 아니라 사람과 사람이 서로 만나서 마음의 선물까지 갈무리해 두었다가 정을 담아 나누어 쓰는 독입니다. 책도 글을 담아 두는 일종의 두멍인 셈입니다. 물을 길어 두멍에 맑은 물을 가득 채우시던 어머님처럼 나도 책 속에 좋은 글을 가득 담고 싶습니다.

끝으로 이 책을 내는 데 도움을 주신 모든 분들께 감사드립니다.

2010년 5월

장재현

제5부 자석놀이

제6부 사진 한 장의 교훈

제7부 할아버지의 연

제1부

아름다운 만남

아름다운 만남 / 꿈을 그리는 사람들 / 잃어버린 모교 / 혜조 스님 / 다릿돌
코스모스 / 반창회 / 빼빼로 데이 / 낫과 기역자 / 나무를 가꾸는 기쁨

아름다운 만남

매년 음력 7월 7일 칠석날 밤이 되면 견우와 직녀가 까마귀나 까치가 놓아 주는 오작교를 건너서 서로 만난다는 설화가 전해오고 있다. 견우와 직녀는 하늘의 왕인 천제의 주선으로 결혼을 하게 되었지만, 부부간의 금슬이 너무 좋아서 일을 게을리하고 사랑 놀음만 하다가 천제의 노여움을 사서 은하수 양쪽으로 떨어져 살게 되었다. 그런데 1년에 한 번, 칠석날 밤에 서로 만나게 된다고 한다.

우리들은 세상을 살아가면서 알게 모르게 많은 사람들과 만나서 관계를 맺게 된다. 우리들이 만나는 대상은 가깝게는 부모, 형제, 자매를 비롯한 가족들과 친인척이 될 수 있고, 어릴 적 친구들로부터 먼 이국의 외국인들이 될 수도 있다. 그러나 사람과 사람의 만남은 좋은 인연이 되어 아름다운 만남이 될 수도 있고, 잘못된 만남으로 악연이 될 수도 있다.

정채봉님은 그의 시에서 가장 아름다운 만남은 '손수건과 같은 만남'이라고 하면서 손수건은 힘이 들 때는 땀을 닦아 줄 수 있고, 슬플 때는 눈물까지 닦아 줄 수 있기 때문이라고 했다.

성경에 착한 사마리아인에 대한 이야기가 나온다. 한 행인이 예루살렘에서 여리고로 내려가다가 도중에 강도를 만나서 옷을 모두 **빼앗기**고 심하게 맞아서 죽게 되었다. 강도들은 다 죽게 된 그 사람을 버려둔 채 가버렸다. 마침 그곳을 한 제사장이 지나가고, 한 레위인도 지나갔으나 모두 보고도 못 본 체하고 그냥 피해 갔다. 그러나 근처를 여행하다가 그곳을 지나가던 한 사마리아인이 이 행인을 발견하고 불쌍하게 생각하여 가지고 있던 기름과 포도주로 상처를 치료해 주었다. 그리고 자기의 나귀에 태워서 여관으로 데리고 가서 돌보아 주었다. 이 이야기에서 행인과 사마리아인의 만남은 가장 아름다운 만남으로 손수건과 같은 만남이라고 할 수 있다. 생명까지 구해준 만남이기 때문이다.

헬렌 켈러와 설리번 선생님의 만남도 지고지순한 아름다운 만남이었다. 보지도 못하고 듣지도 못하며, 말하지도 못하는 헬렌 켈러가 자신의 장애를 극복하고 일평생을 전 세계 모든 장애자들에게 용기와 희망을 주며 빛과 소금의 역할을 할 수 있었던 것은 7세 때 만난 설리번 선생님 덕분이었다. 설리번 선생님은 태어난 지 1년 만에 급성뇌막염을 앓아서 보지도, 듣지도, 말하지도 못하는 헬렌을 오직 사랑과 인내로 가르쳐서 말과 글은 물론이고 삶에 대한 사랑도 알게 했다. '물'이라는 말 한 마디를 가르치는 데 무려 7년이 걸렸다고 한다. 헬렌은 이러한 설리번 선생님의 도움으로 하버드 대학에 들어가 공부할 수 있었다. 헬렌 켈러는 88세로 생애를 마칠 때까지 '기적의 헬렌 켈러', '3중고의 성인'이라는 칭송을 들으며 장애인들을 위해 평생을 헌신하며 살았다.

옷깃만 스쳐도 인연이라고 했다. 남녀가 서로 만나서 결혼하여 부부가 됨은 큰 인연이 아닐 수 없다. 부부는 사람과 사람이 만나서 맺게 되는 가장 밀접한 관계로 흔히 일심동체라고 한다. 그러나 우리나라에서도 이혼율이 급속하게 증가하여 젊은 부부들뿐만 아니라 노부부들까지도 이혼하는 사례가 많다고 하니 매우 안타까운 일이다. 부부는 정으로 맺어진 관계다. 부부 사이에 정이 좋은 것을 흔히 '금슬琴瑟'이 좋다고 한다. 금슬은 거문고를 말하며, '금슬이 좋다.'는 말은 부부가 마치 거문고를 타듯이 서로 가락이 잘 맞아서 화락함을 뜻한다. 탈무드에서는 '아내가 키가 작으면 남편 쪽에서 키를 줄이라.'라고 한다. 이 말은 부부는 서로의 부족함을 채워 주면서 살아야 된다는 말이다.

　매우 친밀한 친구 사이를 '관포지교管鮑之交'라고 한다. 이 말은 춘추시대 제나라에 관중管仲이라는 사람과 포숙鮑叔이라는 사람이 살았는데 이들이 매우 사이좋게 교제하였다는 것에서 나온 말이다. 그리고 친구 사이가 쇠나 돌처럼 단단하고 굳은 교분을 일컬어 '금석지교金石之交'라고도 한다. 좋은 친구들과 더불어 세상을 함께 살아간다는 것은 큰 축복이 아닐 수 없다.

　우리들은 인생을 살아가면서 모래알같이 많고 많은 사람들 중에서 서로 만나 친구가 되고, 남녀가 만나 부부가 되고, 선한 사마리아인 같은 은인을 만나 생명을 구하기도 하고, 설리번과 같은 스승을 만나서 훌륭한 사람으로 성장하기도 한다. 오늘도 많은 사람들이 서로 옷깃을 스치며 인연을 맺고 있다. 모든 인연이 아름다운 만남으로 이어져서 기쁨과 슬픔을 함께 나누면서 정답게 살았으면 좋겠다.

꿈을 그리는 사람들

입춘이 지나고 온 누리에 따스한 봄 기운이 감돌고 있다. 우리 학교 부설 방송통신고등학교 졸업식을 축하라도 해주는 듯 날씨도 화창하다.

졸업식 시작 30분 전인데 초조한 마음으로 서성이다가 교장실로 들어오기를 반복한다. 졸업생보다 내 자신이 더 들뜬 마음이다. 오늘 졸업생 59명 중 35명이 대학에 합격하여 학업을 이어나가게 되었다는 사실에 감격하고 있다. 해마다 하는 말이지만 졸업생들에게 해줄 말을 다듬는다. '오랫동안 꿈을 그리는 사람은 마침내 그 꿈을 닮아간다.'는 앙드레 말로의 말을 메모한다.

잠시 후 교육장님을 비롯한 내빈이 오시고 다목적실에 마련한 졸업식장으로 간다. 졸업식순에 따라 진행되는 동안 나는 졸업생들을 바라보며 감동을 한다. 박수갈채를 받으며 졸업장을 받는 학생들은 모두 늦깎이 학생들이다. 가정 형편으로 적령기에 고등학교를 진학하지 못한 학생들은 오랜 망설임 끝에 새로운 각오로 배움을 시작하여 3개년간의 고등학교 과정을 마친 것이다. 어렵게 학업과정을 마치고 졸업하는 그들 모두가 어떤 졸업생들보다 더 자랑스러웠다. 일요일의 졸업식은 많은 축하객들로 식장 안을 발 디딜 틈 없게 만들었다. 남편의 졸업을 축하하러 아들과 딸을 데리고 온 부인, 부인의 졸업을 축하해 주러 온 남편, 할머니, 할아버지의 졸업을 축하하러 온 가족들로 봄이 활짝 피었다. 매월 첫 번째와 세 번째 일요일에 학교에 나와서 수업을 받는 그들 모습은 너무도 진지하고 행복한 표정이다. 그들이 추구하는 행복을 통하여 나는 원격교육기관에 대해 다시 생각하고 미래 교육의 환경까지 계획을 세워본다. 중학교를 졸업하고 고등학교 교육을 받지 못한 사람들에게 방송통신학습과 출석수업을 통하여 고등학교 3년 과정을 마칠 수 있게 하는 방송통신고등학교는 지역마다 다르지만 우리 학교 부설 방송통신 과정은 개교한 지 25년이 되었다. 그동안 우리 학교는 1,700여 명에게 작은 행복을 주었고 그들 대부분은 꿈을 포기하지 않고 대학에 진학했다.

몇 년 전의 일이다. 마침 볼 일이 있어서 서울에 올라갔다가 일을 마치고 내려오려고 영등포역에 갔다. 대합실의 빈 의자를 찾아서 막 앉으려고 할 때 한 숙녀가 내 앞으로 다가와서 공손히 인사를 했다. 나는 누구인지 몰라서 어리둥절하고 한동안 앉아 있었는데, 알고 보니 그 숙녀는 내가 대학생일 때 야학에서 가르친 학생이었다. 수원에서 정신지체아들을 가르치고 있다고 했다. 그때도 나는 누군가에게 꿈을 심어주었고 꿈을 포기하지 않은 사람들은 다시 다른 사람들에게 꿈을 키워주고 있는 것이다.

대학생 때 나는 야학에서 청소년들을 가르쳤다. 산골의 초등학교 교실을 빌려서 야간에 중학교에 진학하지 못한 학생들에게 중학교 과정을 가르쳤다. 당시에는 대부분의 농촌 마을에 전기가 들어오지 않았다. 그래서 교실에 커다란 남포등을 켜서 천장에 매달아 놓고 학생들을 가르쳐야만 했다. 밤 8시에 시작해서 자정까지 4시간 동안 수업을 하고 다시 산골 마을까지 밤길을 걸어서 여학생들을 바래다 주고나면 새벽 1시가 넘었다. 전공이 아닌 미술까지 야간에 가르친 것을 생각하면 부끄럽기 짝이 없지만 내 딴에는 열심히 한 가지라도 더 가르쳐주고 싶어서 책을 보며 연구했던 기억이 남아 있다. 나의 대학 졸업식장에는 야학에서 가르친 많은 학생들이 꽃다발을 들고 참석해 주었다.

꿈을 그리는 사람들의 졸업식은 열기가 넘친다. 그들 눈빛에서 결연한 의지를 본다. 교가 대신 남녀 학생들 몇몇이 나와서 선배들의 졸업을 축하해주는 노래를 부른다. 내년 졸업식에서는 교가를 부를 수 있도록 만들어야겠다는 생각을 한다.

축하 꽃다발과 웃음과 희망이 떠나지 않는 졸업식장에서 마치 꽃농사의 결실을 보고 있는 농부 같다는 생각을 해본다.

2007년 제147회 『한국수필』 신인문학상에 당선된 글입니다.

잃어버린 모교

　지난 가을 어느 날 오후였다. 점심식사를 하고 사무실에 들어와서 컴퓨터를 열어 접수된 문서를 찾아 결재를 하고 있는데 전화벨이 울렸다. '소년 한국일보 보내기 운동본부'라고 하면서 온갖 영상매체에 빠져있는 어린이들에게 '소년 한국일보 보내기 운동'을 벌이고 있는데 동참해 달라는 요지의 전화였다. 고향에 있는 내가 다니던 초등학교의 어린이들에게 신문을 보내주고 싶었다. 그래서 모교의 주소를 알려주고 안내해 준 은행 계좌에 얼마 안 되는 돈이지만 송금을 했다.

　농촌지역은 인구가 급격히 감소하여 학생 수가 줄어서 폐교되는 학교가 늘고 있다. 내가 다니던 초등학교도 올해 3월 1일자로 폐교되고, 면소재지에 있는 다른 학교로 통합되었다. 충남 서해안의 천수만 연안에 위치해 있었기 때문에 학교 이름이 '천수' 초등학교였다. 지난 2월 16일 58회 졸업식을 마지막으로 2,993명의 졸업생을 배출하면서 63년의 역사를 마감하였다. 나는 불행하게도 내 모교가 분교가 되고, 다시 통폐합되는 모든 과정을 지켜봐야 했다.

교육청 장학사로 근무하던 1999년도에 모교가 분교장이 되었고 2006년에 학무과장(장학관)으로 재직할 때 모교의 통폐합이 결정되었다. 어릴 적 추억이 고스란히 서려 있는 정들었던 모교가 문을 닫고 기억 속에 남게 된다는 사실이 마음을 무겁게 했다. 그래서 개인적으로는 모교에 대한 이러한 연민으로 폐교를 막아보고도 싶었지만 어쩔 수가 없었다.

나는 6·25전쟁이 끝나고 휴전이 된 다음 해인 1954년 4월에 초등학교에 입학했다. 우리나라 나이로 9세에 입학을 해서 또래 아이들보다 1년이 늦은 셈이다. 나라 안은 전쟁으로 폐허가 되어 생필품과 먹을 것이 부족하여 모든 사람들이 생활고에 시달리며 고생을 하고 있었다. 그러나 산천은 변함없이 따스한 봄 햇살을 받으며 신록으로 짙게 물들고, 학교 앞 천수만은 바닷물이 밀물과 썰물로 교차되면서 모래톱을 만들었다. 하늘에는 무심한 갈매기들이 한가히 날고 있었다. 나는 홍역을 앓고 있어서 입학식 후에 한 달 가량 집에서 쉬어야 했다. 한 달 만에 다시 학교에 나갔을 때에는 모르는 것이 너무 많아서 공부를 따라가기가 무척 어려웠다. 그때 담임선생님이 여선생님이셨는데 나는 담임선생님으로부터 자주 꾸중을 들었다. 전쟁이 끝난 지 얼마 안 된 때여서 학교는 피난 온 아이들과 공민학교에 다니다가 편입해 온 아이들로 학생 수가 늘어났다. 교실이 부족하여 오전과 오후로 나누어 2부제 수업을 해야만 했다. 오후에 수업이 있는 날은 학교에 가는 도중에 친구들과 어울려 놀다가 자주 지각을 했다. 봄철에는 새알을 찾아서 숲 속을 헤매다가 지각을 하고, 여름에는 개울에서 물고기를 잡느라고 지각을 하기도 했다. 가을에는 학교가 파하고 산속 길을 따라 집으로 오면서 밤, 머루, 다래 등을 따먹곤 했다. 그리고 겨울에는 집에서 가져온 고구마를 납작하게 썰어서 빨갛게 달아오른 교실 난로 위에 올려놓아 구워먹던 기억이 새롭다.

가을 운동회는 우리들에게 많은 추억거리를 만들어 주었다. 파란 하늘에는 만국기가 펄럭이고 누렇게 물들어가는 들녘 너머로 천수만의 파도가 넘실대는 운동장에서 청군과 백군으로 편을 가르고 온종일 경기를 하면서 목이 쉬도록 응원을 했었다. 어머니는 항상 점심시간을 맞춰서 따뜻한 도시락을 싸오셨는데 꿀맛처럼 맛이 있었다. 운동회 날은 학교 부근의 모든 마을도 축제날이었다. 남녀노소를 불문하고 마을 사람 모두가 함께 즐기며 하루를 보냈다. 운동회가 끝나면 우리들은 어머니가 사준 호루라기나 빨간 풍선을 불면서 집으로 왔다.

3학년 때 학교 앞에 있는 모산이라고 하는 섬으로 봄 소풍을 갔던 적이 있다. 모산은 바다 한가운데에 외롭게 떠 있는 아무도 살고 있지 않는 작은 섬으로 썰물 때에만 걸어서 갈 수가 있었다. 섬에는 아름다운 봄꽃이 수줍은 듯이 피어 있고, 나뭇가지 사이로 산새들이 곡예하듯이 날아 다니며 지저귀고 있었다. 그리고 수천 년을 두고 파도에 깎인 바위들은 온갖 형상을 하고 수호신이 되어 섬을 지키고 있었다. 산에 오르니 천수만을 둘러싸고 있는 크고 작은 여러 개의 섬들이 정답게 눈앞에 다가왔다. 안면도가 병풍을 친 것처럼 보이고, 그 아래로 원산도, 삽시도, 황도, 호도가 보였다. 바다 위에는 흰 돛을 단 작은 고기잡이 배들이 떠 있고 이따금 큰 배들이 통통 소리를 내며 지나갔다. 갈매기들이 하늘을 날며 우리들을 향하여 반가운 듯이 날갯짓을 해 왔다.

우리들은 섬의 여기 저기에 모여 앉아서 어머니가 정성들여서 싸주신 도시락을 나누어 먹고, 노래자랑을 하고 보물찾기도 하면서 시간 가는 줄도 모른 채 재미있게 놀았다. 해변가 돌틈에서 망둥어도 잡고 개펄을 파서 게도 잡고, 조개도 주웠다. 그러나 우리들은 바닷물이 들어오고 나가는 물때를 놓쳐서 섬에 갇히고 말았다. 인솔하신 선생님들도 도회지 분들이어서 밀물과 썰물의 물때를 잘 모르셨던 것 같았다. 섬에 갇힌 우리들은 밤바다의 찬바람을 피하여 옹기종기 모여서 서로 끌어안고 있었다. 추위와 무서움으로 한참 동안을 모두가 사시나무 떨 듯이 떨고 있는데 멀리서 마치 반딧불 같은 불빛이 보이더니 불빛은 섬 주위로 점점 가깝게 다가오고 있었다. 그리고 우리들을 향하여 외치는 소리가 메아리처럼 들려왔다. 섬으로 소풍을 간 아이들이 날이 저물어도 돌아오지를 않으니, 그때 학부모님들은 애가 타고 걱정이 이만저만이 아니었을 것이다. 학부모님들 몇 분이 근처 어촌 마을에서 어선 몇 척을 빌려 타고 횃불을 밝히며 섬을 향하여 오고 있는 중이었다. 그날 밤에 늦게 우리들 모두가 섬에서 무사하게 빠져나와서 집으로 돌아올 수 있었다.

어릴 적의 추억은 늘 아름다운 이야기가 되어 세월을 그리워하게 만든다. 며칠 전에 초등학교 총동창회장을 맡고 있는 친구로부터 전화가 왔다. 모교의 빈 교실이 좋은 목적으로 잘 활용되어서 그대로 보존되었으면 좋겠다는 이야기였다. 모교는 비록 폐교되었지만 63년의 역사 속에 3,000여 명의 동창들의 어릴 적 꿈이 담겨 있는 교실만이라도 영원히 보존할 수 있는 길을 찾아야겠다.

혜조 스님

혜조 스님이 "소슬한 가을바람에 이따금 한두 장씩 읽으면서 마음을 밝히는 것도 좋을 듯합니다."라는 엽서와 함께 법정 스님의 산문집 한 권을 보내왔다. 산문집은 법정 스님의 대표 산문선집으로 ≪맑고 향기롭게≫라는 예쁜 이름표를 달고 있었다. 혜조 스님은 공주사범대학을 졸업하고 출가하여 봉녕사 강원과 동국대학교 대학원 박사과정을 수료한 학승으로 대한불교 조계종 총무원에서 문화국장으로 일을 했다. ≪너를 위해 밝혀둔 작은 램프 하나≫라고 하는 시집을 펴낸 시인이기도 하다.

혜조 스님과의 인연은 속세에서 사제지간의 만남으로 시작되었다. 내가 예산여고에서 교사로 있을 때 혜조 스님은 내 반 학생이었다. 머리가 명석하여 공부를 잘했으며 성격이 올곧아서 바른 일에 앞장서기도 했다. 특히 독서를 많이 하고 글쓰기를 좋아했다. 출가 후의 소식을 모르고 있었는데 총무원 문화국의 일로 덕숭산 수덕사에 들렀다가 연락을 주어 다시 만날 수 있게 되었다. 혜조 스님은 총무원 문화국에서 발행된 책과 자신이 번역한 책을 가끔 나에게 보내 주었다. 그 중에는 우리말 ≪법화삼부경≫과 우리말 ≪법화경 사경≫이라는 책이 있다. 모두 혜조 스님이 번역한 책이다. 기독교인인 나는 불교에 대해서 문외한이지만 그래도 제자가 힘들게 번역한 귀한 책이라 가끔 펴본다. 혜조 스님은 ≪법화삼부경≫의 머리말에서 지난 2001년 여름에 산사태로 흙탕물에 휩쓸려 목숨이 경각에 달했을 때 다시 살아나면 제일 먼저 경전을 번역하겠다고 마음먹었다고 한다. 그래서 구사일생으로 살아난 후에 대승경전이라고 할 수 있는 ≪무량의경≫과 ≪묘법연화경≫, 그리고 ≪불설관 보현 보상 행법경≫으로 된 ≪법화삼부경≫을 번역했다고 하였다. 난해한 불교의 경전을 우리말로 쉽게 번역하여 부처님의 지혜를 깨닫게 해서 중생을 성불시키고자 노력하는 혜조 스님의 마음을 엿볼 수 있었다.

　몇 해 전 가을 어느 일요일 오후였다. 혜조 스님이 이곳 홍성에 들렀다는 연락을 받고 시내 찻집으로 나갔다. 대학 때 불교 동아리를 함께 했던 두 분 선생님도 와 있었다. 오래간만에 만나게 되니 대단히 반가웠지만 호칭을 어떻게 불러야 할지 몰라서 난감했다. 한참을 생각하다가 학생 때의 이름인 '계희' 대신에 '혜조'스님으로 부르기로 마음먹었다. 차를 마시면서 그동안 밀렸던 정담을 나누고 난 후 혜조 스님이 근처에 있는 서산 '보원사지'에 가보고 싶다는 말을 했다. 그래서 넷이서 내 차를 타고 보원사지로 향했다. 덕산을 지나 보원사지가 있는 서산시 운산면 용현계곡으로 갔다. 보원사지에 가는 길목에 '백제의 미소'로 유명한 국보 제84호인 '서산 마애삼존불'이 있다. 그리고 여름철 휴양지로 많은 사람들이 찾아오는 용현계곡이 길게 뻗어 있다. 마애삼존불상이 있는 곳에서 계곡을 따라 1km쯤 올라가면 상왕산 보원마을에 이르게 된다. 이곳에는 확실치는 않지만 고려시대 화엄종 사찰로 알려진 국가사적 제316호인 보원사 절터가 있다.

많은 사람들이 보원사가 통일신라 후기에서 고려 전기 사이에 창건된 것으로 보고 있는데 1968년 4월에 이곳에서 백제시대의 금동여래입상이 발견되어 백제시대의 절일 가능성도 있다고 생각하게 되었다. 법인국사보승탑에 새겨진 기록에 의하면 1,000여 명의 승려가 이곳에서 머물렀다고 한다. 보원사는 그 당시 이 지방에서 매우 큰 절이었던 것 같다. 텅 빈 절터에는 현재 석조와 당간지주, 오층석탑, 그리고 법인국사 부도와 부도비가 남아 있다. 서산시에서는 보원사지의 발굴조사에 이어서 중장기 사업으로 금당과 중문, 강당, 회랑 등을 복원할 예정이라고 한다. 보원사지를 돌아본 혜조 스님은 절의 복원도 행정기관보다는 대한불교 조계종에서 고증을 거쳐 체계적으로 원형에 가깝게 해야 된다는 말을 했다. 절을 세속적 안목이 아닌 불심으로 복원해서 중생을 깨우치는 도량으로 만들고 싶다는 생각인 것 같았다.

우리 일행은 아쉬움을 남긴 채 보원사지를 뒤로 하고 수덕사로 향했다. 수덕사의 한 식당에서 산채정식으로 저녁식사를 하고 다시 홍성으로 돌아왔다. 혜조 스님은 홍성역에서 밤 열차를 타고 서울로 올라갔다. 혜조 스님을 떠나보내고 돌아서는데 어쩐지 마음이 무거웠다. 머리를 깎고 승복을 입은 제자의 모습을 세속적인 눈으로 보았기 때문일 것이다. 혜조 스님이 보내준 ≪우리말 법화경 사경≫의 책머리에 "≪법화경≫에서 대표적인 수행법으로 '수리독송'과 '해설서사'의 공덕을 빼놓을 수가 없는데, 하루 한 페이지라도 일정 분량씩 꾸준히 사경하여 서원을 세워 닦아 나가다 보면 어떤 소원이든 보다 쉽게 이루어질 것이다." 라고 쓰여 있었다. 나는 기독교인으로 예수님 말씀을 믿고 있지만, 혜조 스님이 보내준 경전을 한 줄이라도 사경하여 부처님의 가르침도 깨달아야겠다.

다릿돌

　어릴 적에 내가 살던 고향 마을에는 뒤쪽에 산이 있고, 마을 앞으로 조그만 개울이 흐르고 있었다. 그리고 개울 건너편에 신작로가 나있는데 마을에서 신작로로 나가려면 징검다리를 딛고 개울을 건너 가야했다. 징검다리는 돌덩이를 다릿돌로 드문드문 놓아 그것을 딛고 개울을 건너 다니는 다리로 큰 비가 내리면 다릿돌이 물에 떠내려갔다. 다릿돌이 떠내려가면 개울가에 살고 있는 마음씨 고운 아저씨가 숨을 가쁘게 몰아쉬면서 큰 돌멩이를 주워다가 다시 다릿돌을 놓았다. 동네 아이들은 아저씨가 놓아준 다릿돌을 딛고 개울을 건너서 넓은 신작로로 나가 학교에 가곤 했다.

　개울 건너편의 신작로 옆에 넓은 공터가 있었는데 공터 주위에는 군데군데 큰 소나무가 숲을 이루고 있었다. 무더운 여름철에는 들에서 일을 하던 마을 사람들이 이 소나무 숲에서 땀을 식히며 쉬기도 하고, 먼 길을 가던 길손이 잠시 쉬었다 가기도 했다. 학교가 끝나서 집에 돌아온 동네 아이들에게 이 공터는 좋은 놀이터가 되었다. 아이들은 공기놀이도 하고 숨바꼭질을 하면서 놀았다. 마을 사람들에게는 이 소나무 숲이 하루의 피곤을 풀어주는 다릿돌이 된 셈이었다.

한 작은 시골 학교의 교장으로 처음 부임했을 때다. 학교의 교육환경이 매우 열악하여 뛰어노는 운동장 말고는 학생들이 마음놓고 쉴 수 있는 공간이 없었다. 그래서 어릴 적에 개울을 건너는 징검다리의 다릿돌을 놓아주던 고향마을 아저씨처럼 학교 교정에 공부하느라고 지친 학생들이 쉴 수 있는 공간을 만들어 주고 싶었다. 그 학교는 원래 중고등학교가 각각 분리되어 있다가 통합되었기 때문에 중학교와 고등학교의 건물과 운동장이 서로 떨어져 있었다. 중·고등학교의 교정에 쉼터를 각각 따로 만들어야 했다. 중학교 교정에는 운동장 가에 큰 소나무가 여러 그루 서 있었다. 소나무 그늘에 벤치를 새로 설치하고, 학생들이 삼삼오오 모여 앉아서 쉴 수 있는 쉼터도 만들었다. 그리고 공터에 멋진 정원을 조성하여 나무도 심고, 군데군데 벤치를 놓아 학생들이 편하게 쉴 수 있도록 했다. 고등학교 교정에는 기둥을 세우고 나무를 가로 세로 얽어서 야외 간이 휴게시설인 파고라를 만들었다. 등나무를 심어 덩굴을 위로 올리고 바닥에 긴 의자를 놓아서 학생들이 앉을 수 있도록 했다.

그 후에 학교를 옮겨서 한 여자고등학교에 근무할 때다. 이 학교는 큰길에서 학교로 들어오는 진입로가 있는데 도로 폭이 좁고 인도가 없어서 학생들이 등하교할 때에 매우 위험했다. 마침 그 진입로가 군 도로 되어 있어서 군청의 도움을 받아 도로 폭을 넓히고 학생들이 다닐 수 있도록 인도를 만들었다. 인도 주위에 구절초와 쑥부쟁이를 심었다. 그리고 교정에서 가장 전망이 좋은 양지바른 한쪽 언덕 위에 파고라와 정자를 세우고, 그 앞에 예쁜 화단도 만들었다. 다래를 심어서 덩굴을 파고라의 시렁에 올리고 나무를 둥글게 다듬어서 세운 정자 기둥 위에 지붕을 예쁘게 만들어 덮었다. 버려두었던 공터가 한 폭의 그림 같은 정원이 되어 꿈 많은 여고생들이 가장 즐겨 찾는 학교의 명소로 바뀌었다.

파고라와 정자 옆에 왕벚나무 한 그루와 자귀나무 한 그루가 서 있었는데, 그 주변에 해당화, 철쭉, 영산홍을 보강해서 심었다. 그리고 언덕 아래에 새로 만든 꽃밭에는 봉선화, 분꽃, 백일홍, 과꽃, 꽈리, 사루비아, 채송화, 맨드라미를 심고, 꽃밭과 언덕이 만나는 경계를 따라 키가 크게 자라는 코스모스, 칸나, 해바라기, 접시꽃을 심었다. 꽃밭은 함박눈이 내려서 눈꽃이 피는 겨울을 빼고는 봄에 벚꽃과 영산홍, 철쭉이 꽃을 피우기 시작하여 연중 꽃이 피었다. 교정은 학생들의 자연 학습장이다. 학생들은 곱게 핀 꽃과 눈인사도 하고 마음의 대화도 나눌 수 있다. 꽃을 보면서 예쁜 꽃과 함께 자신의 아름다운 꿈도 가꾼다. 그리고 여름철에 봉선화 꽃이 활짝 피면 여학생들은 꽃잎을 따서 손톱에 곱게 물을 들이기도 한다. 여학생들은 틈만 나면 파고라와 정자 주위에 끼리끼리 모여 앉아서 이야기꽃을 피운다. 무엇이 그리도 재미있는지 깔깔대며 웃고, 조잘대다가 다시 수업 시작을 알리는 종이 울리면 아쉬운 듯 바삐 교실로 돌아간다.

우리 학생들에게 평생의 버팀목이 될 튼튼한 돌다리를 놓아주고 싶다.

코스모스

길옆으로 코스모스 꽃이 수줍게 피어 있는 시골길은 어머니가 기다리고 있는 고향집 길목처럼 정겹다. 혼자서 한적하고 쓸쓸한 길을 걷다가도 길을 따라 피어있는 코스모스 꽃을 보게 되면 길동무를 만난 것처럼 반가워진다. 그러나 바람이 조금만 불어도 쓰러질듯이 휘청거리는 가냘픈 코스모스는 삶에 지친 어머니 모습 같아서 애처롭다. 초등학교 시절 학교 길은 가을이면 언제나 길 양 옆으로 코스모스 꽃이 곱게 피었다. 사내애들은 등하굣길에 자줏빛 코스모스 꽃만 골라 따서 오른손 손바닥의 장지와 검지 사이에 끼고 여자 애들의 하얀 블라우스 위에 몰래 손도장을 찍고 달아났다. 깨끗한 블라우스 위에 8장 꽃잎의 빨간 손도장이 찍힌 여자애들은 눈물을 펑펑 흘리며 울음을 터뜨렸다.

대부분의 꽃들은 꽃잎이 '피보나치수열'로 배열된다. 피보나치수열은 앞의 두 숫자를 더하면 바로 다음 수가 되는 수열로 3, 5, 8, 13, 21, 34, 55의 순서로 배열된다. 백합은 꽃잎이 3장이고, 채송화는 5장, 모란은 8장, 금잔화는 13장이다. 꽃잎이 12세기의 이탈리아의 수학자

레오나드로 피보나치의 이름을 딴 피보나치수열로 배열되어야 꽃봉오리 안의 암술과 수술을 안전하게 감싸서 보호할 수 있다고 한다. 코스모스는 국화과의 한해살이 식물로 가을에 꼭지에서 하얀색, 분홍색, 붉은색의 예쁜 꽃이 핀다. 꽃이 지고 나면 바늘을 반토막으로 자른 듯한 까만 씨가 바늘집에 수직으로 박힌 것처럼 암술머리에 맺는다. 코스모스(cosmos)는 그리스어 'kosmos'에서 나온 이름으로 '질서', '조화', '우주' 또는 '세계'를 의미한다고 한다. 그래서 그런지 코스모스는 한 가지 색보다 하얀색, 분홍색, 붉은색의 꽃이 서로 어울려 펴야 '조화'를 이루어서 더욱 아름답게 보인다. 그리고 코스모스는 군데군데 군락을 이루어 함께 피어야 '질서'가 있고 코스모스답다.

코스모스는 멕시코가 원산지로 키가 큰 것은 2m 높이까지 자란다. '수구초심首丘初心'이라는 말이 있다. '여우도 죽을 때는 머리를 제가 살던 굴이 있는 언덕 쪽으로 향한다.'는 뜻으로 '누구나 자신의 고향을 잊지 않고 그리워하게 된다.'는 말이다. 코스모스도 가을이 되면 고향이 그리워서 꽃 머리를 중앙아메리카의 멕시코 쪽으로 향하고 있는지 모르겠다. 그리고 찬란했던 과거의 마야·아즈텍 문명을 그리워하며 깊어가는 가을밤을 지새지나 않을까 걱정이 된다. 코스모스는 꽃말이 '순결'이다. 이른 아침에 찬 이슬을 머금고 길가에 피어 있는 코스모스는 막 사춘기를 맞은 순결한 소녀 같다. 코스모스 꽃을 보고 있으면 나도 모르게 몸과 마음이 깨끗해진다. 가을 꽃은 봄 꽃이나 여름 꽃처럼 화려하진 않지만 오랜 기다림 속에서 피어나서 더욱 정이 간다. 코스모스는 장미나 백합만큼 화려하지도 고상하지도 않은 꽃이다. 코스모스는 소박하고 해맑은 아름다움에 은은함을 더하고 있어서 더 정겹다. 코스모스는 길가에서 제멋대로 피는 들꽃처럼 보이지만 서로 상생하고 화합할 줄 아는 꽃이다. 군락을 이루며 함께 상생하고, 붉은

빛, 분홍빛, 흰빛의 꽃들이 어우러져서 서로 화합한다.

코스모스는 작은 바람에도 금방 쓰러질 듯이 휘청거리지만 결코 연약한 꽃이 아니다. 코스모스는 봄부터 시련을 겪으며 피어난 강인한 꽃이다. 1960년대 〈성난 코스모스〉라는 영화를 본 적이 있다. 한 여선생이 어느 시골 초등학교에 부임하여 아이들을 가르치면서 겪게 되는 시련을 그린 영화였다. 여선생은 아이들에게 보다 참된 교육을 시키고자 온갖 방법으로 최선을 다하지만 시도하는 일마다 보수적인 학부모와 일부 기존 선생들의 반대에 부딪치게 된다. 참교육을 실천하려던 여선생은 일부 교사들과 학부모들의 모함으로 마침내 학교를 떠나게 된다. 그때 눈물을 흘리며 뒤따르던 어린 학생들과 여선생의 영화 속 장면이 지금도 눈앞에 생생하다.

요즈음 스승은 많은데 스승다운 참스승은 드물다고 한다. 연약한 여자의 몸으로 강인한 의지력을 갖고 '성난 코스모스'가 되어 참교육에 앞장섰던 영화 속의 여선생 같은 스승이 있어야겠다. 그리고 청석골에 내려와서 농촌 계몽운동을 하며, 마을의 낡은 예배당을 빌려 강습소를 만들고, 아이들을 가르쳤던 심훈의 소설 ≪상록수≫에 나오는 채영신 같은 선생도 있어야겠다. 또한 영국 빈민가의 한 고등학교 교사로 부임하여 불량 학생들을 선도해서 졸업시켜 의젓한 사회인으로 만든 〈언제나 마음은 태양(To Sir,with Love)〉의 마크와 같은 선생이 더욱 필요한 것 같다.

돌이켜보면 나는 40년 가깝게 교직의 외길을 걸어오면서 영화나 소설 속의 선생처럼 열정을 갖고 아이들을 가르치지 못했다. 꽃으로 말하면 모란꽃 같은 화려함도, 목련 같은 고상함도 보여주지 못하고 학교 길의 코스모스처럼 그저 조용하게 등하교하는 아이들을 맞이했을 뿐이다.

들녘엔 벌써 아침과 저녁으로 찬바람이 불어오고, 길가의 코스모스도 마지막 꽃망울을 터뜨리며 기지개를 켠다. 풀섶에 숨어 있던 여치 한 마리가 움추렸던 몸을 일으켜서 길 위로 뛰어나오고, 가을걷이를 하는 농부들의 발걸음이 빨라진다. 고추잠자리 한 쌍이 가을바람을 타고 코스모스 꽃 위를 날며 가는 세월을 아쉬워하고 있다.

2008년 ≪국제문예≫ 11·12월호에 실린 글입니다.

반창회

시월이 되면서 교정의 은행잎이 하나 둘 노랗게 물이 들기 시작했
다. 제자인 이향란 선생이 그 옛날 중학교 시절 담임선생님도 뵙고
싶고, 단발머리였던 그리운 친구들도 보고 싶어서 만남의 장을 마련하
려고 한다며 반창회 안내문을 보내왔다.

청양중학교 제26회 3학년 6반 반창회

〈기다림 그리고 아름다운 동행〉

친구가 말했습니다.

오래된 사람 오래된 우정은

오랜 세월이 아니면 빚어낼 수 없는 소중한 자산이며

오래된 것을 버리거나 잃으면

세월이 빚어낸 향기를 버리는 것이며

지난 세월의 자기 인생을 잃는 것이랍니다.

헤어진 지 어느새 35년이란 세월이 흘렀습니다.

늘 뵙고 싶었던 두 분 담임선생님을 모시고
그리운 친구들을 만나 그동안의 세월을 이야기하고 싶습니다.
아래와 같이 자리를 마련하였으니 꼭 참석하여 주시기 바랍니다.

일시 : 2008년 10월 11일(토) 12시
장소 : 칠갑산골(충남 청양군 대치면 장곡리 67-13)

서울 맹학교에 근무하고 있는 이향란 선생은 그 당시 내가 담임하던 3학년 6반 반장이었다. 이향란 선생은 졸업한 지 35년이 지난 지금까지도 반 친구들을 맏언니처럼 챙기며 반창회 준비로 분주했다.

내가 사범대학을 졸업하고 교사로 첫 발령을 받아서 부임한 학교가 청양농업고등학교이다. 그당시 청양농업고등학교는 청양중학교와 통합된 학교로 중·고등학교가 모두 남녀 공학이었다. 청양중학교는 한 학년이 6학급으로 1반에서 5반까지는 남학생반이었고, 6반은 여학생반이었다. 청양중학교를 26회로 졸업한 3학년 6반 여학생들은 2, 3학년 2년 동안 내가 담임을 맡아 가르쳤던 학생들이다. 지금 생각해 보면 학생들을 가르쳤다기보다 오히려 학생들로부터 많은 것을 배웠던 것 같다. 햇병아리 교사로 학생들을 가르치면서 시행착오를 겪으며 좋은 경험을 쌓을 수 있었기 때문이다. '청출어람靑出於藍'이란 말이 있다. 쪽에서 취한 푸른색의 물감이 쪽빛보다 더 푸르다는 뜻으로 제자가 스승보다 더 낫다는 말이다. 스승을 능가하는 훌륭한 제자를 두는 것은 큰 보람이 아닐 수 없다.

마침 10월 11일은 둘째 주 토요일이어서 학교가 쉬는 날이다. 시간을 내어 반창회에 꼭 참석하겠다고 약속했다. 그러나 오랫동안 병원에 입원 중이던 누님께서 돌아가셔서 10월 11일이 장례를 모시는 날이었다. 정숙이는 반창회에 참석하기 위해서 서태평양 한복판에 위치한 북마리아나 제도의 사이판에서 3,000㎞를 날아왔다는 말을 들었다. 오랜 망설임 끝에 이향란 선생에게 약속을 지키지 못하게 되어서 미안하다는 말을 전했다. 그런데 발인 전날 하관 시간이 오후 1시에서 오전 10시로 변경되었다. 장지에 가서 하관식에 참석한 후에 곧바로 출발하면 조금 늦더라도 반창회에 참석할 수 있을 것 같았다. 하관식을 마치고 출발하면서 이향란 선생에게 약속 시간보다 조금 늦게 도착하겠다고 전화를 했다.

하늘의 뜻을 안다는 '지천명知天命'의 나이도 지났을 35년 전 단발머리 소녀들의 모습을 그리며 차를 몰았다. 차창 밖으로 황금빛 들녘이 지나가고 길가의 코스모스가 가을 바람에 수줍은 듯 춤을 추었다. 모임 장소인 '칠갑산골'은 칠갑산 지천 구곡의 고즈넉한 산자락에 자리하고 있는 2층 양옥의 아담한 한식당이었다. 20여 분 늦게 도착하여 미안한 마음으로 식당 안에 들어갔다. 1학년 때 담임을 맡았던 오 선생님과 20여 명의 중년이 된 옛 제자들이 반갑게 맞아 주었다. 오늘 모임은 첫 모임으로 61명 중 연락이 닿는 20명이 참석했다고 한다. 반장이었던 이향란 선생의 사회로 시작된 반창회는 오랜 세월이 흐른 만남이라 먼저 자기 소개가 있었다. 자신을 소개하는 모습에서 35년 전 단발머리 소녀의 청순한 옛 얼굴을 하나하나 엿볼 수 있었다. 향란이, 홍자, 윤희, 명호, 선영이, 정순이, 채옥이, 정숙이, 수연이, 현숙이, 복일이, 한숙이, 미화, 정희, 영진이, 은숙이, 찬예, 원희 그리고 정재순과 유재순 모두 반가운 얼굴들이었다. 35년 만의 첫 만남은 다시 학창 시절로 돌아가서 지난 세월의 긴 이야기를 모두 나누기에는 너무 짧은 시간이었다. 오래간만에 그리운 얼굴들을 보면서 정이 담긴 음식을 함께 나누며 서로 아름다운 옛 이야기를 나누다보니 몸도 마음도 훨씬 젊어지는 것 같았다. 첫 만남에서 서로 남겨 둔 이야기는 아쉬움 속에 묻어둔 채 다음을 약속하며 돌아와야만 했다.

지나간 세월이 주는 소중한 추억을 마음에 담은 채, 계곡을 흐르는 까치내의 맑은 물소리를 들으며 다시 차를 몰았다. 35년 전의 옛 담임 선생을 불러준 제자들의 고마운 마음을 가득 안고 돌아왔다. 모레 월요일에는 제자들이 정성을 담아서 선물한 따뜻한 가디건을 입고 뽐내며 출근해야겠다.

빼빼로 데이

가을은 국화향을 마시며 상쾌한 기분으로 하루를 시작할 수 있어서 좋다. 아침에 출근하여 현관문을 열고 들어서면 국화향이 그윽하다. 국화는 꽃이 탐스런 대국보다 꽃이 들국화처럼 소박한 소국에 정이 더 간다. 소국은 꽃은 작지만 향기가 좋아서 그런가 보다. 지난 11월 11일 아침 누군가가 내 책상 위에 예쁘게 포장한 과자봉지 하나를 놓고 갔다. 봉지 안에 초콜릿을 담뿍 입힌 빼빼로가 가득 들어 있었다.

11월 11일은 1자가 넷이 겹쳐진 날로, 빼빼로 과자 모양을 닮았다고 하여 '빼빼로 데이'라고 한단다. 빼빼로 데이에는 가까운 사람들에게 빼빼로를 선물하며 정을 나누는 날이라고 한다. 또한 11월 11일은 '빼빼로 데이' 대신 '가래떡 데이'라고도 한다는데 나는 '가래떡 데이' 란 말이 토속적이고 정감이 있어서 더 좋다.

가을걷이가 끝나면 한 해 동안 땀흘려 농사지은 쌀로 가래떡을 뽑아서 이웃과 나누어 먹었다. 방앗간에서 갓 뽑아온 김이 모락모락 나는 긴 가래떡을 한 토막 뚝 잘라서 조청에 찍어 먹던 기억이 난다. 요즘에도 아이들은 가래떡을 가늘게 뽑아서 일정한 크기로 잘라 양념을 하여 볶아 만든 떡볶이를 즐겨 먹는다. 가래떡을 얄팍하게 썰어서 끓이는 떡국은 설날 차례상과 손님 접대에 없어서는 안 될 음식이다. 섣달 그믐날 밤 어머니는 방앗간에서 뽑아 온 가래떡을 얇게 썰어 설날 아침 차례상에 올릴 떡국을 준비하셨다. 어머니는 가래떡을 한 가닥씩 썰 때마다 끝부분 한 토막은 썰지 않은 채로 남겨 두셨다. 나는 어머니가 남겨 놓은 가래떡 끝 토막을 화롯불에 구워 먹으면서 어머니의 말동무가 되어 섣달 그믐의 긴긴 밤을 보내곤 하였다.

11월 11일은 내가 집사람을 처음 만난 날이기도 하다. 대학 4학년 때인 1969년 11월 11일 지인의 소개로 집사람을 처음 만났다. 그 당시에는 만남의 장소가 대부분 다방이었다. 집사람과 처음 만난 곳도 예산읍내의 '송림다방'이란 곳이다. 그때의 첫 만남이 인연이 되어 부부연을 맺어 희로애락을 함께하며 살고 있지만 그동안 바쁜 일상 속에서 11월 11일을 잊고 지내왔다. 그런데 올해에는 '빼빼로 데이' 덕분에 이날을 기억하고 보낼 수 있었다. 퇴근 후 모처럼 집사람과 함께 천수만의 한적한 바닷가를 찾았다. 집사람은 궁리포구의 아름다운 해넘이를 보고 싶어했지만 아쉽게도 달리던 도로 위에서 하늘을 붉게 물들이며 바쁘게 산을 넘어가는 해를 만났다.

겨울 문턱의 황량한 밤바다는 바람이 차고 을씨년스러웠다. 작은 배들이 포구에 닻을 내리고 쉬고 있었다. 옷깃을 여미고 출렁이는 파도 소리를 들으며 잠시 해변을 거닐었다. 땅거미가 진 검은 바다 위로 길 잃은 철새들이 쉴 자리를 찾아서 무리지어 날아갔다. 섬마을의 먼 불빛이 거센 파도 너머로 희미하게 가물거렸다. 밤바다는 바다생물들뿐만 아니라 사람들에게도 삶의 무거운 짐을 내려놓고 잠시 쉴 수 있는 마음의 여유를 주었다. 고기를 잡던 어부들이 항구로 들어오고, 굴을 따던 아낙네들도 서둘러 집으로 향했다.

바닷가의 한 횟집에 들어갔다. 먼저 온 손님들이 삼삼오오 모여 앉아서 정담을 나누고 있었다. 고향을 찾은 옛 친구를 만난 중년의 죽마고우들이 서로 술잔을 주고 받으며 옛 추억을 이야기하는 모습과 늙으신 부모님을 모시고 와서 연한 생선 살을 골라 권하고 있는 젊은 부부의 정겨운 모습도 볼 수가 있었다. 모처럼 둘이서 횟집을 찾은 우리 부부도 한쪽 창가에 자리를 잡고 앉았다. 지난 세월이 주마등처럼 떠올랐다. 흔히 부부를 '일심동체一心同體'라고 말하는데 일심동체는 마음도 몸도 다른 남녀가 부부로 만나 평생을 함께 살면서 이루어야 될 목표인 것 같다. 그동안 우리 부부도 희로애락을 함께 하며 서로 마음도 몸도 하나가 되려고 부단히 노력을 해 왔다. 그러나 아직도 온전한 일심동체를 이루지 못하고 살고 있다.

빼빼로와 가래떡 모양을 닮았다는 11월 11일은 일심동체가 되려고 노력하는 부부의 모습인 것 같다. 11월 11일은 부부의 마음과 몸이 하나로 모아지면 일심동체를 이룬 모양이 되기 때문이다. 11월 11일은 농민의 날이기도 하다. '토土'자를 분해하면 '十一(11)'이 되어 흙토土자가 겹쳐진 '土月土日'이 바로 11월 11일이다. 사람은 누구나 흙에서 나서 흙으로 돌아간다고 하는데 농민들은 흙에서 태어나서 평생 동안 땅을 일구며 살다가 다시 흙으로 돌아간다. 이러한 뜻을 살려서 흙토土가 겹치는 11월 11일을 '농민의 날'로 정했다고 한다. 11월 11일은 단순한 '빼빼로 데이'가 아닌 의미 깊은 날로 기억되어야겠다.

횟집에서 나와 해변 도로를 따라 어둠 속을 가르며 달렸다. 바닷가 마을 어구를 지날 때에는 반딧불 같은 작은 불빛이 차창 안으로 달려들고 멀리서 개 짖는 소리가 바람소리를 타고 스쳐갔다. 시내에 들어서자 아주머니 한 분이 길거리에서 지나가는 사람들에게 김이 모락모락 나는 떡볶이를 팔고 있었다. 내년 11월 11일의 빼빼로 데이에는 우리 농민들이 땀 흘려 농사지은 쌀로 가래떡을 뽑아 이웃과 함께 정을 나눠야겠다.

낫과 기역자

지난 7월 초 음력 윤달을 택하여 어머님 산소에 떼를 입히는 사초를 하고 묘역도 정리했다. 양력 윤달은 2월 달이 29일까지 있는 달이지만 음력 윤달은 1년이 13개월이 되는 해로 같은 달이 둘이 된다. 2009년 기축년은 음력 5월이 둘이 되는 해로 첫 번째 5월은 평달이고 두 번째 5월이 윤달이다. 예로부터 윤달은 '귀신이 없는 달'로 윤달에 하는 일은 모든 일에 액이 끼거나 부정을 타지 않는다고 믿었다. 그래서 묘를 이장하거나 사초를 하고 묘역을 단장하는 일을 윤달에 많이 했다.

사초를 한 후에 비가 알맞게 와서 떼가 뿌리를 내리고 파릇파릇하게 자랐다. 그러나 떼가 자라면서 잔디 사이와 묘역 주변에 잡초가 우후죽순처럼 돋아났다. 아내와 나는 주말에 짬을 내어 잔디 사이의 잡초를 뽑고 묘역 주변의 풀을 베었다. 낫질이 서툴러서 풀을 벤 자리가 들쑥날쑥했다.

요즈음에는 농기계가 발달하여 풀베기뿐만 아니라 논에 모를 이앙

하고 벼를 수확하는 일도 기계로 한다. 가을걷이를 할 때 벼를 베는 일부터 탈곡까지 모두 콤바인으로 한꺼번에 한다. 농사일을 주로 인력으로 하던 예전에는 낫으로 벼를 베고, 발판을 밟아 탈곡기의 원통을 돌려서 볏단의 낟알을 털었다.

농기계가 발달하기 전에는 'ㄱ(기역)'자 모양의 낫은 풀이나 곡식을 베고 나무를 자르는 데 없어서는 안 될 중요한 농기구였다. '낫 놓고 기역자도 모른다.'는 말이 있다. 이 말은 눈앞에 'ㄱ(기역)'자 모양의 낫을 놓고도 한글의 첫 글자인 'ㄱ'자도 모를 만큼 일자무식이라는 뜻이다. 이와 비슷한 뜻으로 '목불식정目不識丁'이란 말도 있다. '丁(고무래 정)'자를 보고도 그것이 고무래임을 알지 못한다는 뜻으로 아주 무식하다는 말이다. 고무래는 긴 네모꼴 모양의 두꺼운 널빤지에 긴 자루를 달아서 '丁'자 모양으로 만든 도구로 곡식을 긁어 모으고 펼 때나 아궁이의 재를 긁어낼 때 주로 쓰였다.

그러나 사람이 낫 놓고 기역자를 아는 것보다 낫의 사용법을 아는 것이 더 중요하지 않을까? 낫은 잘 사용하면 유용한 연장이 되지만 그렇지 않을 경우엔 흉기가 될 수도 있다. 아버지는 낫 놓고 기역자는 잘 모르셨어도 낫을 사용하여 풀을 베고 곡식을 베며 80평생을 부끄럼 없이 열심히 사셨다. 아침과 저녁으로 꼴을 베어 소를 기르고, 풀을 베어 퇴비를 만들어서 농사를 짓고 수확철에는 곡식을 거두었다. 풀베기나 곡식을 거둘 때는 주로 날이 얇고 날카로운 가벼운 강철 낫을 사용했는데 이런 강철 낫을 '왜낫'이라고 불렀다. 나무를 베거나 자를 때는 쇠를 두드려서 만든 무거운 육철낫을 사용했다. 육철낫을 사람들은 '조선낫'이라고 불렀다. 육철낫의 날이 무디어지면 숫돌에 갈아서 날을 세워야 했다. 나는 어려서 낫질이 서툴러 자주 손을 베곤 했다. 아버지는 농사일을 천직으로 알고 한평생 정직한 삶을 사셨다. 낫으로 풀을 베고 곡식을 거두어 가족을 부양하고 외아들인 나를 대학까지 공부시켰다.

이순耳順의 나이를 넘기며 살아 온 내 자신의 삶의 여정을 되돌아본다. '식자우환識字憂患'이라고 했던가? 낫 놓고 기역자를 알고 있는 나 자신이 기역자도 모른 채 평생 농사일만 하시다 돌아가신 아버지 앞에 부끄럽지 않게 살았는지 모르겠다. '아는 것이 힘'이라고 하지만 아는 것이 오히려 병이 될 수도 있다. 아는 것을 올바른 목적을 위하여 바르게 쓸 때 비로소 아는 것이 힘이 된다. 낫 놓고 기역자는 알아도 낫을 바르게 사용할 줄 모른다면 낫 놓고 기역자를 아는 것이 과연 힘이 될 수 있을까? 그러나 낫 놓고 기역자는 몰라도 낫으로 풀과 곡식을 잘 벨 수 있다면 그것이 오히려 더 큰 힘이 될 수 있을 것이다. 우리 사회에는 낫 놓고 기역자만 아는 사람보다 낫 놓고 기역자는 몰라도 낫을 제대로 사용할 줄 아는 사람이 더 필요한 것 같다.

자녀 교육을 위하여 사랑하는 가족을 이역 멀리 외국에 보내놓고 홀로 남아서 쓸쓸히 지내고 있는 아빠들을 흔히 '기러기 아빠'라고 부른다. 기러기 아빠는 우리 사회에서 조기 유학이 급증하면서부터 생겨난 말이다. 맹자의 어머니도 자식 교육을 위하여 세 번이나 이사를 했다고 한다. 동서고금을 막론하고 자녀 교육을 위한 부모의 열정은 마찬가지였던 것 같다. 그러나 자녀 교육은 낫 놓고 기역자만 알게 하는 지식 중심 교육이 아니라 낫 놓고 기역자를 알아서 낫을 바르게 사용하도록 가르치는 인성중심의 교육이 되었으면 좋겠다. 오늘은 생전에 아버지가 쓰시던 숫돌에 녹이 슬고 무디어진 낫을 갈아서 날을 세워야겠다.

나무를 가꾸는 기쁨

　어느새 교무실 창가에는 따사한 햇살이 비치고, 교정의 목련꽃이 하얀 속살을 내밀고 있다. 목련꽃처럼 청아하고 눈같이 깨끗한 소녀들이 교정 이곳저곳에 삼삼오오 모여 앉아서 이야기꽃을 피우고 있다. 학생들에게는 점심시간이 하루 일과 중 가장 긴 휴식 시간이다. 그러나 항상 아쉽기만 한 시간이기도 하다. 시작 종이 울리고, 교정은 놀다 간 아이들의 메아리만 남겨둔 채 다시 조용해졌다.

　마침 시간이 비어서 옛 제자가 보내준 편지 한 통을 들고 아이들이 비워두고 간 벤치에 앉았다. 선화는 사범대학을 졸업하고 한 여자중학교에서 교편을 잡고 있는 제자다. 예쁜 글씨로 정성을 다하여 써 보내준 사연을 한 자라도 놓칠까봐 몇 번이고 다시 읽어 보았다. 선화는 교직의 어려움을 호소하면서 수십 년간 교단을 지켜온 변변치 못한 스승의 노고에 감사하다는 내용이었다.

　학교를 친구와의 만남, 사제 간의 만남, 책과의 만남의 공간이라고 한다. 내가 J고등학교에서 Y여자고등학교로 전근되어 선화를 만났다. 선화는 예절이 바르고, 성실 근면하며, 학업 성적이 우수한 모범 학생이어서 모든 선생님들의 귀여움을 받고 있었다. 그러나 선화의 가정은 할머니와 아버지, 어머니 그리고 아래로 동생들이 셋이나 되는 대가족으로 얼마 안 되는 땅에 농사를 지어 겨우 생계를 꾸려가고 있는 실정이었다.

선화는 어려운 가정 형편에도 불구하고 구김살 없이 집안일을 도와가면서 학급 일과 학업에 열심히 노력하고 있었다. 미력하나마 나의 조그마한 노력의 보람으로 선화는 얼마 되지 않는 장학금을 받게 되었지만, 무엇보다도 선화가 어려운 가정 환경 속에서라도 희망을 잃지 않고 열심히 살아가도록 도와주는 것이 중요했다. 그래서 어떠한 시련에서도 절망하지 않고 의연하게 살아갈 수 있는 의지와 희망을 심어주고자 기울인 노력이 헛되지 않아서 선화는 2학년을 마치고 다음 해 3월에 3학년에 진급할 수 있었다.

선화는 마침 내가 새로 담임하게 된 반이어서 선화와의 만남은 다시 계속되었다. 그러나 3학년 2학기가 되자 선화의 가정 형편이 날로 어려워졌다. 그동안 경작한 농작물의 작황이 좋지 않아서 지게 된 부채는 눈덩이처럼 불어나고 아버지마저 병으로 자리에 눕게 되자 선화는 좌절과 허탈감에 빠져서 대학 진학의 꿈을 포기하고 방황하기 시작했다. 선화에게 물질적인 큰 도움을 주지 못하는 나 자신이 부끄럽기도 하고, 한편으로는 원망스럽기도 했지만, 정신적으로 선화의 지주목이 되어주는 일도 중요하다고 자위하며 방과 후에 선화를 조용히 불렀다. 선화를 불러서 어떠한 시련 속에서도 좌절하지 말고, 용기와 희망을 갖고 꿋꿋하게 살아가라고 미력을 다하여 지도했다. 고맙게도 선화는 나의 충고에 따라 주어서 대학 입학 학력고사까지 무사히 치렀다.

그해 12월이 되자, 학생들은 이제 남은 학력고사 성적 발표일만 하루하루 초조하게 기다리고 있었다. 그러나 누구보다도 초조한 사람은 선화와 나였다. 선화에게는 이번 학력고사 성적의 결과가 자신의 운명을 결정하는 중요한 갈림길이었다. 기대하던 좋은 점수를 얻어야만 장학생으로 대학에 진학할 수 있었기 때문이다.

학력고사 성적이 발표되어 조심스럽게 선화의 성적표를 펴는 순간 나는 눈앞이 갑자기 캄캄해지는 것을 느꼈다. 가까스로 마음을 가라앉히고 다른 학생들의 성적표를 모두 배부하여 주고 나서 선화를 조용히 불렀다. 선화는 성적 결과를 눈치라도 챈 듯이 고개를 떨구고 한동안 서 있기만 했다. 나는 잠시 망설이다가 "기대하던 점수는 아니지만, 사범대학에 진학하여 훌륭한 교사가 되어서 가난하고 불우한 학생들을 가르치면 좋겠다."라고 나의 솔직한 심정을 피력해 보았다. 그러나 선화는 말없이 허공만 바다보다가 무슨 결심이라도 한듯이 고개를 숙여 인사하고서 힘 없이 나갔다. 걸어나가는 선화의 뒷모습을 바라보며 안타까운 속마음을 달랠 길이 없었다.

학력고사 성적 발표일 다음날부터는 전기대학 진학상담과 원서 작성으로 눈코 뜰 사이 없이 바빴다. 그러나 선화는 원서 마감일을 며칠 안 남겨 놓고도 소식도 없이 나타나지를 않았다. 평소에 선화와 가깝게 지내던 친구들을 불러서 알아보니 '대학 진학을 단념하고 공장에나 취업해야겠다.'라고 하면서 며칠 전에 서울로 갔다는 것이었다. 이 말을 듣는 순간, 그동안 못다 한 내 자신의 책임으로 인한 죄책감도 들었지만, 나에게 한 마디 상의도 하지 않고 가버린 선화가 한없이 원망스럽기만 했다. 다음날 눈 쌓인 시골길을 물어 물어 찾아서, 마침내 선화의 집을 방문했다. 선화의 어머니와 병석에 누워 계시던 아버지께서 나를 보고 반갑게 맞아주셨다. 선화가 가 있는 곳의 주소를 확인하고서 돌아왔다.

그 이튿날부터 백방으로 노력하여 선화를 가까스로 다시 내려오도록 할 수 있었다. 선화가 우리 집에 도착하던 날은 하얀 눈이 내리고 있었다. 선화를 불러 앉히고 절망과 역경을 딛고 일어나 성공한 사람들의 이야기를 하면서 사범대학에 진학하도록 다시 한 번 간곡히 권유해 봤지만 선화의 결심은 조금도 흔들리지 않았다. 물론 선화의 가정 형편과 심정을 모르는 바는 아니었지만 이때의 선화는 정말 밉게만 생각되었다. 나는 격한 마음을 참지 못하고 선화 앞에서 마침내 화를 내며, 큰소리를 내고 말았다. 그때 마침 부엌에서 점심으로 라면을 끓여가지고 들어오던 아내가 나의 경솔한 행동을 보고 크게 놀라는 듯했다. 아내는 자신의 가난했던 학창 시절 이야기를 들려주면서 선화의 아픈 마음을 위로해 주었다. 아내의 이야기를 다 듣고 난 후에 선화는 마지 못하여 나와 밥상 앞에 마주앉아서 수저는 들었지만 눈에서는 눈물이 하염없이 쏟아지고 있었다.

아내의 도움으로 선화를 설득하여 사범대학에 지원하도록 했다. 미리 마련해 두었던 원서를 펴 들고, 선화의 적성과 가정 형편을 고려해서 되도록이면 졸업 후에 전망이 밝고 장학생으로 합격이 가능한 학과를 택하기로 했다. 그 당시 일선 중·고등학교에서는 한문교과의 비중이 점점 높아지고 있었지만, 한문을 전공한 교사가 드물어서 대부분 국어교사가 한문교과를 담당하고 있는 실정이었다. 그리고 사범대학의 한문교육학과는 개설된 지가 얼마 되지 않아서 졸업생이 배출되지 않고 있었으며, 경쟁률도 다른 학과에 비해서 약한 편이었다. 이러한 모든 점을 참작하여 사범대학의 한문교육과에 지원하기로 최종 결정을 하고 나서 원서를 작성하여 원서 접수 마감일에야 간신히 접수를 마칠 수 있었다.

'진인사대천명盡人事待天命'의 심정으로 입시 결과를 기다려 보기로 했다. 그러나 막상 합격자 발표일이 되자 다시 마음이 설레기 시작했다. 그날 밤 9시가 조금 지나서 합격자 발표를 보고 집에 돌아온 선화로부터 전화가 왔다. 선화는 약간 흥분된 어조로 한문교육과에 수석으로 합격했다는 소식을 전해주는 것이 아닌가. 이 소식을 듣는 순간 나는 가슴 뿌듯한 교직의 보람을 느낄 수 있었으며, 나도 모르게 '하느님, 감사합니다.'라는 말이 저절로 나왔다. 이 소식을 들은 아내도 자신의 일처럼 기뻐했다. 선화에게는 이 순간이야말로 인생의 전환점이 되는 순간이었다.

그 후 선화는 대학에서도 열심히 노력하여, 4년 동안 계속 과에서 수석을 차지해서 장학금을 받아가며 대학에 다닐 수 있었다. 사범대학을 우수한 성적으로 졸업한 선화는 한 여자중학교에서 모범 교사로 근무 중이며 지난봄에 교육대학원을 졸업하고 석사학위까지 받았다. 아내는 가끔 나의 꾸중을 듣고 눈물을 흘리던 선화를 생각하면서, 그날 선화에게 따뜻한 밥 한 그릇을 대접하지 못하고 라면을 끓여준 일을 지금까지도 두고두고 아쉬워한다. 나는 선화와의 만남을 교직 생활의 커다란 보람으로 간직하고 있다.

선화의 편지를 잘 접어서 챙겨 넣고 벤치에서 일어났다. 오후의 봄볕이 제법 따사롭게 교정 이곳저곳을 어루만지고 나무들은 가지마다 파란 싹이 움트고 있다. 교사를 두고 '나무를 가꾸는 정원사'와 같다고 한다. 나무는 가꾸는 사람의 정성에 따라 곧고 아름답게 자랄 수 있고, 구부러지고 볼품없게 자랄 수도 있다. 학생들을 바르고 아름답게 자랄 수 있도록 정성을 다하여 지도하는 것이 우리 교사들의 사명이라고 생각하니 막중한 책임감과 소명 의식을 느끼지 않을 수 없다.

방과 후에 우리 학교 청소년 적십자(RCY)단원 입단식이 있었다. 입단식이 끝나고 서편 잔디밭에서 신입 단원 환영을 겸한 간단한 파티가 열렸다. 학생들이 정성껏 준비한 다과를 들면서 그 자리에 참석한 단원들과 담소를 나누다가 학생들 속에서 미숙이를 발견했다. 3학년인 미숙이도 자율학습 시간 중에 잠시 짬을 내서 후배 단원들을 환영하러 나온 모양이었다. 미숙이는 나를 보더니 반갑게 다가와서 음료수를 따라주며 권했다.

학생주임을 맡고 있던 나와 미숙이와의 만남은 Y여고에서 선화와의 만남과는 전혀 다른 만남이었다. 지난 해의 일이다. 여름 방학이 끝나고 개학하여 2주일쯤된 어느 날 결석한 학생들을 지도하던 중 미숙이가 사흘째나 무단 결석을 하고 있다는 사실을 알게 되었다. 그러나 미숙이는 다음날에는 학교에 나왔고, 성적도 비교적 우수한 편이고 평소에 별 문제성이 없어서 가볍게 타이르고 말았다. 그 후 이따금 지각하는 일은 있었지만 별 탈 없이 학교 생활을 계속했다.

그런데 10월말쯤이었다. 미숙이는 아무런 연락도 없이 계속해서 결석을 하는 것이 아닌가. 궁금하여 확인해 보니 일요일에 어머니의 꾸중을 듣고 집을 나가서 돌아오지 않고 있다는 것이었다. 평소에 미숙이와 가깝게 지내는 친구들을 통하여 알아도 보고, 갈 만한 곳을 모두 찾아 보았지만 찾을 수가 없었다. 가출한 지 10여 일이 지나서 담임선생님을 비롯한 여러분들의 노력으로 미숙이의 소재를 확인할 수 있었다. 미숙이는 가출하여 친구의 자취방에서 생활하면서 경양식집에 나가고 있었다. 다음날 학교에서는 학생 선도위원회를 열어서 미숙이를 정학에 처하기로 결정을 했다. 그러나 정학 기간 동안 학교에 등교시켜서 특별 지도를 하기로 정했다.

학생 생활지도에는 아버지같이 엄격한 부성적인 지도도 필요하지만 때로는 어머니와도 같은 부드러운 모성적인 지도도 필요하다. 미숙이는 처음에는 크게 반성하는 빛은 보이지 않고 오히려 학교의 지도에 부정적이었다. 그러나 인내심을 가지고 이해와 사랑으로 정성을 쏟아 지도하게 되자 차츰 마음의 문을 열고 지도에 따르기 시작했다. 미숙이는 아버지의 무관심과 어머니의 지나친 간섭으로 갈등을 겪다가 가정과 학교를 점점 멀리하게 되었고, 결국에는 가출까지 하게 된 것이었다. 그러나 선생님들의 헌신적인 지도와 부모님의 협조로 미숙이는 잘못을 뉘우치고 다시 온순하고 착실한 학생으로 돌아올 수 있었다.

청소년 적십자(RCY) 신입 단원을 환영하는 파티에서 지난날의 악몽을 말끔히 씻고, 대학 진학의 꿈을 키우며 열심히 생활하고 있는 미숙이를 다시 보게 되어 잃어버렸던 탕자를 찾은 기쁨을 느꼈다. 미숙이가 권하는 음료수를 들면서, 미숙이도 Y여고 시절의 선화처럼 바르고 아름다운 나무로 자라서 멋진 꽃을 피워 주길 마음속으로 간절히 빌어 본다.

환영 파티는 점점 무르익고, 여기저기에서 아름다운 노랫소리가 들리기 시작했다. 나는 조용히 자리에서 일어나 교무실에 들러서 책상을 정돈하고 교문을 나섰다. 교사를 나무를 가꾸는 정원사라고 한다면, 선화처럼 바른 나무는 더욱 튼튼하고 아름답게 자라도록 도와주고, 미숙이처럼 굽은 나무는 곧고 바르게 클 수 있도록 정성을 다하여 가꾸는 것이 우리 교사들의 사명이 아닐까?

교정의 나무들이 모두 파아란 움을 틔우고 정원사의 사랑의 손길을 기다리고 있다. 관상수는 정성들여서 다듬고 손질하여 멋진 모양을 만들고, 유실수는 알맞게 거름도 주고 가지치기도 하여 탐스런 열매를 맺게 하고, 화목은 적당히 물을 주고 벌레도 잡아 주어서 아름다운 꽃이 피도록 정성을 다하는 정원사가 되어 보겠다고 몇 번이고 다짐을 하면서 교정을 나왔다

1989년 제1회 ≪대전일보≫ 교단수기공모에서 입선한 글입니다.

제2부

어머니의 기도

자귀나무의 사랑 / 어머니의 기도 / 두멍 / 가을걷이 / 저녁노을
눈길을 걸으며 / 모내기 / 짐 / 기다림 / 그늘

자귀나무의 사랑

봄이 오는 길목에서 봄을 시샘하는 꽃샘추위가 눈보라까지 몰고 와서 지난 한주일 동안 마음까지 꽁꽁 얼어붙게 했다. 그러나 춘분이 가까워지자 봄기운이 대지를 녹이며 긴 겨울잠을 자던 초목들을 하나하나 깨우고 있다. 봄의 전령사인 산수유나무가 먼저 노란 꽃을 피웠다. 혹독한 추위를 견디며 쑥녹빛 솜털로 꽃눈을 지키던 목련도 두터운 껍데기를 한 겹 한 겹 벗겨내고 꽃망울을 터트리고 있다. 양지바른 언덕배기는 새싹들이 돋아나서 연녹색으로 물들어가고 풀섶 사이로 노란 민들레꽃과 보라색 제비꽃이 피어나고 있다. 지난 일요일 5일장이 서는 시장에 나가 보았다. 달래, 냉이, 쑥, 씀바귀, 원추리 등과 같은 온갖 봄나물이 나와 있었다. 그리고 꽃시장은 봄맞이 꽃을 사려는 사람들로 붐비고, 나무시장에서는 많은 유실수와 관상수, 그리고 화목들이 주인을 기다리고 있었다. 올 봄에는 우리 집 정원에 자귀나무 한 그루를 심을 생각이다. 자귀나무는 콩과에 속하는 낙엽교목으로 중부 이남의 양지 바르고 건조한 산기슭이나 길가에서 많이 자라는데, 요즈음은 꽃이 아름다워서 가정에서 관상수로도 많이 심는다. 자귀나무는 잠꾸러기이다. 겨울잠을 오래 자서 매화, 산당화, 진달래, 철쭉과 같은 봄꽃들이 다 지고나면 그때서야 겨우 새순이 돋아나서 잎을 피우게 된다. 그리고 6, 7월에 붉은 실타래를 풀어놓은 듯한 모양의 꽃을 피운다.

자귀나무는 행복한 가정을 만드는 나무로 집안에 자귀나무 한 그루를 심어 놓으면 부부의 금슬이 좋아진다는 말이 전해져 내려오고 있다. 자귀나무 잎은 가는 타원형 모양으로 마주 붙어 있는 겹잎이다. 잎자루가 없고 아까시 잎처럼 생겼는데 크기는 아까시 잎보다는 약간 작고 가늘다. 낮에는 잎들이 활짝 펴져 서로 떨어져 있다가 해가 져서 밤이 되면 떨어져 있던 잎들이 반으로 접혀서 마주 붙게 된다. 사람들은 밤이 되면 잎들이 서로 사이좋게 붙어서 잠을 자는 모습을 보고 자귀나무를 금슬이 좋은 부부에 비유한 것 같다.

자귀나무는 저녁마다 서로 맞붙어서 잠을 자는 잎이 신기하지만 연분홍 실타래를 풀어 놓은 듯한 꽃술도 매우 아름답다. 전설에 의하면 옛날 중국에 '우고'라는 사람이 살고 있었는데 그에게는 조씨라고 하는 현명한 부인이 있었다. 그 부인은 매년 6월에 처음 핀 자귀나무의 꽃잎을 따서 말린 후에 베갯속에 넣어 두었다가 남편이 심기가 불편해져서 불쾌한 기색을 보이게 되면 말려두었던 꽃잎을 꺼내어 술에 넣어서 마시게 했다. 이 술을 마신 남편은 곧 기운이 좋아지고 심기가 편해졌다는 이야기가 있다. 그래서 이 술을 일명 '합환주合歡酒'라고도 부른다고 한다.

쌍춘년에 결혼하는 부부는 잘 산다는 속설로 지난 해에는 결혼하는 젊은이들이 매우 많았다. 쌍춘년은 음력으로 정월 초하루부터 선달그믐 사이에 입춘이 두 번 들어 있는 해를 말한다. 올해는 '황금돼지의 해'라고 벌써부터 난리가 났다. 많은 젊은 부부들이 돼지의 해에 출생하는 아이들은 복을 많이 가지고 태어난다고 믿고 너도나도 황금돼지 해의 자손을 두려고 하기 때문이다.

금년에도 입춘이 지나면서부터 사무실 책상 위에 선남선녀의 결혼을 알리는 청첩장이 쌓이기 시작한다. 주말이면 이곳저곳으로 예식장을 찾아다니기에 바쁘다. 원래 남자가 장가드는 것을 '혼婚'이라 하고, 여자가 시집가는 것을 '인姻'이라 한다. 남녀가 서로 만나서 부부가 되는 것이 '혼인婚姻'이다. 혼인을 하면 남녀가 서로 애정을 가지고 부부연을 맺게 되는데 노계 박인로는 ≪오륜가≫중 〈부부유별〉에서 '부부의 존재가 가장 크다.'고 했다. '이심이체二心異体'인 남녀가 만나서 결혼을 하여 부부가 되면 '일심동체一心同體'가 되도록 노력을 하며 살아야 한다.

신랑 신부는 누구나 결혼예식에서 "괴로우나, 즐거우나, 슬플 때나, 기쁠 때나 어떠한 경우를 가리지 않고 항상 사랑하고 존중히 여기며 진실한 남편과 아내로서 도리를 다하고 모든 일에 서로 협조하기로 굳게 맹세한다."는 서약을 한다. 그러나 유감스럽게도 해마다 많은 부부들이 '혼인서약'을 지키지 못하고 헤어지고 있다. 부부관계는 '정'을 바탕으로 이루어지지만 '정'만을 소중하게 여기고 '예'가 없으면 서로에 대한 공경심이 사라져서 화목한 가정생활이 어렵게 된다. 그래서 옛 어른들은 부부를 서로 손님을 대하듯 공경하라고 했다. 남녀가 결혼하면 새로운 가정을 이루게 된다. 어떤 철학자는 가정은 '기도하기를 배우는 최초의 교회'라고 했다. 그리고 가정을 '사람이 사람답게 되기를 배우는 최초의 학교'라고도 했다. 가정이야말로 삶에 있어서 가장 중요하고 기본이 되는 터전으로 따뜻하고, 용서가 있고, 품어주는 사랑이 정교하게 풍겨야 한다.

삶을 통해서 느끼는 만족이 곧 행복이다. 오늘을 살아가는 모든 부
부들이 집안에 자귀나무 한 그루씩 심어서 자귀나무의 사랑을 배워
금슬 좋은 부부가 되었으면 좋겠다.

어머니의 기도

　제비는 우리나라에서 가장 흔한 여름 철새였다. 음력 9월 9일경에 따뜻한 강남땅으로 날아갔다가 이듬해 3월 3일 삼짇날에 다시 돌아오는 제비는 우리들에게 제일 먼저 봄소식을 전해주었다. 그러나 요즈음에는 환경오염과 지구의 온난화로 인하여 봄이 와도 제비의 모습을 좀처럼 찾아보기가 어렵다. 어릴 적에 봄이 오면 제비 한 쌍이 날아와서 우리 집 처마 끝에 지푸라기와 진흙을 물어다가 둥지를 만들고 알을 낳았다. 알이 부화하여 새끼가 태어나면 제비는 암수가 함께 정성을 다하여 새끼들을 돌본다. 어미 제비가 먹이를 물고 날아오면 새끼 제비들은 머리를 내밀고 노란 부리를 벌려서 먹이를 받아 먹는다. 이렇게 어미가 물어다 주는 잠자리, 벌, 매미, 딱정벌레와 같은 곤충을 받아 먹고 약 3주 동안 자라면 새끼들은 둥지를 떠나게 된다. 둥지를 떠난 새끼 제비들은 한 동안 앞마당 빨랫줄에 앉아서 어미가 물어다 주는 먹이를 받아 먹으며 스스로 먹이를 잡는 법을 익힌다. 어미 제비의 새끼에 대한 사랑은 한이 없는 것 같다.

　한여름 뙤약볕에서 김을 매다가 보채는 아이에게 퉁퉁 불은 젖을 먹이는 아낙네의 모습이 떠오른다. 그 아낙네는 다름 아닌 우리들의 어머니이다. 한평생을 자식 뒷바라지만 하다가 임종할 때에도 자식 걱정에 눈조차 제대로 감지 못 하신 어머니는 누구에게나 마음의 고향이다. 나는 불행하게도 부모님의 임종을 지켜드리지 못했다. 출근하면서 병석의 어머님을 뵈었을 때 어머님은 시간에 늦지 않게 빨리 출근하라고 손짓을 하셨다. 그런데 내가 대문을 나선 지 5분도 채 못 되어서 어머님은 눈을 감으셨다. 지금도 마지막까지 자식의 출근 시간을 챙겨주면서 걱정하시던 어머님의 모습이 눈에 선하다.

어머님은 가정의 크고 작은 일을 앞두면 항상 기도를 드렸다. 마을 뒷산 계곡에서 맑은 물을 길어다가 깨끗한 사기 사발에 정화수를 떠놓고 바라는 바가 꼭 이루어지도록 해달라고 빌었다. 특별한 일이 있을 때에는 백일 기도를 드리기도 했다. 해님 같은 아들과 달님 같은 딸을 갖고 싶다는 기도를 드린다. 그리고 아들과 딸이 태어나면 무병장수를 기원한다. 자식들이 커가면서 어머님의 기도는 점점 길어지고, 기도할 일도 많아진다. 자식들이 초등학교에 입학한 후부터는 주로 공부 잘 하게 해달라는 기도를 드린다. 대학 진학을 앞둔 자식을 위한 어머니의 기도는 특별하다. 깊은 산중의 사찰이나 기도원을 찾아가거나 성당과 교회에 나가 기도를 드린다. 군대에 가 있는 자식이 무사하기를 비는 어머니의 기도는 군복무를 마치고 집으로 돌아올 때까지 하루도 빠지는 날이 없다. 그리고 직장생활을 하거나 사업을 하는 자식을 위한 기도는 일 년 열두 달 계속된다. 미혼인 아들과 딸이 좋은 짝을 만나게 해달라고 기원하는 기도로부터 결혼한 자식과 손자와 손녀들을 위한 기도에 이르기까지 어머니의 기도는 한이 없다.

어릴 적 시골에서는 닭을 요즘처럼 닭장에 가두지 않고 풀어서 길렀다. 그래서 닭들은 들판에 나가 자유롭게 푸성귀 잎이나 풀벌레를 쪼아 먹으며 컸다. 이른 봄이 되면 어미닭이 갓 깨어난 병아리들과 함께 밖에 나와서 집안 구석구석을 돌아다니며 먹이를 주워 먹는다. 병아리들은 종종걸음으로 어미닭을 따라다니며 처음에는 풀잎이나 노란 개나리 꽃잎을 쪼아 보다가 점점 커가면서 풀섶의 벌레와 낟알까지 먹게 된다. 그리고 모이를 주며 부르면 밖에 나갔던 병아리들이 어미닭과 함께 집안으로 들어온다. 어느 날 저녁 무렵 모이를 주며 닭을 불렀다. 이제 제법 커서 솜털이 빠지고 털갈이를 하는 병아리들이 어미닭과 함께 집안으로 몰려왔다. 병아리들은 모이를 쪼아 먹느라고 한참 동안 정신이 없었다. 나는 나뭇가지를 다듬어서 고무줄을 매어 만든 'Y'자 모양의 새총에 조그만 공깃돌을 끼우고 병아리 한 마리를 향하여 고무줄을 잡아당겼다. 그때 내 새총에서 튕겨나온 공깃돌에 정통으로 한쪽 눈을 맞은 병아리가 중심을 잃고 빙빙 돌다가 쓰러졌다. 그 후 애꾸눈이 된 병아리는 모이를 줘도 잘 쪼아 먹지 못했다. 그러한 모습을 볼때마다 어린 마음에도 많은 죄책감을 느꼈다.

나이가 들면서 어머니의 마음을 조금씩 알 것 같다. 몸에 병이 나서 아파하는 아이를 밤새 간호해 주던 어머니, 몸에 상처를 입고 피를 흘리며 들어오는 아이에게 머큐럼을 바르며 안쓰러워하던 어머니, 그리고 어렸을 때 내 새총에 맞아서 애꾸눈이 된 병아리를 보고 마음 아파했을 어미닭의 마음까지 이제야 모두 알 수 있을 것 같다. 어머니의 자식을 위한 기도가 가장 정직한 기도이다. 자식을 사랑하는 진실한 마음에서 드리는 기도이기 때문이다.

아내는 매일 새벽 4시에 일어나서 교회에 나가 기도를 드린다. 아내의 기도 내용은 알 수 없지만 주로 우리 아이들을 위한 엄마의 정직한 사랑의 기도일 것이다.

두멍

내가 자주 찾아가는 음식점 중에 '두멍'이라는 곳이 있다. 그다지 깊지 않은 산골짜기에 큰 못을 끼고 있는 이 고즈넉한 음식점을 자주 찾게 되는 이유는 음식의 맛보다는 '두멍'이라는 이름에 정이 가기 때문이다. 요즘 젊은 사람들은 '두멍'의 뜻을 제대로 알지 못하는 것 같다. '두멍'은 가정에서 물을 담아 두고 쓰던 큰 독을 말한다. 독은 갈무리하는 그릇으로 많이 쓰였는데 장을 담가두면 '장독'이 되고 술을 담가두면 '술독'이 된다. 그리고 물을 담아 두고 쓰는 큰 독을 '물독' 또는 '물두멍'이라고 했다.

지금은 농촌도 대부분의 가정에 상수도가 들어와서 수도꼭지만 틀면 맑은 물이 콸콸 쏟아져나온다. 그러나 상수도가 들어오기 전에 한 동안 펌프에 마중물을 붓고 작두질을 하여 물을 퍼올리는 무자위를 사용했었다. 그리고 1960년대 초까지만 해도 농촌에서는 마을의 공동 우물에서 물동이나 물지게를 이용하여 물을 길어와야만 했다. 부녀자들은 두레박으로 물을 퍼서 물동이에 가득 채워 머리 위에 이고, 남정

네들은 양쪽의 물통에 물을 채워서 물지게에 지고 물을 길어왔다. 아침 저녁으로 이렇게 길어온 물을 부엌 한구석에 놓여있는 두멍에 가득 채워두고 사용했다. 두멍에 가득 채워 둔 물은 주로 식수와 밥을 짓고 음식을 조리하는 데 쓰고, 그 밖에 부엌에서 허드렛물로도 사용했다. 물이 가득찬 두멍만 봐도 배가 부르고, 부자가 된 듯했던 때였다.

어릴 적 우리 집 두멍에는 항상 맑은 물이 가득 차 있었다. 마을의 공동 우물은 우리 집에서 꽤 먼 편이었으나 어머님께서 틈만 나면 물을 길어왔기 때문이었다. 어머님은 맑고 깨끗한 물을 길어오려고 새벽에 일찍 일어나서 물동이를 이고 우물로 가셨다. 간혹 아버님이 물지게로 물을 길어오는 때도 있었다. 어느 날 아침 일찍 나도 물지게를 지고 우물로 물을 길러 간 적이 있다. 물이 가득 찬 물통을 물지게 양쪽에 매달고 뒤뚱거리며 간신히 집까지 왔다. 그러나 내가 뒤뚱거리며 물지게를 지고 오는 동안에 물통 안의 물이 대부분 밖으로 쏟아져 나와서 집에 도착했을 때에는 빈 물통뿐이었다. 집안에 큰 잔치라도 벌어지면 많은 양의 물이 필요했다. 마을의 장정 서너 명이 물지게를 지고 비지땀을 흘리며 계속 물을 길어와도 두멍은 마치 밑 빠진 독처럼 물이 줄기만 했다.

우리 집 두멍은 투박하고 볼품은 없어도 어머님에게는 가장 소중한 보물이었다. 사랑하는 가족들이 마실 생명수와 같은 물을 담아두고 쓰는 물건이었기 때문이었다. 어머님은 매일 두멍을 정성을 다하여 깨끗하게 닦으셨다. 그래서 우리 집 두멍은 항상 반들반들 윤이 났다. 평소에 아이들에게 관대하고 인자하시던 어머님도 내가 동네 아이들과 부엌에서 숨바꼭질을 하며 노는 것을 보시면 역정을 내며 꾸중하셨다. 놀이를 하다가 잘못하여 두멍을 깨지나 않을까 걱정되셨기 때문이었다. 우리 집 두멍에는 물뿐만 아니라 어머니의 따뜻한 사랑도 담겨져 있었다. 그리고 어머님이 살아오신 인고의 세월과 함께 희로애락도 두멍 속 깊이 깃들어 있었다.

삶이 고달프고 외로울 때 어머니의 품이 그리워지는 것처럼 세상 인심이 각박해질수록 두멍에 대한 아쉬움이 커진다. 두멍은 일종의 갈무리하는 독이었다. 독에는 알곡을 비롯한 여러 가지 물건을 갈무리해 두었다가 이웃과 서로 정답게 나누어 썼다. 오늘을 사는 우리들에게 가장 필요한 것은 '나눔의 두멍'인 것 같다. 기쁨은 서로 나누면 배로 커지고, 슬픔은 서로 나누면 반으로 줄어든다고 하지 않던가? 삶의 현장은 '나눔의 장터'이다. 사람과 사람이 만나서 서로 가진 것을 나누며 함께 살아가는 장터이다. 먹을 것과 입을 것도 나누고 지식과 정보도 나누고, 정과 사랑도 나누며 살아간다. 그러나 나눔에는 서로를 배려하는 따뜻한 마음이 있어야 한다. 형은 새 살림을 난 아우의 형편을 배려하고, 아우는 식구가 많은 형님의 형편을 배려하여 몰래 서로의 낟가리에 볏단을 가져다 놓았다는 '의좋은 형제'의 이야기에서처럼 서로를 배려하는 아름다운 마음이 있어야 한다. 그리고 나눔에는 자신의 몸을 태워서 어둠을 밝혀주는 촛불 같은 헌신적인 사랑이 있어야 한다.

우리 민족의 영산인 백두산 정상에는 둘레가 약 13Km이고, 면적이 약 9.2㎢이며 가장 깊은 곳의 수심이 312m나 되는 큰 호수가 있다. 이 백두산 정상의 '천지'라고 하는 호수는 우리 한민족의 생명수를 담아 갈무리하는 하나의 큰 '두멍'인 셈이다. 백두산 천지의 두멍에 우리

민족의 소원을 갈무리하여 하루 빨리 조국 통일을 이루었으면 좋겠다
는 생각을 하며 오늘도 음식점 '두멍'을 찾았다.

2008년 계간 ≪시세계≫ 가을호와 ≪서울문학 2009 한국명수필선집≫
에 실린 글입니다.

가을걷이

　여름이 지나고 날씨가 서늘해지기 시작하면 들녘은 벼가 익어가면서 황금빛 물결로 출렁이고, 산과 들의 낙엽관목은 잎이 곱게 단풍으로 물들며 겨울 준비를 한다. 가을을 미국에서는 떨어지는 낙엽에 비유하여 'Fall(폴)'이라고 부른다. 불어오는 바람에 나뭇잎이 한 잎 두 잎 떨어질 무렵이면, 벼가 누렇게 익은 들녘에서는 가을걷이가 시작된다. 단풍으로 물든 나뭇잎이 낙엽으로 떨어지면서 나무가 긴 겨울잠을 준비하듯이 사람들도 가을걷이를 하며 겨울을 맞을 채비를 하게 된다.

　가을걷이는 수확의 기쁨보다 그동안 씨를 뿌리고 열매를 맺기까지 땀흘려 가꾼 보람을 만끽할 수 있어서 좋다. 땅은 거짓말을 할 줄 모른다. 봄에 뿌린 씨앗은 가을이 되면 정성을 들여 가꾼 만큼 열매가 열린다. 가을걷이를 하려면 자연의 법칙에 겸허한 마음으로 따르며 참고 기다릴 수 있어야 하고, 욕심도 버려야 한다. 봄에 희망의 씨앗을 뿌리고 여름철에 정성으로 가꿔서 가을에 하늘이 준 열매를 고마운 마음으로 거둘 수 있어야 한다.

가을걷이는 무엇보다 수확한 열매를 정을 담아 함께 나눌 수 있어서 좋다. 하루의 일을 마치고 온 가족이 저녁 식탁에 둘러 앉아서 가을걷이 한 알곡과 채소로 한 상 가득 차려놓은 음식을 나누어 먹으며 서로 정담을 주고받는다. 그리고 꼬마 아이들은 뒷산에서 주워온 밤을 까먹으며 할머니가 들려주는 옛날 이야기를 듣다가 스스로 잠이 든다. 가을걷이를 끝내고 수확한 곡식으로 떡을 만들고 술을 빚어서 이웃 사람들과 나누어 먹는 즐거움도 크다. 가을걷이를 한 들녘에는 떨어져 있는 낟알을 찾아 겨울철새가 날아든다. 어머니는 도회지에 나가 사는 자식들과 가까운 친척들이 생각나서 가을걷이한 알곡과 과일을 골고루 나누어 봉지에 담는다. 가을은 풍성한 먹거리와 넉넉한 마음이 있어서 좋다.

가을의 축제도 가을걷이의 하나로, 열매를 거두고 기쁨을 나누며 감사하는 축제이다. 초등학교의 가을운동회 날은 학생들뿐만 아니라, 인근 마을 모든 사람들의 축제날이 된다. 이 날만은 마을 사람들도 만국기가 펄럭이는 넓은 운동장에서 어린 학생들과 어울려서 뛰고 달리며 함께 기쁨을 나눈다. 가을 축제는 먹거리, 볼거리, 놀거리가 많아서 좋다. 지역마다 그 지역을 대표하는 축제가 있다. 내가 살고 있는 지역만 하더라도 가을에는 내포축제, 새우젓축제, 대하축제, 조선김축제가 열린다. 이러한 축제는 지역의 특산물을 널리 알리고 많은 사람들과 함께 나눌 수 있어서 좋다. 가을의 볼거리 축제의 백미는 국화축제인 것 같다. 국화는 가을을 대표하는 꽃으로 매화, 난초, 대나무와 함께 사군자의 하나다. 미당 서정주 시인은 〈국화옆에서〉라는 시에서 국화를 '내 누님같이 생긴 꽃' 이라고 했지만 국화는 예로부터 고고한 기품과 절개를 지키는 군자의 모습 같다고 했다. 서릿발이 날리는 추운 날씨에도 굽히지 않고 견디며 홀로 꿋꿋이 절개를 지킨다는 뜻으로 국화를 두고 '오상고절傲霜孤節'이라고 불렀다. 국화는 꽃의 크기에 따라 대국, 중국, 소국으로 구분된다. 대국은 꽃이 탐스럽고 아름답지만 향기가 없고, 소국은 꽃은 작고 보잘 것 없지만 향기가 짙다. 국화축제는 눈으로 보는 즐거움과 함께 마음으로 느끼는 행복이 있어서 더욱 좋은 것 같다.

가을의 놀거리로는 가을 산행이 제일인 것 같다. 가을 산행은 산을 오르며 단풍놀이를 즐길 수 있어서 좋다. 가을산은 푸른 옷을 붉고 노란 옷으로 갈아입고 손님을 맞는다. 스쳐가는 바람을 타고 떨어지는 나뭇잎이 오솔길 뒤에 소복하게 쌓인다. 낙엽이 구르는 소리가 발걸음을 재촉한다. 붉게 물든 단풍잎을 주우며 산을 내려오다 보면 짧은 가을 해가 서산을 넘어간다. 가을 산행도 가을걷이이다. 산을 오르 내리며 밤도 줍고 감도 딸 수 있기 때문이다.

가을걷이가 끝난 텅빈 들녘을 허수아비가 외롭게 지키고 있고 북쪽에서 불어오는 찬 바람에 실려서 겨울이 다가온다. 뒷산 밤나무 숲에서는 다람쥐 가족이 갈잎 속에 떨어져 있는 밤을 한 톨 한 톨 물어 나르며 겨울을 맞을 준비를 하고 있다. 젊은 사람들이 모두 도회지로 떠나고 노인들만 남은 산골 마을은 사람이 살고 있는 집보다 빈 집이 더 많다. 노부부는 모처럼 고향을 찾은 아들 내외에게 가을걷이한 것들을 보따리에 바라바리 싸서 차에 실려 보낸다. 사람도 환갑의 나이를 맞게 되면 서서히 인생의 가을걷이를 준비해야 될 것 같다. 그동안 살아오면서 해온 일을 뒤돌아보며 가을걷이하듯이 하나하나 거두어들이고, 못다 한 일을 알차게 마무리해야겠다. 사람이 나이가 들어 지내온 삶을 되돌아볼 때 좀더 참을 걸, 좀 더 베풀 걸, 좀 더 아낄 걸하고 후회하게 된다고 한다.

지난 토요일에는 나의 첫 근무지로 소꿉장난 같은 신접살림을 시작한 마음의 고향인 청양에 들렀다. 마침 5일장이 서는 날이어서 아내와 함께 시장 구경을 했다. 아내는 70년대 초 남편의 쥐꼬리만한 봉급으로 어렵게 생활하면서 한 푼이라도 아끼려고 물건 값을 깎던 일을 회상하며 감회에 젖는 것 같았다. 3남매 중 큰아들과 큰딸애가 이곳에서 태어났다. 월세로 얻은 좁은 단칸방에서 네 식구가 몸을 맞대고 살았지만 그래도 행복했던 시절이었다. 시장 구경을 마치고 근처에 있는 칠갑산에 올랐다. 단풍으로 곱게 물든 가을산은 맑은 공기를 마음껏 마실 수 있어서 좋았다. 산 정상에 올라 사방을 둘러보고 아내와 지난 세월을 이야기하며 오솔길을 따라서 산을 내려왔다. 가을걷이를 끝낸 산골 마을의 외딴집 뒤뜰에 오래된 감나무 한 그루가 따다 남은 감 서너 개를 매단 채 외롭게 서 있었다.

저녁노을

늦가을의 새벽에 내린 된서리로 아침 기온이 뚝 떨어지면 집앞의 채소밭을 돌보던 할머니의 굽은 허리가 더 굽어 보인다. 그러나 먼 산 너머로 아침 해가 떠오를 무렵이면 하늘은 붉은 노을로 곱게 물이 들고 기온이 차츰 올라가면서 할머니의 굽은 허리도 서서히 펴지기 시작한다. 짧은 가을 해는 사람들의 바쁜 일손을 더욱 재촉하면서 바닷가 마을의 하루 일이 시작된다. 해가 떠오르자마자 갯벌에서는 아낙네들이 나와서 굴을 따기 시작한다. 굴따기는 기온이 내려가는 늦가을부터 시작하여 이듬해 봄까지 계속된다. 서양에서는 굴을 영어로 'R'자가 들어가는 달에만 먹는다고 한다. 일 년 중 'R'가 들어가지 않는 5월(May), 6월(June), 7월(July), 8월(August) 네 달을 제외한 나머지 달에는 모두 굴을 먹을 수 있다는 이야기다. 어느새 서산 너머로 잘 익은 홍시 같은 둥근 해가 모습을 감추기 시작하면서 하늘은 저녁노을로 붉게 물들고 있다. 푸른 바다가 저녁노을의 붉은 빛으로 곱게 물이 들기 시작하면 굴을 따던 아낙네들도 굴바구니를 머리에 이고 집을 향하여 걸음을 재촉한다.

나는 해뜰 무렵의 아침노을보다 해질 무렵의 수평선 너머로 붉게 물든 저녁노을에 더 정이 간다. 수평선 너머로 해가 지고 붉은 저녁노을이 걷히면서 땅거미가 지면 온 세상이 고요한 밤이 된다. 밤이 되면 낮 동안 지친 심신을 어둠 속에 묻고 세상 일을 모두 잊은 채 쉴 수 있어서 좋다. 이른 아침부터 채소 밭일을 하던 할머니도 굽은 허리를 펴고 따뜻한 안방 구들장 위에 누워 잠을 청하고, 갯벌에서 굴을 따던 아낙네들은 깊은 잠 속에서 하루의 피로를 풀며 단꿈을 꾼다. 저녁노을은 이렇게 지친 심신이 쉴 수 있는 안식처를 준다. 노을진 저녁 하늘로 새들도 안식처를 찾아 바삐 난다. 그러나 숲 속에서는 야음을 틈타서 포식자들이 사냥 준비를 한다. 서로 먹고 먹히는 약육강식의 동물의 세계는 주로 어두운 밤에 이루어지는 것 같다. 이러한 야생동물에게는 저녁노을은 하루의 시작을 알리는 아침노을인 셈이다.

저녁노을은 수평선이나 지평선 가까이의 어느 하늘에서도 볼 수 있어서 좋다. 농촌의 들녘에서도 저녁노을을 볼 수 있고 산촌의 산마루에서도 저녁노을을 볼 수 있으며 어촌의 바닷가에서도 저녁노을을 볼 수 있다. 그리고 저녁노을은 남녀노소 누구나 볼 수 있어서 좋다. 동구 밖에 나와서 일하러 간 엄마를 기다리던 어린 남매가 저녁노을을 바라보며 소원을 빈다. 이 다음에 돈 많이 벌어서 맛있는 것 많이 사먹을 수 있도록 해달라고 빌어본다. 읍내로 볼일을 보러 갔다가 돌아오던 아버지는 저녁노을을 보며 마음속으로 올해 농사가 풍년이 들어서 양식 걱정을 안하게 해달라고 빈다. 하루 종일 갯벌에서 딴 굴바구니를 머리 위에 이고 집으로 향하던 어머니는 저녁노을을 바라보면서 자식들의 행복만을 기원한다. 그리고 바깥 마당에 나와 뒷정리를 하던 할머니는 간신히 허리를 펴고 저녁노을을 쳐다보며 가족들의 건강을 빈다.

저녁노을은 서민들의 소박한 소원을 담아서 꿈나라로 배달해 주는 우체부이다. 노을진 저녁 하늘에 어둠이 찾아오고 집집마다 불빛을 밝혀주던 전등불이 꺼지면서 사람들은 깊은 잠에 빠진다. 하늘에는 별들이 반짝이고 잠이 든 사람들은 낮에 있었던 일로 잠꼬대를 하면서 단꿈을 꾼다. 저녁노을을 바라보며 소원을 빌던 어린 남매는 꿈속에서 부자가 되어 맛있는 것을 실컷 사먹을 수 있게 될 것이다. 아버지의 소원대로 올 농사가 풍년이 들어서 양식 걱정은 안하게 되고, 어머니의 소원도 이루어져서 자식들이 신데렐라처럼 모두 행복하게 살 수 있게 될 것이다. 그리고 할머니는 꿈속에서 돌아가신 할아버지를 만나 못 다한 이야기를 하며 정을 나누고, 가족들도 할머니의 소원처럼 모두 건강하게 살 수 있을 것이다. 저녁노을은 어린 아이들에게는 내일을 열어주는 희망이 된다. 어린 아이들은 저녁노을을 보며 해넘이와 함께 잠이 들면서 해가 돋는 밝은 내일을 기다리게 된다.

저녁노을은 어린 아이들에게는 하루를 마감하는 끝이 아니라 내일을 약속하는 또 하나의 시작인 셈이다. 그러나 나이가 들어서 지금까지 살아온 날이 앞으로 살 날보다 많은 어른들에게 저녁노을은 삶의 뒷모습이 된다. 나도 저녁노을처럼 뒷모습이 아름다운 삶을 살았으면 좋겠다. 머물다 간 뒷자리가 지저분하여 훗날 욕을 먹게 되는 많은 지도자들이 있다. '끝이 좋으면 다 좋다.'라는 말이 있다. 그동안 삶을 살아오면서 역경과 시련을 겪더라도 끝을 좋게 마무리하면 모든 것이 좋게 된다는 뜻이다. 저녁노을은 비가 온 후의 저녁노을이 가장 아름답게 보인다. 저녁노을처럼 머물다 간 뒷자리가 아름다울 수 있어야 한다. 사람은 돌아서는 뒷모습이 아름다워야 몸 전체가 아름답게 보이기 때문이다.

눈길을 걸으며

새벽녘에 일찍 잠이 깨서 창문을 열고 밖을 내다보았다. 간밤에 내린 눈이 마치 백설기를 찌려고 떡시루에 담아 놓은 흰 쌀가루처럼 안마당에 소복하게 쌓이고, 정원의 나무들도 가지마다 목화송이 같은 하얀 눈꽃이 피었다. 두터운 방한복으로 갈아입고 대문 밖으로 나갔다. 온통 흰 눈으로 덮인 거리는 사람이라곤 그림자조차 찾아볼 수 없고, 희미한 가로등 불빛만 졸린 듯 눈 위를 비치고 있었다. 밤사이 소리없이 내린 눈이 온갖 오물을 뒤집어쓴 더러운 세상을 티끌 한 점 없는 깨끗한 세상으로 바꿔놓았다. 이처럼 깨끗한 세상에 인간의 더러운 발자취를 남기려고 하니 부끄럽고 죄스런 마음이 들었다. 그러나 용기를 내어 발걸음을 옮겨가며 개척자가 된 듯이 눈 위에 길을 열었다. 눈길은 발을 옮겨서 눈 위를 밟을 때마다 발밑에서 '사각 사각'하는 소리가 났다. 흰색은 '순백'을 상징한다. 그래서 16세기에 유럽에서 결혼하는 신부가 '순결'의 의미로 새하얀 웨딩드레스를 입기 시작하였다고 한다.

'사각 사각' 눈을 밟으며 하얀 눈길을 걸으니 나도 모르게 정화되어서 몸과 마음이 한결 깨끗해지는 것 같았다. 흰색은 물체가 모든 빛을 반사하기 때문에 희게 보이고, 검은색은 물체가 빛을 모두 흡수하고 반사하지 않기 때문에 검게 보인단다. 세상 사람들이 탐욕으로 부정과 부패에 빠지고, 시기와 질투에 사로잡혀서 중상 모략을 하고, 미운 감정을 앞세워 폭력과 살인을 저지르는 등 이 세상의 모든 죄악을 흡수하여 검게 오염되지 말고, 흰 빛의 눈처럼 죄악을 모두 반사해내어 순결하고 참된 삶을 살아갔으면 좋겠다.

함께 섞였을 때 색의 채도와 명도가 높아져서 색이 선명하고 밝아지는 색상을 '가법색상'이라고 하며 함께 섞였을 때 색의 채도와 명도가 낮아져서 색이 흐리고 어두워지는 색상을 '감법색상'이라고 한다. 빛의 3원색인 빨강, 초록, 파랑은 가법색상으로 혼합하면 가장 밝은 색인 흰색이 되고, 청색, 적자색, 황색의 물감은 감법색상으로 혼합하면 가장 어두운 색인 검정색이 된다. 각양 각색의 사람들이 이 세상을 빨강, 초록, 파랑의 가법색상이 되어 사이좋게 섞여 살면서 새하얀 눈처럼 더욱 선명하고 더욱 밝은 색으로 살았으면 좋겠다.

비는 이슬비나 가랑비처럼 가는 비만 내려도 추녀 끝에 낙수져서 소리가 나지만, 눈은 큰 함박눈이 펑펑 쏟아져 내려도 깃털처럼 가볍게 소리없이 내린다. 눈은 하늘에서 짐을 가득 싣고 내려오는 수레와 같다. 짐을 가득 실은 수레는 빈 수레처럼 요란한 소리를 내지 않는다. 사람들은 성탄절인 크리스마스에 흰 눈이 내려서 화이트 크리스마스가 되길 바란다. 그리고 아이들은 눈이 내려야 성탄 전날 밤에 선물을 줄 산타할아버지가 루돌프가 끄는 썰매를 타고 올 수가 있다고 믿는다. 눈은 폭설이 내리면 피해를 입히기도 하지만 대체로 우리들에게 많은 꿈과 희망을 준다. 겨울에 눈이 많이 내리면 그해 농사가 풍년이 든다고 하지 않던가. 안마당에 소복이 쌓이는 눈을 보고 있으면 쌀이 가득 찬 곳간을 보는 것 같아서 마음이 부자가 된다. 눈 위를 걷고 있으면 소복을 입고 가족들을 위해서 기도하던 어머니의 모습이 떠올라서 마음이 경건해진다. 눈이 내린 겨울날 화롯불에 고구마를 묻어두고 고구마가 익기를 기다리면서 옛 이야기를 들려주시던 할머니가 그리워진다. 그리고 눈 쌓인 언덕 위에서 점심도 거른 채 하루 종일 눈썰매를 타며 놀던 옛 친구들이 보고 싶고, 눈 내린 골목길을 찾아다니며 불켜진 창문을 향하여 메밀묵이나 앙꼬떡을 사라고 목청이 터지도록 외치던 어느 가난한 고학생의 모습도 생각이 난다.

거리에는 새벽을 여는 부지런한 사람들의 모습이 보이기 시작했다. 새벽 첫차를 타려고 큰 보따리를 들고 기차역을 향해 바삐 걸어가는 사람, 밤새 기도를 드리고 교회에서 나와서 집으로 돌아가는 사람, 그리고 길거리에 쌓인 눈을 치우며 길을 여는 고마운 사람들의 모습이 눈에 띄었다. 거리를 빠져나와서 오솔길을 따라 산길을 찾아 걸었다. 눈 위에 산짐승들의 발자국이 여기저기에 어지럽게 찍혀 있었다. 그리고 나무 위에는 눈송이가 하얀 꽃처럼 피어났다. 지나가는 바람결에 나뭇가지에서 떨어져 내리는 눈송이를 맞으며 산길을 걸었다. 먹이를 찾아서 산기슭을 내려오던 산비둘기 한 쌍이 내 발자국 소리에 놀라서 숲 속으로 날아갔다. 산동네 아이들이 마당에 나와서 눈사람을 만들며 놀고 있었다. 아이들은 아빠와 엄마를 닮은 큰 눈사람과 아기 동생을 닮은 꼬마 눈사람을 만들어서 동네로 들어가는 길목 양쪽으로 장승처럼 세워 놓았다. 그리고 동네 강아지들도 편을 갈라서 눈싸움을 하고 있는 아이들 뒤를 쫓으며 평화롭게 뛰어다녔다. 검은 머리에 흰 뺨을 한 박새 가족이 잠에서 깨어나 소나무 가지 사이를 가볍게 날고 있었다. 눈 쌓인 산과 들은 마치 동화 속 같은 아름다운 세상이 되었다. 눈처럼 순결하게 된 몸과 마음으로 산길을 내려왔다. 이제 나도 눈 위에 깨끗한 발자국을 남기고 싶다.

모내기

산골짜기의 다랑논에 비가 내리면 부지런한 농부는 빗물을 가두고 새벽부터 소를 몰아 논을 갈고 써레질을 하였다. 이때 제철을 만난 개구리와 맹꽁이가 물이 불어난 논 위를 헤엄치며 화음을 맞춰 합창을 하면서 산동네의 모내기가 시작되었다. 이른 봄에 볍씨를 뿌리고 물을 대어 정성껏 키운 모를 못자리에서 쪄내어 짚으로 묶고, 묶은 못단을 모내기할 논으로 옮겼다. 요즈음에는 이앙기를 사용하여 기계로 모내기를 하지만 6, 70년대만 해도 손으로 모내기를 했다. 조그만 다랑이논은 허튼모라하여 못줄을 대지 않고 손 짐작으로 대충 간격을 떼어서 모를 심었지만, 넓고 긴 논은 줄잡이가 논두렁에서 띄워주는 못줄의 붉은 표시를 보며 일정한 간격으로 모를 심어야 했다.

근처의 깊은 숲 속에서 들려오는 뻐꾸기 울음소리를 들으며 바쁘게 일손을 놀려서 모를 심다 보면 어느새 쉴 참이 되어 새참이 들어왔다. 쉴 참에 새참으로 먹는 참밥은 겨울밤에 할아버지 제사를 지낸 뒤에 먹는 제삿밥만큼 맛이 있었다. 산골의 작은 동네에서는 대개 품앗이로 모내기를 하였다. 동네 사람들은 새참으로 내온 막걸리를 나누어 마시며 잠시 쉬면서도 동네의 크고 작은 일을 서로 상의했다. 요즘 사람들 사이에서 자주 회자되고 있는 말 가운데 '소통疏通'이란 말이 있다. 소통은 '막힘이 없이 서로 잘 통한다.'는 뜻으로, 사람들이 서로 주고받는 말이 막힘 없이 통하는 것을 '의사 소통'이라고 한다. 의사 소통이 원활하게 이루어져야 구성원 상호 간에 믿음이 생기게 된다.

옛날에는 '친경親耕'이라고 하여 임금님이 들에 나오셔서 백성들에게 손수 농사를 지어보였다고 하는데, 근래에도 대통령이 직접 모내기에 참여하여 모를 심고 쉴 참에 농민들과 어울려서 서로 막걸리 잔을 기울이기도 한다. 물론 그 당시 임금님이나 대통령은 농민들의 노고를 치하하고 농업을 장려하려는 의도에서 직접 농사일에 참여했겠지만, 그보다도 백성들이나 국민들과의 소통을 통해서 믿음을 쌓아 정치를 잘해 보려는 속 깊은 뜻도 가졌을 것이다. 사람과 사람 사이에는 서로 만나서 음식을 함께 나누어 먹으며, 말을 주고받을 수 있는 소통이 필요하다.

해질 무렵이 되어서 모내기가 끝났다. 밖으로 나온 농부들의 검게 그을린 종아리에서 피가 흘러내렸다. 모내기를 하는 동안에 거머리란 놈들이 농부들의 야윈 종아리에 붙어서 흡혈귀처럼 피를 빨아 먹었기 때문이었다. 그러나 농부들은 늘 당해 오는 일이라 조금도 개의치 않고 논물을 떠서 종아리의 피를 닦아냈다. 농번기에는 농촌의 일손이 크게 부족했다. 그래서 인근에 주둔하고 있는 군인들과 근처의 학생들까지 일손 돕기에 나섰다. 이 세상에는 삶이 힘들고 어려울 때에 도움을 주는 고마운 분들도 많다. 그러나 찰거머리처럼 약한 사람들을 괴롭히고 착취하는 기생충 같은 사람들도 있다.

　지금은 수리시설이 잘 되어서 농수 걱정이 없는 수리안전답이 대부분이지만, 70년대까지만 해도 논농사에 필요한 물을 주로 빗물에만 의존하는 천수답이 많았다. 모를 내야할 시기에 충분한 양의 비가 내리지 않으면 제때에 모내기를 할 수 없었다. 논에는 농수가 넘나들 수 있도록 물꼬를 만들어서 취수와 배수를 했다. 가뭄이 심하여 물이 부족하게 되면 농부들은 서로 자신의 논에 물을 조금이라도 더 많이 대려고 물꼬 싸움을 하는 경우도 있었다. 논에 물을 대고 관리하는 일은 대단히 중요한 일이었다. 그래서 어르신들은 긴 살포를 짚고 아침 저녁으로 논의 물꼬를 보러다녔다. 간혹 웅어란 놈이 논두렁에 구멍을 뚫어서 밤새 취수한 농수가 구멍으로 모두 빠져나가는 경우도 있었다.

　옛날부터 '농자천하지대본農者天下之大本'이라고 하여 농업을 가장 중요하게 생각해왔다. 그리고 정부에서는 농촌에서 애쓰는 농민들을 위로하고 증산 의욕을 높여서 농산물의 수확을 늘리기 위해 '권농일'을 지정하여 기념하고 있다. 그동안 6월의 첫째 주 토요일로 지켜오던 권농일이 1984년부터 5월 네 번째 주의 화요일로 바뀌었다. 권농일을 전후한 농촌 들녘에서는 모내기가 한창이다. 관개시설이 잘된 바둑판 같은 논에서 젊은이들이 동력 이앙기를 몰며 모내기를 하고 있다. 이제 아무리 넓은 논이라도 한두 사람만 있으면 모내기를 할 수 있다. 모를 손으로 심지 않고 기계로 심기 때문이다. 쉴 참에 읍내 식당에서 배달된 자장면이나 피자를 새참으로 먹고 막걸리 대신에 콜라나 맥주를 마신다. 이러한 농촌의 새로운 모내기 풍속도를 보며 '격세지감隔世之感'을 느낀다. 요즈음은 시대 흐름에 따라 변화에 적응하여 살아야 된다는 사실을 잘 알면서도 옛것에 대한 아쉬움이 남는다.

짐

아침 등교시간 샛별관 앞에 베이지색 승용차 한 대가 멈춰 선다. 차 문이 열리자 차에서 내린 젊은 부부가 아들을 부축하여 휠체어에 옮겨 태운다. 부부는 조심스럽게 휠체어를 밀어 아들을 1층의 특수학급 교실로 들여보낸다. 오후의 하교시간 샛별관 앞에서 대기하고 있던 부부는 휠체어에 탄 아들을 보조교사의 도움을 받아 다시 승용차에 태운다. 이러한 일은 이들 부부에게 매일 반복되는 일과이다.

"이고 진 저 늙은이 짐 벗어 나를 주오
나는 젊었거늘 돌인들 무거우랴
늙기도 서러라커늘 짐을 조차 지실까"

라는 송강 정철의 시조가 떠오른다.

인생은 무거운 짐을 지고 먼 길을 떠나는 나그네 같다는 생각이 든다. 인생길은 무거운 등짐을 지거나 봇짐을 이고서 가슴속 깊은 곳에 마음의 짐까지 안고 걸어가야 하는 나그네 길이다. 짐에는 크기에 비하여 무게가 가벼운 부푼 짐이 있고, 짐의 크기는 작지만 무게가 많이 나가는 몽근 짐이 있다. 인생길에 등에 지고 머리에 이고 가는 길짐은 부푼 짐이지만 가슴에 안고 가는 마음의 짐은 몽근 짐이다. 머리에 이고 등에 지고 가는 길짐은 무겁고 힘이 들면, 서로 짐을 나누어 질 수도 있고 도중에 쉬었다 갈 수도 있다. 그러나 남 몰래 가슴에 안고 가는 마음의 짐은 그렇지 않다. 이러한 마음의 짐은 가슴에 맺혀서 한이나 원망으로 남게 된다.

어머니는 마음의 짐이 무거운 날엔 동이 트기 전에 들로 나가서 하루 종일 일을 하다가 해질 무렵이 되어서 집에 들어오셨다. 어머니는 그날 언덕배기 콩밭에서 김을 매며 잡초를 움켜잡고 탄식을 했을지도 모른다. 그리고 호미를 잡고 이랑을 파던 흙이 묻은 손등으로 흐르는 눈물을 훔치며 흐느껴 우셨을지도 모른다. 그러나 어머니는 어린 자식의 모습을 떠올리며 마음을 고쳐 먹고 다시 집으로 돌아오셨을 것이다. 나도 나이가 들면서 마음이 무겁고 울적할 때는 어릴 적 어머니처럼 괭이를 메고 텃밭에 나가 잡초를 맨다. 구슬땀을 흘리며 잡초를 파내다 보면 마음이 한껏 가벼워진다. 어머니는 남을 탓하거나 원망하지 않으셨다. 어머니는 마음의 무거운 짐을 스스로 감내해야 할 운명으로 생각하며 참고 견디셨을 것이다.

설을 앞둔 동지 섣달 긴긴 밤, 어머니는 가족들이 입을 옷에 풀을 해서 다듬잇돌 위에 올려놓고 방망이로 다듬이질을 했다. 옷감이나 홑이불은 풀을 먹여 홍두깨에 감아서 다듬이질을 했다. 어머니는 장단에 맞춰서 빠르기를 달리해가며 방망이로 두들겼다. 어머니의 다듬이질 소리는 가슴속 깊이 묻어둔 마음의 짐을 장단으로 표현하는 소리

로, 어머니의 질곡의 세월을 말해 주는 듯했다. 그러나 어머니의 다듬
이질 소리는 한이 맺혀 탄식하는 자학적인 소리도 아니고, 원한이 맺
혀서 앙갚음하려는 가학적인 소리도 아니었다. 어머니의 다듬이질 소
리는 세상 사람들의 마음까지 반듯하게 다듬어서 아름다운 세상을 만
들려는 사랑의 소리였다.

아버지는 늦둥이로 둔 외동 아들의 뒷바라지를 하느라고 환갑이 넘은
나이에도 농사일을 돌보셨다. 아버지는 무거운 등짐을 지고 가파른 고
갯길을 오르내리며 뼈가 부서지도록 농사일을 하였지만 항상 즐거운
표정이셨다. 아버지는 힘든 농사일로 지친 심신을 막걸리를 마시며 풀
으셨다. 아버지는 가슴에 맺힌 마음의 짐을 막걸리를 마시며 스스로 달
래신 것 같다. 부모님 생전에 부모님의 무거운 짐을 덜어드리지 못한
것이 후회가 되어 지금도 내 마음속에 무거운 짐으로 남아 있다.

삶의 여정에는 항상 지고 가야할 짐이 있다. 지고 온 짐을 내려놓으
면 다른 무거운 짐이 기다리고 있다. 그런데 눈에 보이는 짐보다 보이
지 않는 짐이 더 무겁다. 사람들은 이러한 짐에서 벗어나려고 노력을
한다. 그러나 이 보이지 않는 마음속의 무거운 짐을 쉽게 내려놓을
수가 없다. 생활 속에서 겪게 되는 스트레스도 현대인들에게 큰 짐이
된다. 현대를 살아가는 사람들은 무거운 육신의 짐과 스트레스의 짐까
지 지고 험난한 인생 항로를 힘들게 헤쳐나아가야 한다. 그래서 예수
님은 '수고하고 무거운 짐진 자들아 다 내게로 오라. 내가 너희를 쉬게
하리라.'라고 말씀하신 것 같다.

하루 종일 내리던 비가 멈추자 구름 사이로 노을진 저녁 하늘이 곱
게 물이 들고 텃밭의 채소도 비를 머금고 더욱 파래졌다. 오늘 밤에는
꿈속에서라도 어머니의 다듬이질 소리를 들으며 아버지의 술동무가
되어서 생전에 지어드렸던 부모님의 무거운 짐을 벗겨드리고 싶다.

기다림

삶은 기다림의 시간여행이다. 어머니의 자궁 속에서 세상 밖으로 나오는 순간부터 기다림의 시간 여행이 시작된다. 기다림에는 초조함으로 마음을 졸여야 하는 기다림이 있고, 그리움 때문에 가슴앓이를 해야 하는 기다림도 있고, 설렘으로 밤잠을 설치는 기다림도 있다. 그러나 기다림 속에는 크고 작은 소망이 깃들어 있다. 그래서 소망을 실은 기다림은 즐거운 시간여행이 된다.

지난 5월 4일 새벽녘 수지에 살고 있는 아들한테서 전화가 왔다. 출산을 앞두고 있던 며늘애가 진통이 와서 병원에 와 있다고 했다. 마침 주일날이어서 아내와 나는 교회에 나가 9시부터 시작되는 예배에 참석했다. 예배를 드리는 동안 내내 매너모드로 바꿔 놓은 휴대폰에서 진동음이 울리기만을 초조하게 기다려야 했다. 예배가 거의 끝날 무렵 휴대폰의 진동음 소리가 들렸다. 아들로부터 걸려 온 전화였다. 아기를 잉태한 순간부터 40주의 긴 기다림 속에서 초조하게 시간여행을 해 온 며늘애가 마침내 산고의 고통을 이겨내고 건강한 사내아이를 출산했다는 기쁜 소식이었다.

예배를 마치고 아내와 잠시 근처 5일장에 들러서 미역을 비롯한 몇 가지 물건을 사가지고 기차역으로 갔다. 역 대합실에는 어린이날로 이어지는 연휴라 그런지 많은 사람들이 기차를 기다리고 있었다. 어린 손자와 손녀가 보고 싶어서 길을 떠나는 어르신, 새 아파트에 입주한 아들네를 찾아가는 중년부부, 친정 조카의 결혼식에 참석하려는 아주머니, 가까운 친구의 병문안을 가는 아저씨, 그리고 친구 따라 강남가듯 그냥 집을 나온 젊은이들이 시골역의 비좁은 대합실을 가득 메우고 있었다.

세상에 나온 손자를 처음 상면하게 되고 이제 남동생을 얻어서 누나가 된 손녀도 오랜만에 만나게 된다는 기쁨 때문에 설레는 마음으로 기차에 올랐다. 차창 밖으로 평화로운 농촌 풍경이 옛날 활동 사진 필름처럼 지나갔다. 나이가 들수록 지나간 세월을 더 많이 생각하게 된다. 앞으로 기다려야 할 시간보다 그동안 기다려온 시간이 훨씬 더 길기 때문이다. 설날과 추석날을 손꼽아 기다리던 어린 시절의 추억이 떠오른다. 살림살이가 넉넉하지 못했던 농촌에서 어린 아이들은 일 년 중 추석날이나 설날에야 맛있는 음식을 배불리 먹고 때때옷도 입을 수 있었다. 소풍 전날 밤과 운동회 전날 밤에는 혹시 비가 내릴까 봐 걱정이 되어서 잠을 설치며 설레는 마음으로 날이 밝기를 기다려야 했다.

기차는 어느새 산골짜기를 끼고 돌아서 연녹색 숲 속 길을 빠져나와 십여 채의 집들이 옹기종기 모여있는 고즈넉한 산동네를 지나갔다. 허리가 구부정한 노부부가 동구 밖 언덕배기 밭에서 일을 하고 있다. 요즈음 농촌에는 노부부가 조상 대대로 물려받은 논과 밭을 부치며 고향을 지키고, 대처에 나가 사는 젊은 자식들은 일 년에 한두 차례 고향을 찾는다. 자식은 그리움으로 부모님을 기다리지만, 부모님은 가슴속의 따뜻한 정으로 자식을 기다리는 것 같다. 모처럼 아들 내외가 아이들을 데리고 고향에 들른다는 소식에 노부부는 아침부터 일손을 놓고 동구 밖을 목이 빠지도록 내다보며 기다린다. 그러나 자식들은 기차처럼 잠시 머물다 부모님이 바리바리 싸주는 보따리를 갖고 떠나간다. 고향에 기다려 주는 부모님이 계시다는 것은 큰 행복이다. 기다리며 반겨주는 피붙이 하나 없는 고향은 마치 타향처럼 느껴진다. 기다림은 서로 그리움을 주고받는 마음의 정이다.

펌프에 바가지로 물을 부어 퍼 올릴 새 물을 맞이하는 물을 '마중물'이라고 한다. 부모님이 출타하시면 나는 '마중물'이 되어 길에 나가서 기다렸다가 출타하신 부모님을 맞아서 모시고 집에 돌아왔다. 그때 나에게는 읍내로 시장보러 가신 어머니의 길 마중이 가장 즐거웠던 것 같다. 어머니의 장바구니 속에는 언제나 사탕 봉지가 들어 있었다. 철이 없었던 시절서 나는 정 깊은 어머니보다 장바구니 속의 사탕 봉지에 마음이 더 갔었다. 이제 다시 옛날로 돌아가서 '마중물'이 되어 부모님의 길 마중을 해 드리고 싶다.

숨 가쁘게 달려온 기차가 마침내 목적지에 도착했다. 기차에서 내려 산모와 아기가 있는 병원으로 향했다. 소설 ≪레미제라블≫로 유명한 19세기 프랑스의 작가 빅토르 위고(Victor Hugo)는 '여자는 약하다. 그러나 어머니는 강하다.'라고 했다. 여자는 뱃속에 생명의 씨앗을 잉태하는 순간 강해지는 것 같다. 그리고 오랜 기다림 속에서 산고의 고통을 이겨내고 한 생명을 출산하게 되면 여자는 더욱 강한 어머니가 된다. 엄마의 뱃속에서 긴 시간 여행을 하고 세상 밖으로 나온 아기는 엄마의 사랑을 먹으며 기다림을 배우게 된다.

설레는 마음으로 산모와 아기를 만나서 기쁨을 나누고 감사한 마음으로 병원을 나왔다. 남동생이 생겨서 누나가 된 윤형이의 모습이 제법 의젓해 보였다. 5월은 하늘도 푸르고, 나무도 푸르고, 시냇물까지 푸른 빛이다. 우리 아이들이 5월의 푸른 나무들처럼 무럭무럭 자라서 넓은 세상에 나아가 아름다운 꿈을 마음껏 펼칠 그날을 기다리며 오늘도 시간여행을 계속한다.

그늘

아침 일찍부터 고운 소리로 밝게 울던 참매미는 어느새 잠이 들고 늦잠에서 깨어난 쓰르라미가 청승맞게 울어대는 여름날 오후다. 더위에 지친 사람들이 한낮의 뙤약볕을 피하여 마을 앞 정자나무 그늘로 삼삼오오 모여든다. 여름에 무성한 이파리로 강한 햇볕을 가려주는 나무 그늘은 어머니 품 같은 아늑한 쉼터가 된다. 그늘은 지친 몸과 마음을 감싸주는 포근한 안식처인 셈이다. 시집 보낸 막내딸이 보고 싶어서 십여 리 길을 한걸음에 달려온 할머니가 무더위를 피하여 잠시 쉬어가는 곳도 마을 앞 정자나무 그늘이었다. 정자나무는 그늘막이 되어 더위를 식혀줄 뿐만 아니라 반가운 이웃들이 만나서 정담을 나누는 사랑방이었다. 그늘은 삶에 지친 사람들에게 마음의 고향이다.

늘그막에 고향을 떠나 도시의 아파트로 이사온 노부부는 고향 마을의 정자나무 그늘을 그리워하며 아파트 숲 속의 그늘막 파고라를 찾는다. 그러나 도시의 그늘막 파고라에는 정담을 나눌 수 있는 반가운 이웃도 없고, 귀에 익은 매미 소리도 들리지 않는다. 노부부는 도시생활이 아무리 편리하더라도 산 아래 들밭에서 일을 하다가 잠시 쉬면서 풀벌레 소리를 들으며 땀을 식히던 고향의 나무 그늘과 산 그늘이 그리운 것이다.

옛날부터 집안이나 마을에 경사가 있는 날이면 넓은 마당에 차일을 쳐서 햇볕을 가리고 손님을 맞이했다. 초등학교 운동회 날 운동장 한편의 그늘막 텐트가 생각난다. 운동회 날에는 넓은 운동장이 한눈에 들어오는 자리에 여러 개의 그늘막 텐트를 쳤다. 학부모들은 내빈들과 함께 텐트 안에 앉아서 어린 아이들의 경기 모습을 보면서 박수를 보냈다. 나는 운동장 한 바퀴를 도는 경기에서 아버지와 어머니가 앉아 계신 그늘막 텐트 앞을 달릴 때에는 젖먹던 힘까지 내서 힘껏 뛰었다. 일등하여 삶에 지친 부모님의 그늘진 얼굴을 환하게 펴드리고 싶었기 때문이었다.

그늘은 삶의 힘든 고비 때마다 든든한 버팀목이 되어 활력을 준다. 들밭에 갓 옮겨 심은 어린 채소 모종이 한낮의 강한 햇볕을 이겨내지 못하고 시들다가도 뒷산의 큰 산그림자가 그늘이 되어 주면 시든 모종은 다시 원기를 회복하고 생기를 되찾게 된다. 우리들은 삶의 여정에서 그늘 같은 고마운 사람들을 만나 도움을 받으며 살아간다. 기원전 1,200년경 고대 그리스 이타이카 왕국의 '오딧세이' 왕이 트로이 전쟁에 나가면서, 그의 아들 '텔레마코스'를 가장 신뢰하는 친구인 '멘토(Mento)'에게 맡기고 떠났는데 그 후 10년 동안 멘토는 친구의 아들이자 왕자인 텔레마코스를 잘 보살피고 지도했다고 한다. '멘토(Mento)'는 이와 같은 그리스 신화에서 유래된 말로 지금도 한 사람의 인생을 나침반같이 바른 길로 인도해 주는 신뢰할 수 있는 조언자를 가리켜 '멘토'라고 부른다. 그늘도 일종의 '멘토'인 셈이다. 사람은 부모의 그늘에서 사랑을 받으며 성장을 하고 스승의 그늘에서 삶의 지혜를 배우며 생활하기 때문이다.

이른 봄 어미 새는 숲 속에 둥지를 틀고 알을 낳아서 품고, 알에서 부화한 어린 새끼는 어미새의 날개 깃 그늘에 꼭꼭 숨어서 자란다. 어미새의 날개 깃은 어린 새끼새에겐 정자나무 그늘처럼 편안한 쉼터가 된다. 어린 새끼는 숲 속의 나무 그늘에서 자연을 멘토로 삼아 날갯짓을 익히며 홀로서기를 배운다. 그리고 부모 품에서 사랑을 받으며 자란 어린 아기에게 부모의 품은 어미새의 날개 깃처럼 마음놓고 쉴 수 있는 따뜻한 그늘이 된다. 어린 아이는 형제 자매, 친구, 부모, 스승 등의 그늘에서 홀로서기를 배운다. 어린 새끼가 날갯짓을 익혀 어미새 곁을 떠나는 것처럼 사람도 홀로서기를 배우면 부모의 그늘을 떠난다. 이제 자식이 그늘이 되어 늙으신 부모님의 편안한 안식처가 되어 드려야 한다.

젊은이들이 떠난 텅 빈 산마을을 노인들이 남아서 지키며 외롭게 살고 있다. 간밤에 늦더위로 잠을 설친 노인들이 마을 앞 정자나무 그늘에 나와 더위를 식히며 한가롭게 쉬고 있다. 산골 마을의 정적을 깨며 시끄럽게 울어대던 말매미 소리가 잠시 잦아들자 애매미가 정자나무의 가지 사이를 옮겨다니며 방정맞게 울고 있다. 더위가 한풀 꺾이고 산골짜기로 찬 바람이 불어오면 노인들은 여름 한철 정들었던 정자나무 그늘을 떠나 양지바른 툇마루를 찾게 된다. 여름에는 더위를 식혀주는 시원한 그늘이 되고 겨울에는 추위를 녹여주는 따뜻한 그늘이 될 수 있는 정자나무 한 그루를 마음속 깊이 심고 싶다.

제3부

내일을 위한 삶

목표가 있는 삶 / 삶은 의무다 / 개미와 베짱이 / 만사도재오심萬事道在吾心
한 우물을 파자 / 우리 집 가훈 / 노느니 콩이라도 까자 / 시행착오
잘할 수 있는 일을 찾아서 / 내일을 위한 삶

목표가 있는 삶

학창 시절 교장선생님의 훈화를 통해 가장 많이 듣던 말 가운데 하나가 "소년들이여, 야망을 가져라(Boys, be ambitious)."라는 말이었다. 3학년 학생들의 대입수학능력시험이 끝나면 2학년 학생들의 면학분위기를 재정비하여 내년에 있을 대학시험에 미리 대비하기 위해 '대입성공다짐대회'를 연다. 우리 학교에서도 며칠 전 학부모님들을 모시고 대입성공다짐대회를 열었다. 그 자리에서 나는 학생들에게 역경을 극복하고 일류 대학에 합격한 어느 장애 학생의 수기를 소개하면서 우리 학생들은 큰 꿈을 갖고 포기하지 말고 열심히 노력해서 자신의 꿈을 꼭 이루라고 당부했다.

'타산지석他山之石'이라는 말이 있다. '다른 산의 돌'이란 말로 다른 사람의 언행이 자신의 지식과 적성을 연마하는 데 도움이 된다는 뜻이다. 졸업을 앞둔 3학년 학생들을 위한 특별 프로그램을 마련한 지난주에는 입지전적인 몇몇 선배님과 사회 인사를 초청하였다. 우리 학생들이 역경을 극복하고 뜻을 이룬 분들의 이야기를 듣고 자신의 꿈을 이루는 데 도움이 되길 바라는 마음에서였다.

앙드레 말로는 "오랫동안 꿈을 그리는 사람은 마침내 그 꿈을 닮아간다."라고 했다. 생각할 수 있는 가장 완전한 상태로 자신이 실행하고자 하는 궁극의 목표가 되는 것을 이상理想 또는 꿈이라고 한다. 그리고 이루려고 하는 일이나 나아가고자 하는 방향을 '목적'이라고 하며, 그 목적을 달성하기 위하여 실제적인 대상으로 삼는 것을 '목표'라고 한다.

사람은 누구나 자신의 목표를 위하여 앞으로 나아갈 때에 더욱 행복해진다. 1970년대 초 전자제품이 우리나라의 일반 가정에 보급되기 시작했을 때 농촌의 서민 가정에서는 '올해에는 TV를 장만해야겠다.'는 소박한 꿈을 꾸었다. 한 시골 마을에서 어느 집에 TV가 들어오던 날이면 이웃 사람들이 모두 몰려와서 함께 기뻐했다.

매년 정초가 되면 집집마다 작지만 소박한 한 해의 목표를 세우고 허리띠를 졸라매며 목표를 위하여 억척같이 노력하면서 마냥 행복해했다. 정성을 다해 황소를 키워서 아들의 대학 등록금이나 시집보낼 딸의 혼수 비용을 마련하기도 했다.

사람은 앞으로 나아갈 목표가 있을 때에 더욱 강해지는 것 같다. 나는 30대 후반에 장출혈로 병원에 입원한 적이 있었다. 하루는 화장실에 갔다가 출혈이 심하여 거의 정신을 잃었다. 간신히 몸을 가누고 점점 희미해지는 기억을 더듬어 입원해 있던 병실을 향하여 걸어갔다. 창가의 내 침상까지 와서 그만 정신을 잃고 쓰러졌다. 수혈을 받고 깨어났을 때에는 중환자실이었다. 입원한 병실의 침상까지는 내가 나아가야 할 목표였기 때문에 정신을 잃어가면서도 찾아갈 수 있었다.

실러는 "사람은 어떤 목적을 가짐으로써만이 스스로 크게 된다."라고 하였다. 높은 뜻을 세우고 최선을 다하면 누구나 자신의 꿈을 이룰 수가 있을 것이다.

인생을 가끔 마라톤에 비유한다. 42.195km를 달려야 하는 마라톤 선수를 생각해 보자. 포기하지 않고 결승점까지 달리다 보면 순위는 몰라도 결코 실패는 없을 것이다. 인생도 마찬가지다. 살다보면 도중에 장벽을 만나 시련을 겪게 될지도 모른다. 그러나 좌절하지 않고 목표를 향하여 달리다 보면 뜻한 바를 이룰 수 있을 것이다.

희랍의 신화에 나오는 피그말리온이라고 하는 젊은 조각가는 정성을 다하여 여인상을 조각하고 그 여인상이 자기의 아내가 되게 해달라고 간절히 빌었다. 마침내 피그말리온의 소원이 이루어져서 조각상은 살아있는 여인으로 변하여 그의 아내가 되었다고 한다. 세상의 모든 것은 긍정적으로 강하게 믿고 기대하면 언젠가는 기대한 만큼 이루어진다는 '피그말리온 효과(Pygmalion effect)'가 있다. 무한한 가능성을 갖고 있는 우리 아이들을 믿고 긍정적으로 기대하면 우리 아이들은 뜻이 높은 아이로 성장하게 될 것이다.

올해는 정해년으로 '황금돼지의 해'라고 한다. 벌써부터 금년에 낳는 아이는 큰 부자가 된다는 기대로 젊은 부부들 사이에서 출산붐이 일고 있다. 우리 모두 뜻을 높이 세우고 희망찬 내일을 향해서 힘차게 달려 나가자.

삶은 의무이다

따뜻한 봄날 오후 오솔길을 따라 숲 속을 거닐다 보면 개미들의 긴 행렬을 볼 수 있다. 길 위를 지나가던 개미들은 사람들의 발에 밟혀서 상처를 입고 때로는 죽기도 한다. 그러나 사람들은 그 길 위를 아무 일도 없는 듯이 지나간다.

이 지구상에는 어느 한 생명이라도 소중하지 않은 것이 없다. 비록 보잘 것 없는 미물이라도 생명이 있는 한 이 세상의 무엇과도 바꿀 수 없는 소중한 존재이기 때문이다. 그래서 불경에서는 "살생하지 말라."라고 가르친다. 모세의 십계명에도 "살인하지 말지니라."라는 말이 나온다.

오늘도 지구촌 이곳저곳에서는 크고 작은 전쟁과 폭력으로 소중한 생명이 희생되고 있다. 생명 경시 풍조까지 만연되어 스스로 목숨을 끊는 사람들의 수가 늘고 있다. 자살이 10대 사망 원인 중의 하나로 우리나라에서도 자살률이 10만 명당 8.5명이나 된다고 한다.

≪효경≫에 우리의 신체는 부모님으로부터 물려받은 것으로 신체

를 손상시키는 것은 부모님에 대한 불효가 된다고 했다. 그래서 머리조차도 자르지 않고 상투를 틀거나 댕기머리를 한 적이 있다.

요즘 젊은 사람들 사이에서는 성형수술이 성행하고 있다. 신체의 일부분을 수술로 교정해서 좀더 예뻐 보이려고 하는 욕망 때문이다. 원래 성형수술은 언청이 수술과 같이 주로 인체의 손상된 부분이나 기형을 교정하는 수술이었으나 이러한 원래의 목적보다 미용을 위한 수술로 변모되고 있다.

일본의 여류 작가인 삼포능자三浦綾子는 폐결핵으로 오랫동안 투병생활을 하면서 몇 번이나 자살을 기도했었다고 한다. 그러나 그녀는 '삶은 권리가 아니라 의무이다.'라는 사실을 깨닫고 1960년대의 일본 문단에 일대 센세이션을 일으켰던 소설 ≪빙점氷点≫을 쓸 수 있었다고 한다.

나는 고등학교에 근무할 때 담임반 학생들에게 삼포능자의 말을 자주 인용하여 훈화를 했다. 삶은 권리가 아니고 의무이기 때문에 자기 마음대로 포기할 수 없으며, 아무리 힘이 들고 어려워도 참고 견디며 살아가야 할 의무가 있다고 가르쳤다. 백과사전에 의하면 일정한 이익을 주장하고 그것을 누릴 수 있는 수단으로서, 법률이 일정한 자격을 가진 사람에게 부여하는 힘을 '권리'라고 하고, 규범에 의하여 사람의 내심 또는 행동에 부과되는 일정한 구속을 '의무'라고 한다. 요즘은 '삶은 의무이다.'라는 말이 새롭게 느껴진다.

옛 속담에 '말똥에 굴러도 이승이 좋다.'라는 말이 있다. 이 말은 이 세상에서 아무리 고생을 하며 천하게 살더라도 죽어서 저 세상으로 가는 것보다는 낫다는 말이다. 어릴 때 내가 살던 마을 인근에 '병만'이란 사람과 '상복'이란 사람이 있었다. 이 두 사람은 근처의 각기 다른 마을에 거처를 두고 떠돌아다니며 살았다. 대소사가 있는 이집저집을 찾아다니며 허드렛일을 해주고 밥을 얻어먹었다. 마을에 이 사람들이 나타나면 동네 아이들이 몰려 나와서 졸졸 따라다니며 놀리기도 하고, 심지어 돌을 던지기도 했다. '병만'이라는 사람은 말은 없으나 난폭하고, 항상 거지꼴을 하고 다녔으며, '상복'이란 사람은 말은 많으나 온순하고 깔끔한 편이었다. '병만'이란 사람은 거처할 집이 없어서 남의 집 헛간이나 짚단을 쌓아둔 곳에서 잠을 잤다. 그러나 이 사람들은 아무리 사는 것이 괴롭고 어려워도 불평하거나 원망하지 않고, 이집 저집에서 얻어온 밥으로 끼니를 때우면서 하루하루를 살았다. 지금 와서 생각해 보면 그 두 사람이야말로 비록 사람 대접을 못 받고 놀림을 받으면서 바보로 살았어도 '삶은 권리가 아니고 의무'라는 사실을 누구보다도 잘 알고 살았던 것 같다.

당첨되기가 그렇게 어려운 것으로 알려진 로또 복권의 1등 당첨 확률이 8백 15만분의 1쯤 된다고 한다. 그러나 정상적인 남녀가 접촉하여 정자와 난자가 만나서 수정되어 아기를 출산할 수 있는 확률은 대략적으로 1억분의 1이라고 한다. 사람이 이 세상에 태어난다는 그 자체가 축복이다. 모든 사람들이 부모님으로부터 물려받은 이처럼 소중한 몸을 잘 보존해야 되겠다. 그리고 항상 '삶은 권리가 아니고 의무'라는 사실을 명심하고 생명을 소중하게 여기며 살았으면 좋겠다.

개미와 베짱이

이솝우화의 〈개미와 베짱이〉 이야기이다.

햇볕이 쨍쨍 내리쬐는 무더운 여름날 개미들이 땀을 뻘뻘 흘리며 추운 겨울 동안 먹을 양식을 부지런히 준비하고 있다. 시원한 나무 그늘에서 즐겁게 춤을 추며 노래를 부르던 베짱이가 개미를 보고 "겨울이 오려면 아직도 멀었는데, 너희들은 오늘처럼 즐겁고 좋은 날에 무엇 때문에 하루 종일 그렇게 힘든 일을 하고 있느냐?"라고 빈정거리면서 물었다. "그래도 미리 겨울에 먹을 충분한 양식을 준비해 두어야 한다."라고 말하면서 개미들은 계속 일을 했다. 어느덧 여름이 가고 가을이 지나서 금방 추운 겨울이 다가왔다. 추위와 굶주림으로 지친 베짱이는 할 수 없이 개미를 찾아가서 "춥고 배가 고파 죽겠으니 먹을 것을 나누어 달라."라고 구걸을 했다. 베짱이는 개미에게서 먹을 것을 구해왔으나 엄동설한의 강추위를 이기지 못하고 그만 죽고 말았다.

잠언에 "게으른 자여, 개미에게로 가서 그 하는 것을 보고 지혜를 얻으라. 개미는 두령도 없고, 간역자도 없고 주권자도 없으되 먹을 것

을 여름 동안에 예비하여 추수 때에 양식을 모으느니라.”라는 말이 있
다. 큰 부자는 하늘에서 내지만 누구든지 근면하고 성실하면 작은 부
자는 될 수 있다고 한다. 일자리가 부족하여 많은 젊은이들이 취업을
못하고 있지만 생산 현장에서는 힘든 일을 회피하는 경향 때문에 많은
외국인 노동자를 고용하고 있는 실정이다. 양사언은 그의 시조에서
다음과 같이 읊고 있다.

> “태산이 높다하되 하늘 아래 뫼이로다
> 오르고 또 오르면 못 오를 리 없건마는
> 사람이 제 아니 오르고 뫼만 높다 하더라.”

우리의 젊은이들이 일자리가 없어서 취업을 못한다고 불평만 하지
말고 힘든 일이라도 찾아서 열심히 일하다 보면 언젠가는 태산이라도
오를 수 있을 것이다.

한 농부가 임종을 앞두고 아들들에게 “내가 너희들에게 물려줄 것은
얼마 안 되는 밭뿐인데 그 밭을 아무에게도 팔지 말아라. 그 밭 어딘가
에 보물을 파묻어 두었다.”라고 유언을 했다고 한다. 이 말을 들은 아
들들은 농부가 죽자, 밭 이곳저곳을 모두 샅샅이 파헤치고 아버지가
묻어 놓았다는 보물을 찾기 시작했다. 그러나 아무리 밭을 깊이 파도
보물은 나오지 않았다. 아들들은 실망을 하고 파놓은 밭에 곡식을 심
었는데 그해 가을에 풍성한 수확을 거둘 수 있었다. 그 후 아들들은
아버지가 물려준 보물이 바로 ‘근면하게 사는 것’임을 깨닫고 모두 열
심히 살았다는 이솝의 우화도 있다.

우리나라 속담에 ‘가을 식은 밥이 봄 양식이다.’라는 말이 있는데 이
말은 가을에는 먹을 것이 풍족하지만, 봄에는 궁하게 되니 풍족할 때

낭비하지 말고 아끼라는 뜻이다. 우리나라보다 잘 사는 나라에서는 덜 소비하고 덜 버리는 것이 미덕이라고 한다. 그러나 우리들은 소비가 미덕인 것처럼 생각하고 너무 많이 소비하고 너무 많이 버려서 걱정이다. 여기저기에 마구 버린 쓰레기 때문에 나라 전체가 몸살을 앓고 있다. 그래서 뜻이 있는 사회단체나 기관에서 물건을 아껴 쓰고, 나눠 쓰고, 바꿔 쓰고, 다시 쓰자는 소위 '아나바다 운동'을 펼치고 있다.

옛 어른들은 '식불이미食不二味'라고 해서 일상의 먹는 밥은 찬을 2가지 이상 놓지 말라고 했다. 지금 이 시간에도 지구촌의 여러 나라에서 많은 어린 아이들이 굶주림으로 죽어 가고 있다. 우리나라도 한국 전쟁을 전후하여 한때 생필품과 식량이 부족하여 외국의 원조에 의존하여 살아야 했다. 배고픔도 모르고 부족함도 없이 자라고 있는 우리 어린 아이들에게 검소한 생활 습관을 갖도록 하고, 쌀 한 톨의 소중함을 알게 해서 근검절약하는 생활을 하도록 도와주어야겠다.

"개미에게로 가서 개미가 하는 것을 보고 지혜를 얻으라."라는 성구가 더욱 새롭게 느껴진다. 지금 우리들의 모습이 베짱이가 아닌가 반성하면서.

만사도재오심 萬事道在吾心

　어느 시골 마을의 조그만 방앗간에서 온몸에 먼지를 뒤집어써 가며 아침 일찍부터 밤늦게까지 온종일 방아를 찧는 사람의 이야기이다. 그는 언제나 콧노래를 부르며 즐겁게 일을 했다. 하루는 방앗간 앞을 지나가던 임금님이 주인이 즐겁게 부르고 있는 노랫소리를 듣고 걸음을 멈추고서 "너는 하루 종일 먼지 속에서 힘들게 일을 하면서도 그처럼 즐겁게 노래를 부를 수 있느냐?"라고 물었다. 그러자 방앗간 주인은 빙그레 웃으면서 "제가 열심히 밀을 빻으면, 이웃 사람들이 내가 빻은 밀가루로 맛있는 빵을 만들어 먹을 수 있습니다. 그래서 저는 늘 즐거운 마음으로 노래를 부르며 일을 합니다."라고 대답했다. 임금님은 방앗간 주인의 말을 듣고 감탄하며 돌아갔다는 이야기가 있다. 행복은 자신이 스스로 만들어 간다고 한다. 우리 모두가 방앗간 주인처럼 모든 일을 긍정적으로 생각하면 인생을 보다 행복하게 살아갈 수 있을 것이다.

　'만사도재오심萬事道在吾心'이라는 말이 있다. 이 말은 "모든 일은 마음먹기에 달려 있다."라는 뜻으로 할 수 있다고 생각하면 할 수 있고,

할 수 없다고 생각하면 할 수 없게 된다는 말이다. 테이블 위에 술이 반쯤 담겨 있는 술병을 보고, 한 사람은 "아직 반이나 남아 있네."라고 기뻐하고, 다른 한 사람은 "이제 반밖에 안 남았네."라고 탄식한다고 한다. 영국의 시인이자 비평가인 사뮤엘 존슨은 "온갖 일에 있어서 가장 좋은 면을 보는 습관은 연간 소득 천 파운드에 해당된다."라고 말했다. 이 세상의 모든 사물은 밝고 어두운 양면이 있는데, 항상 밝은 면만 보고 긍정적인 사고를 하는 사람이 있고, 어두운 면만 보고서 부정적으로 생각하는 사람도 있다. 우리들은 밝은 면을 보고 긍정적으로 생각하는 사람을 가리켜 '낙천주의자' 또는 '낙관주의자'라고 하고, 어두운 면을 보고 부정적으로 생각하는 사람을 '염세주의자' 또는 '비관주의자'라고 한다.

'낙천주의는 하느님에게서 오고, 비관주의는 사람의 머릿속으로부터 나왔다.'라는 이슬람 속담이 있다. 21세기의 주역이 될 우리 청소년들이 낙천주의자가 되어 세상을 보다 밝게 살았으면 좋겠다. 비관은 좁은 길이지만 낙관은 넓은 길이라고 하는데 젊은 사람들이 보다 넓은 길로 나아가 마음껏 꿈을 펼 수 있기를 바라기 때문이다.

삶의 여정에는 구름이 끼는 날도 있고, 바람이 부는 날도 있고, 비가 내리는 날도 있다. 그러나 구름이 끼었다고 불평하고, 바람이 분다고 불평하고, 비가 내린다고 불평하면서 생활하는 것보다는 생각을 바꿔서 구름이 끼면 그늘이 져서 좋고, 바람이 불면 시원해서 좋고, 비가 내리면 곡식이 잘 자랄 수 있어서 좋다는 생각으로 생활하는 편이 더 좋을 것이다. 긍정적인 사고는 우리들에게 희망을 주어 내일을 여는 힘이 될 수 있다. 초승달은 언젠가 둥근 보름달이 되어 온 동네를 밝게 비추게 된다는 생각을 갖고 열심히 살아야 한다. 하늘을 온통 컴컴하게 덮고 있는 먹구름 저 너머에는 항상 찬란한 햇빛이 우리들을 기다리고 있다.

벌써 15년 전의 일이다. 직장 동료들과 눈이 쌓인 한라산을 등산한 적이 있다. 장비도 제대로 준비하지 않고 떠나서 신고 있던 운동화에 아이젠을 사서 매고 산에 올랐다. 몇 시간을 오르다 보니 너무 힘들어서 중간에 포기하고 싶었다. 그러나 숨을 몰아쉬며 간신히 참고 올라갔다. 마침내 일행 모두 무사히 산 정상에 오를 수 있었다. 행복은 고통을 넘는 순간에 더할 수 없는 기쁨을 만끽할 수 있었다. 그 후 그 당시의 기쁨을 오래 간직하고 싶어서 그날 함께 등산했던 동료들이 '백록회'라는 모임을 만들어서 지금도 가끔 만난다.

인생은 누구에게나 호락호락하지 않다. 그러나 '할 수 있다.'는 자신감을 갖고 모든 일을 긍정적으로 열심히 행하게 되면, 넘지 못할 장벽은 없을 것이다. 산모는 출산 10분 전이 가장 힘들고, 날은 밝기 직전이 가장 어둡다고 한다. 우리 청소년들이 항상 자신감을 갖고 적극적으로 노력해서 모두가 밝은 내일을 열었으면 좋겠다.

한 우물을 파자

누구나 한 가지 일에 꾸준히 정진하면 그 일의 전문가가 될 수 있다. 서양 속담에 '구르는 돌에는 이끼가 끼지 않는다.(A rolling stone gathers no moss)'라는 말이 있다. 이 말은 돌은 구르지 않고 한곳에 오래 머물러 있어야 이끼가 끼게 된다는 뜻으로 직업을 자주 옮기는 사람을 빗대어 경고하는 말이다. 여기서 말하는 이끼는 '성취'나 '성공'을 의미하는 말로 좋은 뜻으로 쓰이고 있으며, 재물을 비유하는 말로 생각할 수 있다.

'구르는 돌에 이끼가 끼지 않는다.'라는 말은 우리말 속담의 '우물을 파도 한 우물을 파라.'라는 말과 같은 뜻이다. 목마른 사람이 우물을 파는데 여기 조금 파 보다가 물이 안 나온다고 불평하면서 저기 조금 파게 되면, 그 사람은 물을 얻지 못할 것이다. 목이 말라도 참고 견디면서 한 곳을 꾸준히 판다면, 언젠가 맑은 샘물이 솟아 나와서 갈증을 풀 수가 있을 것이다. 우리들이 하는 일도 이와 마찬가지이다. 한 가지 일을 시작한 지 얼마가 안 되어서 다른 일로 옮겨가며 자주 직업을 바꾸면, 성취할 수 없게 된다. 누구든지 한 가지 일에 꾸준히 정진해야만 그 방면에 전문가가 되어 성공할 수 있게 된다.

'하루가 멀다.'하고 변화하고 있는 시대를 살아가려면 현재에 안주하지 말고 항상 변화를 추구하여 새롭게 혁신해 나아가야 한다는 데에는 공감을 한다. 그러나 요즈음 젊은이들이 어렵게 들어간 직장을 1~2년 다니다가 일이 힘들다고 나와서 자주 다른 직장으로 옮기는 사례가 많다는 이야기를 듣고 걱정이 된다. 얼마 전 TV에 50년간 대장간을 운영하며 농기구를 만들고 있는 어느 대장장이에 대한 이야기가 방영된 적이 있다. 어릴 때에 양친 부모를 여의고 먹고 살기 위해서 처음 들어간 곳이 대장간이었다고 한다. 대장간에서 허드렛일을 도우며 등 너머로 배운 기술이 이제 평생의 직업이 되어서 60평생을 이 일을 하고 있다고 한다. 그러나 대장간에 찾아와 농기구를 사가는 마을 사람들이 있어서 고맙고, 자신은 마을 사람들이 사용할 농기구를 계속 만들 수 있어서 보람을 느낀다고 했다. 그리고 이 대장간 일을 아무리 나이가 들어도 자신의 힘으로 할 수 있을 때까지는 계속하고 싶다고 말했다.

'온고지신溫故知新'이란 말이 있다. '옛 것을 익히고 그것을 미루어서 새 것을 안다.'라는 말로, 옛 것을 앎으로써 새로운 것을 배우게 된다는 뜻이다. 자손 대대로 전통과 기술의 맥을 이어오면서 끊임없이 기술을 연마하여 최고의 품질을 유지하고자 하는 일본 사람과 독일 사람들의 장인정신은 세계적으로 유명하다. 우리나라에서도 전통을 지키며 삼 대째 내려온다는 음식점도 있고, 한의원도 있다는 이야기를 가끔 듣는다. 그리고 장인정신이 투철하고 한 분야에서 최고의 기능을 가진 사람을 '명장'이라고 하여 우대하고 있음은 참으로 다행한 일이다.

요즘 경제 여건이 좋지 않아서 청년 실업자와 조기 퇴직자가 늘고 있으며, 이제 평생 직장을 기대하기도 어렵게 되었다. 그러나 이런 때

일수록 한 가지 일에 정진하여 그 방면에서 최고의 전문가가 되어야한다고 생각한다. 내가 교직에 들어온 지도 40년이 되었다. 1970년 3월 1일에 처음 시작하여 그동안 교단 교사로 있으면서 아이들을 가르쳤고, 교육 전문직에 종사했으며, 지금은 교장으로 학교를 관리하고있다. 돌이켜보면, 특별한 재주도 없는 내가 지금까지 교직에 남아 있을 수 있는 것은 그동안 한눈팔지 않고 오로지 교직이라는 외길을 묵묵히 걸어온 덕분으로 생각한다.

국가 경제가 아무리 어렵더라도 오늘을 사는 청소년들이 자신의 소질을 계발하고 한 가지 일에 꾸준히 노력을 기울이면 밝은 내일을 열수 있을 것이다. 처음에 가진 마음을 끝까지 관철하는 것을 '초지일관初志一貫'이라고 한다. 우리 청소년들이 꿈을 포기하지 말고 초지일관하여 자신들의 꿈을 멋지게 펼 수 있기를 기대한다. 하늘은 스스로 돕는사람을 돕기 때문이다.

우리 집 가훈

큰딸이 중학교에 다닐 때의 일이다.

어느 날 퇴근하여 집에 돌아와서 가족들과 함께 저녁식사를 하는 자리였다. 딸애가 우리 집 가훈이 뭐냐고 물었다. 학교에서 선생님이 내일까지 가훈을 알아오라는 숙제를 내줬다고 했다.

가훈은 한 가정의 구성원들이 살아가면서 지켜나가야 할 생활지침으로 그 집안의 교훈이다. 대개 명문대가에서는 집안 대대로 가훈이 전해내려오고 있다. 가령 삼국통일의 위업을 이룬 신라시대 김유신 집안의 '충효忠孝'라든가, 고려 말 명장이었던 최영 장군 집안의 '황금 보기를 돌같이 하라.'와 같은 가훈은 세상에 널리 알려진 가훈들이다. 그러나 농촌에서 집안 대대로 농사를 지으며 조용히 살아온 우리 집안에 이렇다 하게 내세울 만한 가훈이 생각나지 않았다. 그래서 가만히 생각해 보니 우리 집안 사람들 대부분이 예전이나 지금이나 큰 욕심이 없이 어떤 일에나 정성을 다하고 하늘의 뜻을 겸허하게 받아들이며 생활해 온 것 같았다. 그때 우리 집 가훈으로 떠오른 말이 '진인사대천명盡人事待天命'이었다. '진인사대천명'은 사람으로서 할 수 있는 일을 다한 후에 하늘의 명을 기다린다는 뜻으로 무슨 일을 하든지 최선을 다하라는 말이다.

저녁식사를 한 후 과일을 깎아 먹으면서 집사람과 애들한테 '진인사대천명盡人事待天命'을 우리 집 가훈으로 정하자고 했다. 어떤 일이든지 정성을 다하면 하늘도 감동하여 좋은 결과를 맺게 한다는 믿음을 갖고 우리 가족 모두 무슨 일이나 최선을 다하여 노력하고자 다짐했다.

그 후 딸애가 다니던 중학교의 한 미술선생님이 학생들이 미리 준비해온 두꺼운 송판 위에 학생들의 가훈을 예쁜 글씨로 써 주고 그대로 새겨오라는 숙제를 내주었다. 그러나 이러한 숙제는 딸애가 혼자서 하기에는 너무 힘들 것 같아서 내가 도와주기로 했다. 그래서 퇴근 후에 짬을 내어 딸아이와 함께 미술선생님이 써준 '盡人事待天命'의 글자를 한 자 한 자 정성을 다하여 새겨나갔다. 처음에는 글자를 음각으로 새겨 볼까 하다가 딸애가 음각보다는 양각으로 새겨야 더 예쁠 것 같다고 해서 여섯 글자를 양각으로 새겼다. 조각도로 글자 한 자 한 자를 최선을 다하여 새겼다. 며칠이 걸려서 글자를 모두 다 새기고 난 후 그 위에 리스 칠을 했다. 칠이 마른 후 송판의 좌우에 고리를 만들어 붙였다. 그러고 나서 현관문을 열면 가장 먼저 눈에 띄일 수 있는 거실 벽 위에 걸어 놓았다.

나는 맏이로 아들 하나와 아래로 딸 둘을 두었다. 다행스럽게도 삼남매는 학원에 가본 적이 없고 과외를 받아본 적도 없었지만 나름대로 학교생활에 충실하여 원하는 대학에 들어갈 수 있었다. 막내딸은 대학 재학 중에 사법시험에 합격하여 가족들을 기쁘게 했다. 누구나 땀을 흘려가며 열심히 노력하면, 노력한 만큼 풍성한 수확을 거둘 수 있다.

"최선을 다하여라, 그리고 신의 축복을 기다려라."라는 말처럼 무슨 일에나 최선을 다하고 겸허히 그 결과를 기다릴 줄 알아야 한다.

오는 연말에 아들네가 분양받은 새 아파트에 입주하게 된다. 그동안 전세를 살다가 결혼하여 처음으로 내 집을 마련해 입주하게 되니 감사하고 축하할 일이다. 우리 집 가훈인 '진인사대천명盡人事待天命'을 정성 들여 써서 예쁘게 표구하여 아들네 새 아파트의 거실 벽 위에 가장 잘 보이는 곳을 찾아 걸어 주고 싶다. 앞으로 우리 손자 손녀들도 '진인사대천명盡人事待天命'의 가훈을 이어받아 최선을 다할 수 있도록….

노느니 콩이라도 까자

중국 남송 때의 사상가인 주희朱熹는 "소년은 늙기 쉽고 학문은 배우기가 어려우니 순간순간의 짧은 시간이라도 헛되게 보내지 말고 아껴 쓰라."라고 했다. 그리고 영국 속담에도 '시간은 돈이다.'라는 말이 있는데 이 말도 시간을 소중하게 생각하여 허비하지 말고 열심히 노력하라는 뜻이다. 누구에게나 하루는 24시간이다. 자신에게 주어진 24시간을 어떻게 보내느냐에 따라 삶의 질이 달라질 수 있다. 24시간을 그저 허송세월을 하며 허비하는 사람도 있고, 계획을 세워서 알차고 보람 있게 보내는 사람도 있다. 시간을 허송세월하며 보내는 사람에게는 하루 24시간도 너무 길어서 지루하다고 생각될지도 모르지만, 시간을 아끼며 열심히 생활하는 사람에게는 24시간이 짧게만 느껴질 것이다. 유수와 같이 흘러가는 시간을 보다 알차고 보람 있게 보내야겠다.

농촌에서는 수확이 끝나면 비교적 한가한 농한기가 있다. 지금은 그렇지 않겠지만 예전에는 농촌에서 이러한 농한기를 보내는 데에는 마을 사람들은 대개 두 부류가 있었다. 한 부류의 사람들은 새끼를 꽈서 가마니를 짜고, 멍석도 만들고, 짚신도 삼으면서 시간을 보내고, 다른 한 부류는 빈둥빈둥 놀면서 놀음판에 나가 여름 내내 땀 흘려가며 농사를 지어 수확한 농산물을 탕진했다. 그 중에는 큰 놀음판에 끼어들어서 가산을 모두 잃고 정든 고향을 등지고 떠나는 사람들도 있었다. 그러나 농한기에도 놀지 않고 시간을 아껴서 열심히 노력한 사람들은 해마다 농토를 사들여서 가세를 늘려 나갔다.

대부분의 일반계 고등학교에서는 방과 후에 교실을 개방하고 학생들은 밤늦게까지 자율학습을 한다. 일부 학생들은 시간을 아끼며 계획을 세워 열심히 공부하지만, 일부의 학생들은 아까운 시간을 잠을 자다가 가곤 한다. 잠을 자려면 집에 가서 편안하게 자는 편이 낫겠다는 생각도 든다. 티끌을 모아서 태산을 이룬다고 3년 후에는 시간을 어떻게 보냈느냐에 따라 그 결과가 크게 차이가 나게 마련이다. 그래서 시간을 돈이라고 하는 것 같다.

바쁜 생활을 하면서도 시간을 쪼개서 건전한 취미생활을 하는 사람들이 늘고 있다니 다행한 일이다. 건전한 취미생활을 통하여 여가를 즐기고 심신을 단련하는 일에 시간을 보내는 것은 바람직한 일이다. 그러나 생산 현장에서는 아직도 일손이 부족하여 어려움이 많다고 하는데 낭비적인 일에 더 많은 시간을 보내고 있는 사람들이 있는 것 같아서 걱정이 된다. 옛날 어른들도 속된 말로 "노느니 콩이라도 까라."라고 말씀하셨다. 이 말은 시간을 쓸데없는 일을 하는 데 허비하지 말고 보다 생산적인 일을 하는 데 쓰라는 충고였던 것 같다.

많은 국민들이 수해 복구에 안간힘을 써가며 고생을 하고 있을 때에 고위직 공무원이 골프를 쳤다고 하여 나라 안이 떠들썩했던 적이 있다. 물론 개인의 취미생활이라고 덮고 넘어갈 수도 있을지 모르지만, 수해로 어려움을 겪고 있는 국민을 외면하고 자신의 여가를 즐기는 공무원이 되어서는 안 될 일이다. 어쩌다가 주말에 야외로 나들이를 나가서 농사일로 한참 바쁜 농촌 마을을 지나가게 되면 죄를 짓는 것 같아서 마음이 무거워진다. 농촌에서는 가을철 수확기가 되면 남녀노소를 불문하고 눈코 뜰 사이 없이 바쁘다. 그래서 농촌 사람들은 음력 팔월을 '동동 팔월'이라고 불렀다. 하루 종일 발을 동동 구르며 아무리 바쁘게 움직여도 그날 하루의 일을 모두 마칠 수 없기 때문이다.

누구나 생활을 하다보면 그날 해야 할 일을 다음날로 미루는 경우가 있다. 앞으로 일을 하며 살아갈 일이 솜털같이 많은데 오늘 하루쯤 쉬고 내일 하면 된다는 안일한 생각을 하게 된다. 그러나 한 번 흘러간 시간은 결코 다시 돌아오지 않는다는 사실을 알아야 한다. "오늘 할 수 있는 일을 내일로 미루지 말라."라는 속담도 있다. 자신이 오늘 해야 될 일은 내일로 미루지 말고, 시간을 아껴서 최선을 다하여 일을 완결하는 생활습관이 필요하다. 시간을 허비하는 것이 가장 비싼 낭비라고 하는데, 우리 모두가 시간을 아껴서 잘 이용하는 지혜를 갖고 살아야 되겠다.

시행착오

'호랑이에게 물려가도 정신만 차리면 산다.'는 속담이 있다. 아무리 위험한 경우라도 당황하지 말고 정신을 똑바로 차려서 침착하게 행동해야 된다는 말이다. 누구나 정도의 차이는 있지만 큰 일을 앞두면 잘해야 된다는 생각으로 마음의 평정을 잃고 당황하게 된다. 대학수학능력시험이 지난 11월 15일 전국적으로 일제히 실시되었다. 초·중·고등학교 12년간의 교육을 총결산하는 중요한 시험이고 보니 수험생뿐만 아니라 온 국민의 관심이 집중된다. 그동안 잠을 설치며 힘들게 시험 준비를 해온 수험생은 물론이고 수험생 뒷바라지에 마음 고생이 많았던 학부모까지 이날은 마음을 졸이며 초조해 한다.

우리 학교는 수능시험장 학교로 인문과정을 선택한 300여 명의 남자 수험생들이 15개 고사실에 나뉘어 시험을 치렀다. 시험 전날은 학교별로 수험생을 예비 소집하여 수험표를 나누어 주고 수험생 유의사항을 전달했다. 나는 인사말을 하면서 '진인사대천명盡人事待天命'이라는 말을 인용하여 수험생들을 격려했다. 그동안 시험 준비에 최선을 다한 우리 학생들에게 틀림없이 좋은 결과가 나올 것으로 확신한다는 말도 잊지 않았다. 그날 오후에 있었던 감독관 및 관리요원 교육에서는 시험관리 지침에 따라 투철한 사명감을 가지고 만전을 기해줄 것을 당부하면서 되도록이면 수험생들을 따뜻한 마음으로 대해주라고 부탁드렸다.

올해에는 '입시 한파'라는 말이 무색할 정도로 수능시험일의 날씨가 춥지 않았다. 새벽 5시경에 교육청에 가서 시험 문제지와 답지를 수령해왔다. 8시 40분에 본령이 울리면서 제1교시 언어영역 시험이 시작됐다. 듣기평가도 잘 끝나고 시험은 순조롭게 진행되었다. 10시에 1교시 시험 종료를 알리는 종이 울리고 20분간 휴식에 들어갔다. 그런데 한 수험생이 문제지와 답안지를 회수하여 고사본부로 들어오는 감독교사를 따라 들어왔다. 감독교사를 따라 고사본부에 들어와서 문제지에 풀어놓고 시간이 없어서 미처 답지에 옮기지 못한 문제의 답을 답안지에 옮겨 적을 수 있도록 선처해 달라고 애원하였다. 고사 관리의 모든 책임을 맡고 있는 나는 시험장에서 발생하는 제반 문제의 경위를 듣고 판단하여 최종적인 결정을 내려야만 했다. 그래서 해당 시험실 감독관의 의견을 듣고 도교육청 감독관과 협의하여 고사 관리 지침에 따라 '불가'하다는 결정을 했다. 선처를 바라며 애원하는 수험생의 딱한 사정을 알고도 어쩔 수가 없이 원칙대로 시험 관리를 해야 되는 내 마음도 무거웠다.

시험 문제를 풀 때에도 시간 계획이 필요하다. 입학 시험이나 대입 수학능력시험처럼 중요한 시험에서는 시험 문제의 문항당 소요될 시간을 예상하여 미리 시간을 배당하고 주어진 시간 내에 문제를 풀 수 있어야 한다. 문제를 풀 때 먼저 쉬운 문제부터 빨리 풀고 나서 어려운 문제는 충분히 생각하면서 나중에 풀어야 한다. 그러나 이러한 일은 마음의 여유를 갖고 침착해야만 가능하다. 내가 초등학교를 졸업하고 중학교에 입학했던 때가 1960년이었다. 그때는 입학 시험에 합격돼야 중학교에 들어갈 수 있었다. 읍내에 있는 중학교에 들어가려면 시골 초등학교에서 공부를 썩 잘해야만 했다. 그해의 중학교 입학 시험에서는 산수 과목과 자연 과목을 한데 묶어서 같은 시간에 시험을 봤던 것으로 기억된다. 평소에 학교에서 산수 문제는 문제를 풀고 나서 반드시 검산을 해야 한다고 배웠다. 그래서 나는 먼저 산수 문제를 다 풀고 나서 다시 한 문제씩 검산을 했다. 그러나 산수문제 풀이에 너무 오랫동안 매달리다가 그만 시간이 지나서 자연 과목은 손도 대지 못하게 되었다. 합격은 됐지만 오랜 시간이 지났어도 그때의 마음 아팠던 일은 지금도 잊히질 않는다.

경험보다 값진 교육은 없는 것 같다. 사람은 경험을 통하여 시행착오를 하면서 성장하게 된다. 실패도 좋은 경험이 되어서 성공의 소중한 밑거름이 될 수 있다. 나는 중학교 입학 시험 때의 잊을 수 없는 쓰라린 경험을 통하여 일을 너무 조급하게 서둘러서도 안 되지만 그렇다고 너무 신중하게 하려고 하다가 때를 놓쳐서도 안 된다는 사실을 깨닫게 되었다. 그 후 나는 크고 작은 많은 시험을 치르면서 문제를 몰라서 풀지 못한 경우는 있어도 시간이 부족하여 답안 작성을 못한 적은 없었다. 시험을 볼 때마다 문항당 소요될 예상 시간을 미리 생각하고 쉬운 문제부터 침착하게 차근차근 풀 수 있었기 때문이다. 지난 11월 15일 대입 수학능력시험에서 시간을 놓쳐서 제1교시 언어영역 시험 답안을 제대로 옮기지 못했던 수험생도 가슴 아픈 경험을 통하여 많은 것을 배웠을 것이다.

삶은 마라톤과도 같은 긴 여정이다. 한때의 실수에 낙심하지 말고 실패를 거울로 삼아서 더욱 노력하여 삶의 긴 여정을 알차게 살아갔으면 좋겠다. 영국 속담에서 '넘어짐으로써 안전하게 걷는 법을 배운다.'

는 말이 있다. 어린 아기가 걸음마를 배우는 모습을 살펴보자. 어린 아기는 한 발짝을 떼어 놓다가 넘어지고, 다시 일어나서 한 발짝 떼어 놓다가 넘어지는 일을 되풀이하면서 마침내 안전하게 걷는 법을 배우게 된다. 포기하지 않으면 실패는 없다고 하지 않는가. 넘어지면서 걸음마를 배운 아기는 달음박질을 하며 마라톤 같은 삶의 긴 여정을 달릴 것이다.

잘할 수 있는 일을 찾아서

한 가전제품의 광고에 '순간의 선택이 10년을 좌우한다.'는 말이 있었다. 물론 이 광고는 자사 가전제품의 우수성을 선전하는 내용이었지만 한 번 구입하면 10년 동안 사용하게 될 중요한 가전제품을 잘 선택해서 사야한다는 메시지였다. 대학에 진학할 학생들이 지망할 대학과 지망할 학과를 선택하는 일이야말로 평생을 좌우할 수 있는 중대한 일이다. 요즈음 대학 정시원서 접수를 앞둔 많은 수험생들이 지망대학과 지망학과의 선택에 큰 어려움을 겪고 있다. 많은 선생님들께서 개인의 적성과 학업능력을 고려하여 진학지도를 돕고 있지만 쉬운 일은 아니다. 우리나라의 경우 진학지도가 순수하게 개인의 교양이나 전문지식을 높이기 위한 학문의 선택을 돕기보다는 평생을 좌우할 직업의 선택과 밀접한 관련이 있기 때문이다.

'달란트(talant)'라는 말이 있다. 이 말은 원래 유태인의 화폐 단위로 쓰이던 말이지만 사람의 타고난 재능을 의미하는 말이기도 하다. 기억력이 뛰어난 사람이 있고, 수리 능력이 우수한 사람도 있고, 언어 구사 능력이 탁월한 사람도 있으며 추리력이 월등한 사람도 있다. 글쓰기에 재능이 있는 사람, 그리기에 재능이 있는 사람, 노래 부르기에 재능이 있는 사람, 만들기에 재능이 있는 사람, 운동에 재능이 있는 사람 등 사람은 누구나 타고난 재능이 있다. 그리고 사람들은 저마다 독특한 개성이 있어서 외향적인 성격으로 사회성이 좋아 사람들과 잘 어울리는 사람도 있고, 내성적인 성격으로 혼자 사색하기를 좋아하는 사람도 있다.

사람들은 자신들이 꼭 이루고 싶은 꿈이 있다. 진학지도는 당사자의 재능과 적성을 고려하고 의견을 존중해서 소중한 꿈을 이룰 수 있도록 도와야 한다. 부모의 지나친 기대와 사회적 편견이 자녀가 진로를 선택하는 데 걸림돌이 되어서는 안 된다. 부모들 중에는 자신이 이루지 못한 꿈을 자녀를 통하여 이루어서 대리만족이나 카타르시스(catharsis)를 느끼려고 자녀 교육에 지나칠 정도로 집착하게 되는 경우도 있다. 부모가 자녀의 능력을 고려하지 않고 일류대학 진학에만 집착해서 자녀의 삶을 멍들게 하는 경우를 흔히 볼 수 있다. 재수, 삼수까지 하면서 노력을 해보지만 결국은 일류대학 진학에 실패하고 좌절하여 우울증으로 시달리거나 자살까지 하게 되는 사례가 발생하기도 한다. 그리고 자신의 적성이나 의지와는 상관없이 부모의 강요에 못 이겨서 의학 계열이나 법학 계열 같은 소위 인기학과에 진학하여 적응하지 못하고 중도에 학업을 포기하거나 평생을 허송세월하며 지내게 되는 경우도 있다. 스위스에서는 85%의 학생들이 대학 진학을 하지 않고 14세부터 자신이 잘할 수 있는 일이나 하고 싶은 일을 찾아서 직업학교에 진학한다고 들었다. 누구나 자신이 하고 싶은 일과 잘할 수 있는 일을 하면서 세상을 살아갈 수만 있다면 얼마나 좋을까.

젊은 교사 시절 여고 3학년을 담임하면서 한 여학생의 진학 상담을 하던 기억이 새롭다. 지망할 학과를 정하느라고 한참을 고민하던 중

불현듯 교내 체육대회 때 앞에 나와서 우리 반 학생들을 리드하며 응원하던 모습이 떠올랐다. 치어리더로 춤을 멋지게 추면서 반 친구들을 이끌며 응원하던 모습이 진학할 학과를 결정하는 계기가 되었던 것이다. 그 여학생은 그 일로 해서 무용과에 진학하게 되었는데 순간의 선택이 한 여학생의 평생을 좌우하게 된 셈이다. 대학에 진학할 수험생을 둔 가정에서는 수험생뿐만 아니라 가족 모두가 지망할 대학과 학과의 선택 때문에 고민하게 된다. 그리고 지망할 대학과 학과를 정하여 지원하고 나서도 초조한 마음으로 합격자 발표를 기다리게 마련이다. 교직에 몸담고 수년간 학생들의 진학지도를 해온 나도 예외는 아니어서 3남매를 대학에 보낼 때마다 똑같은 고민을 하였다.

우리 집 큰 애가 고등학교 3학년이었을 때 나는 같은 학교의 3학년 다른 반 담임을 맡고 있었다. '중이 제 머리는 못 깎는다.'는 말처럼 나도 우리 반 학생들의 진학지도를 하면서도 내 아들의 진학지도는 할 수가 없었다. 다만 우리 애의 의견을 존중하여 자신이 공부하고 싶어하는 학과를 택할 수 있도록 도와줬을 뿐이다. 사회교과를 좋아하던 큰애는 행정학을 전공했다. 큰딸은 사범대학이나 교육대학에 진학하여 선생님이 되길 바랐지만, 글쓰기를 좋아해서 문예창작과에 진학하여 지금도 글쓰는 일을 하고 있다. 그리고 막내딸은 공부를 참 잘했다. 그러나 초등학교 때부터 늘 수석을 해왔던 애가 수학능력시험 결과는 기대만큼 나오지를 못했다. 그래서 지망할 대학을 택하는데 마음고생을 많이했다. 막내딸은 여자대학의 법학과에 진학하여 사법시험에 합격하고 국가기관에 근무 중이다. 비록 우리 집 애들이 사람들이 말하는 일류대학에는 진학하지 못했지만 자신들이 좋아하는 학과를 택하여 공부할 수 있었던 것은 다행한 일이다.

40여 년 전 내가 대학 입학시험을 보러가던 때의 일이 생각난다. 입학시험을 보러가기 전날 밤 누님은 밤을 새워가며 여섯 모의 메밀을 골랐다. 여섯 모가 진 메밀을 몸에 지니고 시험을 치면 행운을 가져와서 꼭 합격하게 된다는 믿음 때문이었다. 입학시험을 치러가던 나에게 밤을 새워 고른 여섯 모가 진 메밀을 싸주던 누님은 지금 이 세상에 안 계시다. 동생의 대학 합격을 위하여 등잔불 밑에서 졸음을 참아가며 여섯 모의 메밀을 골랐을 누님의 모습을 그려본다.

내일을 위한 삶

유년 시절에 내가 살았던 고향집의 안마당 한쪽 구석에는 자두나무 한 그루가 서 있었다. 4월에 흰 꽃이 피고 꽃이 지고 나면 그 자리에 연녹색의 작은 열매가 맺혔다. 연녹색의 둥근 열매는 한낮의 뜨거운 햇볕을 받아 통통하게 살이 쪄서 7월이 되면 자줏빛으로 익었다. 그러나 우리 집 자두나무는 열매가 완전히 익을 틈이 없었다. 큰 비바람에 대부분이 떨어지고 남은 열매도 익기 전에 다 따먹었기 때문이다.

그당시 농촌 마을에서는 집집마다 복숭아나무, 살구나무, 배나무, 감나무, 밤나무와 같은 과실나무를 집 주위에 한두 그루씩 심었다. 꽃이 지고 나무에 열매가 맺기 시작하면 동네 아이들은 벌써부터 과실나무 밑으로 몰려들기 시작했다. 먹거리가 부족하던 시절이라 바람에 떨어진 덜익은 풋과일도 아이들에게는 좋은 군것질거리가 되었다. 간밤에 큰 바람이 분 날이면 아이들은 아침 일찍 일어나서 몰려다니며 떨어진 과일을 하나라도 더 주우려고 야단법석을 떨었다. 그리고 가을 들녘이 오곡이 여물어 황금빛으로 물들면 뒷산의 고슴도치 같은 가시를 한 밤송이도 입을 벌렸다. 나는 초등학교까지 십여 리 길을 걸어서 다녔는데, 하굣길에 동네 아이들과 뒷산에 올라가 알밤을 줍곤했다. 밤나무를 온 힘을 다하여 세게 흔들면 벌어진 밤송이에서 알밤이 쏟아 졌다. 알밤이 외톨로 들어 있는 밤송이도 있고, 알밤 세 개가 나란히 의좋게 들어있는 밤송이도 있었다. 주운 알밤을 바지 양쪽의 호주머니 에 불룩하게 넣고서 부자가 된 듯이 흐뭇한 마음으로 산을 내려왔던 기억이 새롭다.

내가 살던 고향 마을은 자동차로 불과 20여 분 걸리는 가까운 곳에 있다. 고향에는 부모님은 오래전에 돌아가셔서 안 계시고 살던 집도 헐려서 집터만 남아 있다. 그래서 부모님의 생전의 모습과 정든 고향 집은 꿈속에서나 볼 수 있다. 그러나 고향에는 조상님들이 묻힌 선산 과 부모님께서 경작하시던 유휴지가 일부 남아 있어서 가끔 고향을 찾게 된다. 지난 4월 초에는 고향의 유휴지에 과실나무를 심고 싶어서 아내와 묘목을 파는 나무시장에 들러 밤나무, 감나무, 대추나무, 매실 나무 묘목을 사서 자동차 트렁크에 싣고 고향에 들렀다. 경작한 지가 너무 오래된 땅이라 잡초만 무성했지만 아내와 나는 잡초를 뽑고 구덩 이를 파서 군데군데 준비해 간 묘목을 심었다. 환갑이 지난 나이에 작은 묘목을 심고 있는 우리 부부를 보고 의아해 하며 지나가는 사람 들도 있었다. 그러나 스피노자는 "내일 지구가 멸망한다 해도, 나는 오늘 한 그루의 사과나무를 심겠다."고 말하지 않았던가. 물론 스피노 자는 '현재의 할 일에 최선을 다하자.'는 뜻으로 이 말을 했는지 모르지 만 나는 내일을 위하여 한 그루의 나무라도 심고 싶었다.

내일의 꿈을 가꾸는 일은 아무리 힘이 들고 고생스러워도 항상 즐겁 기만 하다. 그래서 소망은 항상 우리들에게 새로운 기쁨을 주고, 내일 을 참고 기다리게 한다. 우리 부부가 심은 작은 묘목은 5, 6년 후에는 큰나무로 자라서 꽃이 피고 탐스런 열매가 주렁주렁 열릴 것이다. 그 때쯤이면 우리 손자 손녀들이 엄마 아빠의 손을 잡고 찾아와서 밤도 줍고 빨간 홍시도 따면서 나무 사이를 오가며 마음껏 뛰놀 수 있을 것이다. 그리고 지나가던 길손도 길옆에 떨어진 알밤을 주워서 허기진 배를 채우며 잠시 쉬었다 가고, 숲 속의 다람쥐 가족은 사람들이 미처 발견하지 못한 알밤을 한 톨 한 톨 찾아내어 겨울 양식으로 주워 모을 것이다. 높은 가지 위의 따다 남은 빨간 감은 굶주린 날짐승의 좋은 먹잇감이 될 수 있을 것이다.

　과일 나무를 심고 한 보름 지난 토요일 오후 아내와 나는 다시 고향을 찾았다. 나는 어린 나무 주위에 무성하게 자란 잡초를 베어내고, 아내는 밭둑에서 쑥을 뜯었다. 내가 어렸을 때 이 밭에는 보리를 재배했었다. 보리는 두해살이로 가을에 씨를 뿌려서 이듬해 초여름에 거두는 농작물이다. 겨울의 한파를 이겨낸 보리는 5월쯤에 꽃줄기가 나와서 이삭이 생긴다. 농촌에서는 보리 이삭이 패기 시작할 무렵이 가장 생활이 힘들었다. 지난 해 농사지은 묵은 곡식은 거의 다 떨어지고, 보리 이삭은 아직 여물지 않아서 먹고 살 양식이 부족하여 살기가 어려웠기 때문이었다. 그래서 이때를 '보릿고개'라고 불렀다. 서너 시간 동안 나무 주위에 큰 원을 그리며 잡초를 깎다보니 갈증이 났다. 잠시 쉬면서 가지고 간 물을 마셨다. 아내는 벌써 큰 비닐봉지에 쑥을 가득 뜯었다. 나도 서둘러서 남은 잡초를 베고 뒷정리를 했다.
　어느새 날이 저물고 하루 종일 찌푸렸던 하늘에서 비가 내리기 시작했다. 어린 과일나무가 비를 맞아 무럭무럭 자라서 어서 빨리 열매가 주렁주렁 열렸으면 좋겠다. 오는 길에 먼 발치에서 차창 밖으로 어머님의 산소를 볼 수 있었다.

말이 씨가 된다

'자성예언自省豫言'이라는 말이 있다. 쉽게 말하면 "말이 씨가 된다."
라는 의미로 무심코 내뱉은 말이 그대로 이루어진다는 뜻이다. 6·25
전쟁 중 총알이 비 오듯이 쏟아지는 전투에서 용감하게 싸워 큰 무공
을 세운 어느 군인에 관한 이야기이다.

이 군인은 어려서 시골의 한 초등학교에 다닐 때 말썽꾸러기였다.
말썽을 피울 때마다 담임선생님께 불려가서 야단을 맞곤 했는데 이
선생님은 학생을 꾸짖을 때마다 "네놈은 귀가 길어서 오래 살 거야."라
는 말을 해주었다. 그는 어린 시절 선생님의 말 한 마디 덕분에 격전지
에서도 죽음을 두려워하지 않고 용감하게 싸워서 승리할 수 있었다.

사람은 누구나 나름대로 무한한 잠재력을 갖고 있다. 항상 긍정적인
말로 격려하고 칭찬을 하게 되면 그만큼 능력을 발휘할 수 있어서 성
공하게 되고, 반대로 부정적인 말로 꾸짖게 되면 그만큼 쉽게 용기를
잃고 실패하기 마련이다. 자신이 성취하고자 하는 일을 말로 만들어서
반복하여 마음속 깊이 심어 놓으면 그 말이 씨가 되어서 원하는 일이

이루어진다는 학설이 바로 '자성예언'이다.

"말로 입은 상처는 칼에 맞아 입은 상처보다 더 아프다."라는 말도 있다. 어느 지역교육청에서 장학사로 근무할 때 '노래를 못하게 된 판사 이야기'를 들었다. 판사는 초등학교 때 음악을 가르쳤던 선생님으로부터 들었던 한 마디 때문에 평생 노래 한 곡을 제대로 부를 수 없게 되고 말았다. 초등학교 1학년 음악시간이었는데 선생님이 앞으로 나와서 노래를 부르라고 하더니 노래가 끝나자 노래를 잘 부르지 못했다며 앞에 세워 놓고 크게 야단을 쳤다. 그런 일이 있고 난 후부터는 여러 사람들 앞에서 노래를 부르는 일이 두려워졌고, 노래 부르는 일이 싫었다. 선생님의 말 한 마디가 아이의 마음속에 남아서 평생 동안 노래에 대한 공포심과 거부감을 심어주었고 음악을 멀리하게 만든 것이다.

삶을 살아가는 동안 우리들은 끊임없이 말을 하게 된다. 더구나 남을 가르치는 일을 맡고 있는 사람이라면 누구보다도 말을 많이 한다. 사람은 누구나 섭섭하고 서운한 말을 들으면 미운 감정이 남아서 바위 위에 새겨 놓은 것처럼 잊지 않고 기억한다.

저마다 개성을 가지고 태어난 사람들을 늘 생각하며 대해야 하지 않을까? 네모형에게 세모의 잣대를 들이대고, 세모형에게 네모가 아닌 것을 비판하고, 둥근형에게 네모가 되라며 바꾸기를 강요하면 갈등과 증오가 떠나지 않는 사회가 될 것이다. 사람은 누구나 개성을 인정하여 스스로 성취하고자 하는 일을 마음속 깊이 심어 주면 그 방향으로 노력하게 된다.

얼마 전 제자가 찾아왔다. 사법시험에 합격하고 나서 인사를 온 것이다. 영문학을 전공하였기에 사법시험 준비가 어렵지 않았느냐고 물었다. "전공과목 이외에 법학과목 한 강좌를 선택하여 수강했습니다. 그런데 기말고사가 끝난 후 법학과 교수님이 저를 불렀습니다. 법학전공

학생들과 함께 치렀던 기말고사 답안지를 채점해보니 제가 답안을 잘 썼다고 칭찬해 주셨습니다. 제 답안을 모범 답안으로 싣겠다며 저에게 법학을 공부해 보라고 권하셨습니다. 그 후 군복무를 마치고 복학하여 본격적으로 법학 공부를 하며 사법시험 준비를 했습니다. 합격 발표가 있던 날 제일 먼저 교수님께 합격 소식을 알려드렸습니다."라고 말했다.

오늘은 출근하자마자 교정 여기저기를 둘러본다. 지난밤에 바람이 불어서 떨어진 나뭇잎과 쓰레기가 뒹굴고 있었다. 일찍 등교한 학생 서너 명을 불러서 함께 현관 앞을 쓸어낸다. 낙엽과 쓰레기를 대충 치우고 나서 교장실로 부른 다음 음료를 권하면서 "청소하느라고 애 많이 썼다."라고 칭찬을 해주니 학생들 표정이 환하게 밝아진다. 미소를 지으며 돌아가는 학생들의 뒷모습에 스승의 기도를 보낸다.

2007년 제147회 ≪한국수필≫ 신인문학상에 당선된 글입니다.

인사 예절

한 고등학교에서 교감으로 근무할 때의 일이다. 어느 날 환갑이 다 되신 선생님 한 분이 상기된 얼굴로 한 젊은 교사의 이름까지 거명하면서 마주쳐도 인사조차 없어 서운하다는 말을 하셨다. 그 말을 듣고 다음날 직원회의에서 선생님들에게 "우리 학교에는 20대부터 60대까지 다양한 연령층의 선생님들이 계십니다. 나이는 '천분질서天分秩序'로 하늘이 정해 주는 순서라고 합니다. 삼강오륜의 오륜五倫에서도 '장유유서長幼有序'라고 하는 지켜야 할 도리가 있는데 어른과 어린이 사이에는 차례가 있음을 의미합니다. 선생님들은 학생들의 동일시 대상으로 모든 행동의 모범이 되셔야 합니다. 젊은 선생님들께서는 나이 드신 선배 선생님들을 존경하고, 나이 드신 선생님들께서는 젊은 후배 선생님들을 사랑하고 아껴 주시기 바랍니다. 우리말 속담에 '닭 소 보듯 소 닭 보듯'이라는 말이 있는데 서로 뵙게 되면 소 닭 보듯 하시지 말고 다정하게 인사를 나눴으면 좋겠습니다."라고 말을 했다.

톨스토이는 ≪전쟁과 평화≫에서 "어떠한 때고 인사는 부족한 것보다 지나친 편이 낫다."라고 했다. 이 말은 인사는 많이, 자주 할수록 좋다는 의미인 것 같다. 옛날부터 우리나라에서는 많은 예절 가운데에서도 인사를 가장 기본이 되는 예절로 매우 중요하게 생각해 왔다. 아는 사람을 보면 누구든지 먼저 본 사람이 인사를 해야 한다. 그래서 한 때 충청남도교육청에서 '이웃 사랑 실천 운동'을 전개하면서 '내가 먼저 웃으며 인사하자.'라는 캠페인을 벌인 적이 있다. 많은 사람들은 인사하는 예절만을 보고도 그 사람의 됨됨이를 알 수 있다고 생각한다. 어른들은 예의 바르게 인사를 잘하는 아이를 보면 그 아이의 부모까지 칭찬하면서 "아랫마을 김 아무개는 아들 잘 두었어. 인사성도 밝고 아주 똑똑해."라고 칭송을 했다.

가족들이 밥상을 중심으로 둘러 앉아 식사를 하면서 주고받는 대화를 통해서 이루어지는 가정교육을 일컬어 '밥상머리교육'이라고 한다. 아홉 명이나 되는 자녀들을 모두 훌륭하게 키운 케네디가의 어머니 로즈 여사의 밥상머리교육은 유명하다. 로즈 여사는 식사 시간을 이용해서 서로 의견을 주고받기도 하고 주제를 정하여 토론도 하고 때로는 발표도 시키면서 자녀들을 교육했다.

나도 어릴 적에 주로 아버님으로부터 '밥상머리교육'을 받았는데, 교육 내용은 대부분 '인사예절'에 관한 것이었다. 아버님은 "어르신들을 뵙게 되면 반드시 인사를 드려야 한다. 인사를 드릴 때에는 몸가짐을 바르게 하고 허리를 굽혀 정중하게 해야 한다."라고 말씀하셨다. 그리고 큰절을 올려야 하는 경우, 평절을 드려야 하는 경우, 반절이나 간략한 예를 표해야 될 경우의 인사법을 가르쳐 주셨다.

인사말도 격에 맞게 예의를 갖춰서 써야 되는데, 요즘 젊은 사람들은 서구문화의 영향을 많이 받아서 그런지 존경심이나 친밀감이 부족한 너무 간소한 말을 쓰는 것 같아서 서운하게 느껴지는 때가 있다. "안녕히 가세요."라고 말해야 할 경우에 그저 "가세요."라고 하고 만다. 예전에는 살기가 어려운 탓도 있었겠지만 동네 어르신들을 뵈면 "진지 잡수셨습니까?"라는 인사말을 가장 많이 했던 기억이 난다. 그리고 오 래간만에 뵙게 되는 어르신께는 "그동안 안녕하셨습니까? 가내가 두루 평안하십니까?"라는 인사를 드렸다.

길을 걸어가다가 아는 사람을 만났는데 서로 마주 보고도 '닭 소 보 듯, 소 닭 보듯' 모른 체 하고 지나치는 세상이 되어서는 안 된다. 상대 방이 비록 알아보지 못하더라고 자기가 알면 먼저 웃으며 인사하는 아 름다운 세상이 되어야 한다. 인사는 상대방을 위한 예의가 아니라 자신 의 사람됨을 상대방에게 보여주는 자신을 위한 자신의 예의이다. 나는 학생들이나 선생님들께 인사예절에 관한 말을 하게 될 경우에는 항상 함께 근무했던 선생님 한 분의 예를 들곤 한다. 그 선생님은 50대쯤 되시는데 언제 어디에서나 만나면 항상 윗몸을 45도 굽히고 정중하게 인사를 한다. 요즈음 그런 분은 보기 드문 경우여서 잊히질 않는다.

매년 연초에는 직장마다 많은 신입사원들이 들어오게 된다. 학교도 예외가 아니어서 3월 신학기가 되면 학교마다 임용고사에 합격하고 첫 발령을 받은 신규 선생님들이 부임한다. 사람은 인사하는 모습만 보고 도 그 사람의 사람됨을 알 수 있다고 하는데 출근하면 아침마다 먼저 웃으며 다정하게 인사하는 신규 선생님들의 모습을 자주 보고 싶다.

이번 주말에 객지에 나가 있는 애들이 온다고 한다. 오랜만에 온 가족이 모여 앉아 함께 식사도 하고 대화도 나눌 수 있게 되었다. 이번 에는 나도 어릴 때에 아버님이 하신 것처럼 '밥상머리교육'으로 인사예 절을 가르쳐야겠다.

술잔을 떼먹지 말자

나라마다 문화가 다른 것처럼 술을 마시는 예절도 나라에 따라서 조금씩 다른 것 같다. 우리나라와 일본에서는 술을 마실 때에 서로 술잔을 권하고 잔을 주고받는다. 그러나 중국에서는 술잔을 주고받으며 권하는 것은 예의가 아니라고 한다. 그래서 중국 사람들은 자기 잔에 술이 가득 채워지면 잔을 들어 '건배'라고 하며 각자 자기 잔의 술을 남김없이 쭉 들이마신다. 그리고 서로 상대방의 빈 잔에 술을 따라 채운다.

사회생활을 하다보면 연말연시는 물론이고 평소에도 각계 각층의 여러 사람들과 어울려서 술자리를 갖게 마련이다. 대개 술자리에서는 서로 술잔을 권하여 정을 표시하며 잔을 주거니 받거니 하게 된다. 그런데 술자리에서 술잔을 주거니 받거니 하며 권할 때에 간혹 어떤 분은 받은 잔을 상대방에게 돌리지 않는 경우도 있다. 그리고 어떤 분은 잔을 여러 개 받아 놓고 누구에게서 온 잔인지도 잊은 채 앉아 있는 경우도 있다. 술잔을 받고도 상대방에게 술잔을 돌려주지 않으면

이를 두고 속된 말로 '술잔을 떼먹었다.'라고 한다. 술자리에서 서로 술잔을 주고받으며 잔을 돌리다가 한 사람이라도 술잔을 떼먹고 잘못 돌리게 되면 순조롭게 돌아가던 술자리의 질서가 깨지게 된다.

사람들이 함께 모여서 생활하고 있는 모든 사회에서는 그 사회의 질서유지를 위하여 지켜나가야 할 규범이 있다. 이러한 규범을 사회규범이라고 한다. 사회규범에는 여러 가지 규칙이나 준칙이 있고, 법률, 관습, 윤리 등도 모두 포함된다. 학교에는 학생들이 생활을 하면서 학생으로서 지켜야 할 교칙이 있고, 거리에는 차량과 보행자가 지켜야 될 교통 규칙이 있고, 한 나라에는 모든 국민들이 준수해야 할 나랏법이 있다. 우리나라에서는 매년 5월 1일을 '법의 날'로 정하여 모든 국민들에게 준법정신을 앙양시키고, 법의 존엄성을 고취시키고 있다.

우리나라에서 생활하고 있는 많은 외국인들은 자동차를 운전하기가 겁이 난다고 말한다. 거리에 나가보면 대부분의 차량들이 교통법규를 지키지 않고 과속으로 질주하거나 신호조차 무시하고 달리기 때문이다. 지난 연말 저녁에 송구영신 예배를 드리기 위하여 집사람을 태우고 교회에 가는 중이었다. 좌회전 신호를 받고 막 좌회전을 하고 있는데 맞은편에서 신호를 무시한 채 과속으로 달려오던 차가 내 뒤에 서 있던 차의 앞 범퍼를 받고 말았다. 다행스럽게도 큰 인명 피해는 없었지만, 하마터면 큰일 날뻔했던 사고였다. 한밤중과 새벽녘에는 걷거나 차를 몰고 거리를 지나가기 겁이 난다. 거의 모든 차들이 신호위반을 하고 과속으로 질주하기 때문이다. 우리나라의 교통사고 사망률이 OECD국가 중에서 가장 높다고 한다. 정말 부끄러운 일이다.

지난 해 재임용에 탈락한 한 대학 교수가 항소심에서 자신에게 불리한 판결을 했다고 주심을 맡았던 판사를 찾아가서 석궁을 쐈던 일이 있었다. 그리고 한때 '유전무죄, 무전유죄'라는 말이 유행어처럼 떠돌던 때도 있었다. 소크라테스는 '악법도 법이다.'라고 했다. 법은 반드시 지켜져야 하고, 모든 국민은 법 앞에 평등해야 한다.

'법지불행 자상정지法之不行 自上征之'라는 말이 있다. 이 말은 법이 제대로 시행되지 않는 것은 위에 있는 높은 분들부터 법을 어기고 지키지 않기 때문이라는 뜻이다. 윗물이 맑아야 아랫물도 맑아지는 것처럼 사회의 지도층에 있는 분들부터 제발 사회규범을 지켜서 국민들에게 솔선수범하는 모습을 보여줬으면 좋겠다.

책 속에 길이 있다

세계에서 가장 독서를 많이 하는 나라는 일본이라는 얘기를 들었다. 아마 우리나라는 책을 많이 읽지 않는 나라에 속할 것이다. 그러나 책을 많이 읽어야 창의력을 키울 수 있다고 한다.

안중근 의사는 하루라도 책을 읽지 않으면 입에서 가시가 돋는다고 했다. 나폴레옹은 전쟁터에서도 책을 읽는 독서광이었으며, 영국의 처칠 수상도 남달리 책을 사랑하여 책을 읽을 시간이 정 없으면 책을 옆에 두고 만져 보기라도 했다고 한다.

책은 사람이 만들어내지만, 사람은 책이 만든다고 한다. 이 말은 책을 통하여 지식과 교양을 쌓아서 사람다운 사람이 될 수 있다는 뜻이다. 맹자는 '독서상우讀書尚友'라고 하여 책을 읽으면 옛 현인들과도 벗이 될 수 있다고 했다. 옛날에 등불마저 켤 형편이 못 되는 가난한 선비가 여름밤에는 책을 반딧불에 비춰서 읽고 겨울밤에는 눈에 비추어 읽었다고 한다. 그리고 '주경야독晝耕夜讀'이라 하여 낮에는 농사일을 돌보고 밤에는 책을 읽었다는 이야기가 있다.

어릴 때 닷새마다 서는 시골 장터에 가면, 길모퉁이에서 책을 펴놓고 팔던 할아버지의 모습이 매우 인상적이었다. 그때 할아버지가 팔고 있던 책의 대부분은 ≪천자문≫과 같은 한문책과 ≪장화홍련전≫과 같은 옛날 이야기책이었다. 그리고 겨울에는 부녀자들이 동네 사랑방에 모여 앉아서 그 동네에서 비교적 유식하다는 아저씨가 구성지게 읽어 주는 이야기를 들으며 동지섣달의 긴 겨울밤을 보내곤 했다. 아저씨가 읽어 주던 책은 ≪옥루몽≫, ≪장화홍련전≫, ≪홍길동전≫과 같은 이야기책이었다. 나도 할아버지한테서 ≪삼국지≫를 사서 며칠 밤을 지새우며 읽었던 기억이 난다.

서양에서는 대부분의 아이들이 어렸을 때 밤마다 엄마가 읽어주는 이야기를 들으면서 잠이 든다고 한다. 요즈음 우리나라의 젊은 엄마들도 어린 아이들에게 그림책이나 동화책을 읽어주는데, 매우 바람직한 일이다. 무엇보다도 아이들이 어려서부터 책을 가까이 하며 자랄 수 있는 환경을 만들어 주는 것이 필요하다. 나도 삼남매를 키우면서 아이들 방의 벽면에 그림책, 동화책, 위인전 등 여러 가지 책을 빼곡하게 진열해 주고, 읽고 싶은 책을 스스로 찾아서 읽을 수 있도록 했다.

독서의 중요성을 지나치게 강조하고 아이들에게 억지로 책을 읽도록 한다거나 독후감을 쓰도록 강요하는 것은 오히려 독서에 장애가 되는 것 같다. 그리고 권장도서니 필독도서니 하면서 특정한 책을 지정하여 읽도록 하는 것도 문제가 있다고 본다. 악서만 아니라면 아이들이 읽고 싶은 책을 스스로 택하여 읽을 수 있도록 해주는 편이 훨씬 더 낫겠다는 생각이 든다. 한 지방대학교의 도서관에 들른 적이 있다. 도서관의 규모나 시설이 대단했다. 그런데 도서관의 한 코너에 만화책이 진열되어 있었다. 그 대학교의 총장님 말씀에 따르면 학생들이 자주 도서관에 들러서 책을 좀더 가까이 할 수 있도록 만화책을 구비하여 놓았다고 한다.

학교 교육에서 독서교육의 중요성이 날로 증대되고 있다. 그래서 우리나라의 거의 모든 학교가 많은 예산을 지원받아서 도서관을 현대화하고 독서교육에 힘쓰고 있다. 우리 학교에서도 현재 4층 규모의 현대식 전자도서관인 교육정보관을 신축 중에 있다. 이러한 정보관이 준공되면 장서를 충분히 확보하고 도서관 활용 프로그램을 개발하여 학생들뿐만 아니라 많은 지역주민들이 활용해서 서로 정보를 공유할 수 있도록 할 계획이다.

대학입시에서 논술의 비중이 높아지고 있다. 그런데 논술을 잘하려면 책을 많이 읽고 글을 많이 써봐야 된다고 한다. 책을 많이 읽어서 꿈을 키우고, 책 속에서 길을 찾아 멋진 미래를 열어야겠다.

한국사람과 마늘

지난 해 10월 말경 심은 마늘이 겨울을 나면서 혹시 얼어 죽지나 않았을까 궁금해서 들밭에 나가 보았다. 마늘은 엄동설한의 혹한을 이기고 어른 손으로 한 뼘쯤 되는 파란잎이 올라와 있었다. 재래종 마늘은 내륙지방에서는 9, 10월에 파종하여 이듬해 6월 하순에 수확하는데 가을에 심어놓으면 겨울을 넘기고 나서 싹이 나와 생장하게 된다. 충남 서해안 지방에서는 서산을 중심으로 마늘이 많이 재배되고 있는데 재래종인 육쪽 마늘이 유명하다.

마늘의 원산지는 많은 사람들이 중앙아시아나 이집트로 짐작하고 있으며, 한국에는 중국을 통하여 들어온 것으로 추측된다. 단군신화에 마늘에 대한 기록이 나와 있는 것으로 미루어 보아 우리나라에서 마늘을 재배한 지가 꽤 오래된 것 같다. 단군신화에 의하면 옛날 환인의 아들 환웅이 태백산 정상의 신단수 아래로 내려와서 사람들을 다스릴 때에, 마침 굴 속에 살고 있던 곰 한 마리와 호랑이 한 마리가 환웅을 찾아와서 사람이 되게 해 달라고 빌었다. 그래서 환웅은 곰과 호랑이에게 쑥 한 줌과 마늘 20쪽을 주면서 이것을 먹고 견디며 100일 동안 햇빛을 보지 않으면 사람이 될 수 있다고 말했다. 곰은 환웅의 말을 따라서 삼 년 만에 여자의 몸이 되었으나, 호랑이는 그러지 못해서 사람의 몸이 되지 못했다. 그 후 곰은 환웅과 결혼하여 아들을 낳았는데 그 아이가 나중에 단군 왕검이 되었다는 이야기가 바로 단군신화이다.

마늘을 6월 하순에 수확하면 100개씩 묶어서 통풍이 잘 되는 그늘진 곳에 걸어 놓고 저장하게 된다. 내가 초등학교에 다니던 1950년대의 농촌에서는 물물교환이 성행했다. 그래서 생필품을 쌀과 같은 곡식과 교환하여 구입했다. 마늘을 수확하면 농촌 아이들은 마늘 몇 통을 학교 앞 가게로 들고 가서 필요한 공책이나 연필을 샀다. 어른들은 술안주로 생마늘을 까서 고추장에 찍어 먹곤 했다. 마늘은 한국 사람들에게 없어서는 안 될 중요한 양념으로 거의 모든 음식에 쓰였다. 한국 사람들이 마늘을 많이 먹기 때문에 서양 사람들은 한국 사람들에게서 마늘 냄새가 난다고 하며 한국 사람들을 업신여기고 무시하는 경향도 있었다. 버터를 많이 먹어서 마늘 냄새 대신 버터 냄새가 나는 서양 사람들이 우리들보다 우월하다는 그릇된 편견은 바꿔줘야겠다.

마늘은 아미노산의 일종인 알리인이 함유되어 있는데, 이 알리인이 효소분해를 하여 알리신으로 변하면 강한 냄새를 내게 된다고 한다. 우리들이 돼지고기의 삼겹살을 마늘과 함께 구워서 먹는데, 이때 마늘의 이 냄새 성분이 고기의 비린내를 없애주고 맛을 돋아주어 소화를 돕는다고 알려져 있다. 그리고 이 알리신은 강력한 살균 효과와 노화 방지 효능까지 있다고 한다. 최근에는 마늘을 구워서 가공하여 마늘환을 만들어 정력에 좋다고 선전하며 판매하고 있다. 가정에서는 갓 캐어낸 마늘을 씻어서 식초에 삭혔다가 간장과 함께 장아찌를 담가 먹기도 하고, 꽃이 열리는 기다란 순을 마늘종이라고 하는데, 이 마늘종을 뽑아서 물에 데쳐 나물로 만들어 먹는다.

내가 지역 교육청에서 장학사로 있을 때, 알고 지내던 한 영국인 부부는 시장에 가면 마늘 몇 통을 꼭 사가지고 왔다. 한국 마늘의 효능에 반하여 마늘을 구워서 먹기도 하고, 각종 음식에 양념으로 넣어 먹기도 했다. 그때 이들 영국인 부부는 마늘 냄새가 난다고 우리 한국 사람들을 깔보지는 않았다. 소금, 간장, 기름, 설탕, 깨소금은 물론이고 파, 마늘, 고춧가루, 생강, 후춧가루와 같이 맛을 돕기 위해 음식물에 사용하는 재료를 양념이라고 한다. 사람들은 요즘 세상살이가 힘들다고 하는데 세상을 살아가는 데도 마늘과 같은 양념이 있었으면 좋겠다. 병마로 고통받는 사람들과 가난으로 고생하고 있는 사람들, 그리고 마음에 상처를 입고 괴로워하는 사람들에게 살맛과 흥을 돋아줄 수 있는 마늘과 같은 양념이 필요하기 때문이다. 마늘의 강력한 살균 효과는 결핵균, 이질균, 콜레라균까지 없애 준다고 한다. 이러한 마늘의 살균작용이 병들어가는 우리 사회를 치유하여 살기 좋은 세상으로 만들었으면 더욱 좋겠다. 그리고 패권주의로 눈이 멀어서 남의 역사를 왜곡하고 땅까지 넘보고 있는 이방인들에게 우리나라 재래종 마늘의 매운 맛을 보여주고 싶다.

오후에는 마늘밭의 이랑 사이사이를 파고 웃거름을 주었다. 비만 적당히 내리면 올해 마늘농사도 잘 될 것 같다. 오늘 저녁식사는 친구들을 불러 돼지 삼겹살을 구워서 지난 해 담근 마늘장아찌를 곁들여 먹여야겠다. 함께 소주를 마시면서.

수세미

　이른 봄 담 밑에 심은 수세미의 까만 씨가 움이 터서 줄기를 뻗었다. 줄기는 덩굴손을 내밀며 담을 타고 올라갔다. 담을 덮고 있는 줄기 위에 노란 꽃이 하나 둘 피어났다. 암꽃이 피었던 자리마다 오이 모양의 진녹색 열매가 주렁주렁 열렸다. 일찍 열린 열매는 어느새 세로로 짙은 초록색 골이 지면서 연녹색을 띠며 익기 시작했다.

　가정에서 설거지할 때 그릇을 씻는 물건을 '수세미'라고 한다. 그러나 식물 이름으로 수세미외나 수세미오이를 줄여서 '수세미'라고 부르기도 한다. 수세미외의 열매는 익으면 속에 그물망의 섬유질로 꽉 차게 된다. 잘 익은 수세미외의 속을 빼내서 씨를 발라 말리면 그릇을 닦는 수세미가 된다. 요즈음에는 주로 합성수지나 합성연사로 만든 수세미를 사용하지만 옛날에는 짚이나 수세미외의 속으로 만든 수세미를 사용하여 그릇을 닦았다. 세제도 지금처럼 주방용 액상 합성세제가 아니고 쌀겨나 헌 기왓장 가루를 빻아서 사용했다. 추석이나 설

명절이 다가오면 어머니는 광 안에 잘 보관해 둔 그릇을 꺼내어 닦았다. 놋그릇은 헌 기왓장을 곱게 빻은 가루를 세제로 수세미외 속으로 만든 수세미를 사용해서 윤이 날 때까지 반들반들하게 닦았다. 묵은 때가 검게 끼어 있는 무쇠솥과 양은그릇은 짚수세미로 박박 닦았다. 그리고 기름때가 낀 그릇은 쌀겨를 세제로 사용해서 닦았다. 차례와 제사에 쓸 그릇은 정성을 들여 깨끗하게 닦아야 했다.

수세미외의 열매는 약용으로도 이용되고 있다. 비염, 인후염, 축농증의 염증을 낫게 하고 기관지염이나 천식으로 기침을 할 때 가래를 삭이는 데 좋다고 한다. 지난 해 가을에는 담 벽에 주렁주렁 열려 있는 수세미외의 열매 중에서 씨가 여물지 않은 덜 익은 열매를 골라 땄다. 열매를 물에 깨끗하게 씻어서 골패 모양으로 납작하게 썰어서 설탕에 재어 큰 유리병에 담아 두었다. 얼마 후에 유리병에 담아 두었던 수세미외를 꺼내어 수액을 짜서 냉장고에 넣어 두고 감기로 기침이 심할 때 가끔 마시곤 했다.

올 가을에는 잘 익은 수세미외 열매는 따서 껍질을 벗기고 속을 빼내서 햇볕에 말려 두려고 한다. 그리고 덜 익은 열매는 썰어서 설탕에 재워 두었다가 수액을 짜서 예쁜 병에 보관할 생각이다. 연말에 수세미외 열매 속으로 만든 수세미를 사용해서 그동안 쓰지 않고 넣어 두었던 놋그릇, 사기그릇, 질그릇, 양은그릇을 모두 꺼내서 내 모습이 비칠 때까지 거울처럼 반들반들하게 닦아야겠다. 그리고 그릇에 비친 내 모습을 보면서 몸 안 구석구석에 끼어 있는 묵은 때까지도 닦아 내고 싶다. 할 수만 있다면 몸속에 낀 때도 말끔히 씻어냈으면 좋겠다. 예쁜 병 속의 수세미외 수액으로는 목 안 깊숙이 끼어 있는 가래를 모두 삭여서 그동안 마음속에 담아 두었던 말과 함께 속 시원하게 밖으로 내뱉어야겠다.

담을 타고 높이 뻗어 올라간 수세미외 줄기 위에 주렁주렁 매달려 있는 열매들이 어젯밤에 내린 비를 맞아서 반들반들 윤기가 흐른다. 내 엄지 손톱만한 청개구리 한 마리가 길게 늘어진 수세미외의 열매 위로 기어오르고 잠자리 한 쌍이 가을바람을 타고 곡예하듯이 날고 있다. 날이 저물어 어두워지자 담 밑에 숨어 있던 귀뚜라미들이 풀벌레들과 함께 깊어가는 가을밤을 자축하면서 노래를 한다.

내년에는 온 가족이 모여서 수세미외 속으로 만든 수세미로 윤이 나도록 깨끗하게 닦은 그릇과 눈같이 정결한 몸과 마음으로 차례를 올리며 새해를 맞고 싶다.

2007년 ≪한국수필≫ 11월호와 ≪서울문학(2009한국명수필선집)≫에 실린 글입니다.

굴렁쇠

88 서울올핌픽 개막식 때 굴렁쇠를 굴리던 한 소년의 모습이 떠오른다. 굴렁쇠는 굴렁대로 방향과 속도를 잘 조정하여 굴려야 한다. 방향과 속도를 잘못 조정하게 되면 굴렁쇠는 제대로 구르지 못하고 멈춰서거나 한쪽으로 기울어 쓰러진다. 둥근 테 모양의 굴렁쇠에 굴렁대를 대고 굴렁쇠를 굴리던 유년 시절의 추억 속으로 잠시 시간여행을 떠나 보려고 한다.

학교에서 돌아온 아이들은 굴렁쇠를 굴리며 동네를 한 바퀴 돈다. 둥근 대나무 테의 굴렁쇠를 굴리는 아이, 굵은 철사로 만든 굴렁쇠를 굴리는 아이, 그리고 헌 자전거 바퀴로 만든 굴렁쇠를 굴리는 아이도 있다. 동네 이 골목 저 골목을 돌며 굴렁쇠를 굴리던 아이들이 싫증이 나서 동구 밖으로 나간다. 아이들은 오솔길을 따라 굴렁쇠를 굴리며 뒷동산에도 오르고, 좁은 논둑길을 아슬아슬하게 굴렁쇠를 굴리며 달려간다.

산과 들은 아이들의 좋은 놀이터이다. 논둑길을 달리던 아이들이 어느새 굴렁쇠를 굴리며 신작로로 나아간다. 넓은 신작로 위에서 아이들은 서로 경쟁을 하며 굴렁쇠를 굴린다. 동네 강아지들도 모두 나와서 아이들 뒤를 따라 달려간다. 일요일의 텅 빈 학교운동장에 아이들이 굴렁쇠를 굴리며 모여든다. 아이들로 꽉 찬 운동장은 금세 굴렁쇠 굴리기 경주장이 된다. 또래나 동네별로 편을 짜서 경주를 한다. 아이들은 신이 나서 해질 무렵까지 재잘거리며 굴렁쇠를 굴린다. 땅거미가 지고 사방이 어두워진다. 아이들이 떠난 텅 빈 운동장은 절간처럼 조용해진다.

바람개비는 바람이 불어야 돌아가고 굴렁쇠는 굴렁대로 굴려야 돌아간다. '다람쥐 쳇바퀴 돌듯이 돈다.'는 말이 있다. 다람쥐가 쳇바퀴를 아무리 돌려도 바퀴는 돌지만 다람쥐는 항상 제자리에 있다. 그러나 굴렁쇠는 한 바퀴 구를 때마다 바퀴 둘레만큼 앞으로 나아간다. 굴렁쇠는 지구처럼 자전과 공전을 하는 셈이다. 굴렁쇠는 상하로 곡선을 그리며 구른다.

사람도 인생 항로를 따라 자신의 굴렁쇠를 굴리며 살아간다.

인생의 굴렁쇠도 상향 곡선과 하향 곡선을 그리며 굴러간다. 굴렁쇠가 땅바닥을 향하여 낮게 구를 때는 하향 곡선을 그리고, 하늘을 향하여 높게 구를 때는 상향 곡선을 그리게 된다. 삶이 하향 곡선을 그리며 인생 항로의 바닥을 낮게 구를 때는 인생의 역경이 와서 삶이 고달퍼진다. 그러나 상향 곡선을 그리며 정상을 향하여 높이 구를 때는 인생의 순경이 되어 살맛나는 세상이 된다.

지구가 한 바퀴 자전을 하면 하루가 되고, 공전을 하여 태양을 한 바퀴 돌면 일 년이 된다. 인생의 굴렁쇠도 자전과 공전을 하며 험한 산을 넘고 거친 바다를 건너서 인생 항로를 굴러간다. 굴렁대로 굴렁쇠의 방향과 속도를 잘 조정해야 굴렁쇠가 제대로 굴러가듯이 인생의 굴렁쇠도 방향과 속도를 잘 조정해서 굴려야 한다. 굴렁쇠의 방향을 잘못 조정하면 굴렁쇠는 방향을 잃고 길을 벗어나 시궁창이나 낭떠러지에 떨어진다. 인생의 굴렁쇠도 방향을 잘못 조정하게 되면 항로를 잘못 들어서 길을 잃고 방황하거나 탈선하게 된다.

굴렁쇠는 속도를 내어 너무 빠르게 굴리면 굴렁대와 떨어져나와서 제멋대로 멀리 달아나고, 속도를 줄여서 너무 느리게 굴리면 굴렁쇠는 제대로 구르지 못하고 쓰러지고 만다. 인생의 굴렁쇠도 속도를 잘 조정하여 굴려야 한다. 급하다고 너무 빨리 가도 안 되고 여유를 부리며 너무 느리게 가서도 안 된다. 인생의 굴렁쇠를 방향과 속도를 순리에 따라 조정하여 굴려야 한다.

88 서울올림픽 개막식에서 굴렁쇠를 굴리던 어린 소년은 이제 어엿한 청년이 되어 굴렁쇠를 굴리며 자신의 인생 항로를 달리고 있을 것이다. 아이들은 나라의 미래이다. 아이들은 꿈을 그리며 자란다. 아이들의 꿈은 빨, 주, 노, 초, 파, 남, 보의 일곱 빛깔 무지개색이다. 나라의 미래인 아이들이 일곱 빛깔의 아름다운 꿈을 신고 굴렁쇠를 굴리며 오대양 육대주를 마음껏 달릴 수 있도록 곧고 넓은 새 길을 내주어야겠다.

2009년 ≪한국수필≫ 11월호에 실린 글입니다.

새해 소망

2008년 무자년의 새해가 밝았다. 간밤에 내린 흰 눈이 소복하게 쌓인 우리 집 정원에 새해 아침의 첫 손님으로 서생원이 찾아왔다가 예쁜 발도장을 찍고 돌아갔다. 무자년戊子年의 '자子'는 12지지地支의 첫 번째 자리로 12가지 동물 중에 쥐를 의미한다. 12가지 동물에는 쥐 이외에 소, 호랑이, 토끼, 용, 뱀, 말, 원숭이, 닭, 개, 돼지가 포함된다. 쥐는 영리하고 부지런한 동물로 번식력이 왕성하여 예로부터 다산과 풍요를 상징해 왔다. 쥐의 해인 올해에는 우리나라의 국운이 크게 융성하여 풍요롭고 희망찬 한 해가 되었으면 좋겠다. 묵은 해를 보내고 새해를 맞으면서 사람들은 새해 아침에 해돋이를 보며 소망을 빈다. 성경에서 '믿음, 소망, 사랑'을 '삼덕三德'이라고 하는데, '소원'이 현재에 이루어지기를 원하는 바람이라면 '소망'은 앞으로 이루고 싶은 희망인 셈이다.

그리스신화에 판도라 상자에 대한 이야기가 나온다. 그리스신화에 의하면 판도라는 제우스가 인간에게 벌을 주려고 만든 최초의 여성이다. 제우스는 판도라에게 인간의 온갖 재앙이 들어 있는 상자를 내주면서 절대로 열어봐서는 안 된다고 말했다. 그러나 판도라가 호기심에서 상자 뚜껑을 열자 상자 속에서 인간의 모든 재앙이 밖으로 쏟아져 나와 세상에 퍼지게 되었다. 그때 판도라가 깜짝 놀라서 황급히 뚜껑을 닫는 바람에 희망만이 상자 속에 갇혀 남게 되었다고 한다. 희망은 삶의 길목을 밝혀주는 등불과도 같다. 희망은 삶의 활력소가 되어 거친 세상을 살아가는 데 힘이 되어 준다. 내 친구 중 한 사람은 주일마다 복권을 산다. 복권이 당첨되어 일확천금을 얻겠다는 욕심보다는 한 주일을 희망을 갖고 살고 싶어서라고 한다. 복권을 산 날부터 엿새 동안은 당첨금을 타면 어떻게 쓸까 하며 희망에 부풀어 행복한 고민을 하다가 당첨이 안 되면 복권을 추첨하는 날 하루만 실망하면 된다는 생각이다.

새해의 인사로 사람들은 복 많이 받으라는 소망을 담아서 서로 덕담을 나눈다. 어린 시절 농사를 짓는 아버지의 새해 소망은 한 해의 농사가 풍년이 드는 것이었다. 풍년이 들어야 가족들이 굶주리지 않고 배불리 먹을 수 있기 때문이었다. 그리고 어머니는 가족들이 아프지 않고 건강하게 한 해를 보내는 것이 소망이었다. 그러나 철이 없던 나의 새해 소망은 좋은 옷에 맛있는 음식을 먹으며 마음껏 뛰어노는 것이었다. 나도 나이가 들면서 부모의 마음을 조금이라도 알 수 있을 것 같다. 돌아가시던 날 문안 인사를 드리던 나에게 출근 시간에 늦겠다고 재촉하시던 어머니의 마지막 모습이 지금도 눈에 선하다. 한평생을 자식을 희망으로 알고 뒷바라지만 하시다 가신 부모님을 생각하며 죄스런 마음으로 새해를 맞는다.

새해 아침 예전에 부모님이 나를 위하여 해 줬던 것처럼 나는 내 자식들을 위한 소망을 빈다. 먼저 이미 일가를 이루어 살고 있는 아들 가족들을 위해 새해의 소망을 빌어본다. 가장인 아들이 1972년 임자壬子생으로 쥐띠이다. 쥐띠 해를 맞아 가족 모두가 건강하고 집안이 더욱 번창하

길 소망한다. '가화만사성家和萬事成'이라는 말처럼 집안이 화목해야 모든 일이 잘 된다고 했다. 아들 내외가 일심동체가 되어 사랑으로 항상 웃음꽃이 피는 화목한 가정을 가꾸었으면 좋겠다. 그리고 네 살배기 손녀딸이 몸과 마음이 튼튼한 올곧은 사람으로 바르게 자라고, 둘째 아기를 임신한 며늘애가 건강한 아기를 순산하길 기원한다. 올해에는 두 딸을 위한 특별한 새해 소망을 빌고 싶다. 결혼 적령기를 넘긴 미혼의 두 딸을 둔 부모의 간절한 마음을 담아서 소망을 빈다. 큰딸과 작은딸이 올해 각각 백년해로할 백마탄 왕자님을 만나서 부부연을 맺어 행복한 보금자리를 꾸미기를 소망한다. 그리고 넉넉하지 못한 집안으로 시집와서 3남매를 키우며 고생만 한 아내의 건강을 기원하고 싶다.

오는 2월 25일에는 17대 이명박 대통령이 취임하여 새로운 정부가 시작된다. 그동안 침체되었던 경제가 회복되어 모든 국민이 잘 살 수 있는 풍요로운 한 해가 되었으면 좋겠다. 농사가 잘 되어 풍년이 들고, 고기가 많이 잡혀서 풍어를 이루고, 장사가 잘 되어 돈도 많이 벌고, 일자리가 많아져서 젊은이들이 희망을 가질 수 있는 한 해가 되길 바라고 싶다. 그리고 남과 북이 상호교류와 협력으로 더욱 친해져서 평화롭게 지낼 수 있었으면 좋겠다. 남과 북의 소외된 모든 사람들이 굶주리지 않고 자유를 누리며 사람답게 살 수 있는 한 해가 되길 빌어본다. 또한 우리들이 살고 있는 이 지구촌이 총성과 폭력이 영원히 사라지고 항상 사랑과 평화가 가득 찬 세상이 되었으면 좋겠다. 나도 올해에는 항상 낮은 자세로 섬김과 나눔을 실천하여 베풀어가며 바른 마음으로 곧게 살아야겠다.

겨울철의 짧은 해가 넘어가고 땅거미가 지며 사방이 어두워지자 서생원들이 먹이를 찾아서 부지런히 움직인다. 올 한 해만이라도 정월 대보름날에 쥐를 몰아내려는 쥐불놀이는 하지 말았으면 좋겠다.

부자富者와 유호덕攸好德

　사서 삼경四書三經 중 하나인 《서경書經》에 '수壽, 부富, 강녕康寧, 유호덕攸好德, 고종명考終命'을 사람의 다섯 가지 복福이라고 했다. '수'는 장수하여 오래 사는 것이고, '부'는 부자가 되어 풍족하게 사는 것이고, '강녕'은 심신이 건강하여 평안하게 사는 것이고, '유호덕'은 덕을 베풀어 보람있게 사는 것이며, '고종명'은 천수를 다하고 편안하게 죽는 것이다. 사람은 누구나 이러한 다섯 가지 복을 두루 갖추고 행복하게 살기를 소망한다. 그리고 많은 사람들이 큰 부자가 되어서 부귀 영화를 누리며 행복하게 살고 싶어한다.

　어느 날 젊은 스님 한 분이 우리 집에 찾아왔다. 대학에 합격하고 입학을 기다리며 집에서 잠시 쉬고 있던 중이었다. 어머님은 쌀독에서 쌀을 한 바가지 가득 퍼서 스님께 시주를 했다. 그때 젊은 스님은 나를 한참 쳐다보더니 돌아서면서 나를 향하여 '앞으로 큰 부자가 될 상'이라는 말을 했다. 나는 그 말을 듣고 사범대학에 합격해서 앞으로 졸업하게되면 선생이 될 텐데 부자는 무슨 부자냐고 어이없다는 듯이 반문을 했다. 그러자 스님은 '보잘 것 없는 땡중이 하는 말이라도 예사로 듣지 않았으면 좋겠다.'는 말을 남기고 어디론가 총총이 가버렸다. 그때 반신반의하며 들었던 젊은 스님의 말은 40여 년이 지난 지금까지도 내 뇌리 속에 잊히지 않은 채로 남아 있어 가끔 생각이 난다. 그러나 정년을 앞둔 나는 여전히 돈 걱정을 하며 평범한 월급쟁이로 살고 있다.

세상에는 돈이 많은 '돈부자', 땅이 많은 '땅부자', 그리고 집을 여러 채 가진 '집부자' 등 많은 부자들이 있다. 그러나 큰 부자는 하늘이 낸다고 한다. 입으로는 생활하는 데 불편하지 않을 정도의 재산만 있으면 된다고 말은 하면서도 연금 제도가 바뀌어 연금이 줄어들까 봐 전전긍긍하며 마음속으로는 큰 부자가 되었으면 좋겠다는 생각을 하게 된다. 그럴 때마다 '부자가 될 상'이라던 젊은 스님의 말이 그림자처럼 나를 따라 다닌다. 그래서 가끔 복권방에 들러 복권을 몇 장 사게 되는지도 모른다. 젊은 스님의 이야기를 들은 내 지인 중에는 당대는 아니더라도 후대에 큰 부자가 나올지 모르는 일이 아니냐고 말하는 사람도 있었다. 물론 그분은 그저 내가 듣기 좋으라고 하는 말이겠지만, 그 말을 들으니 싫지는 않았다. 올해는 무자년戊子年 쥐띠 해이다. 옛날부터 쥐는 왕성한 번식력 때문에 다산과 풍요를 상징해 왔다. 그래서 한 집안에 12간지 중 쥐띠 해에 태어난 사람이 한 사람이라도 있게 되면 그 집안은 재물이 풍족하게 된다고 했다. 우리 집안에는 아들이 임자생 쥐띠인데 지난 5월에 손자가 무자생戊子生 쥐띠로 태어났다. 우리 집안에서 아들과 손자가 다산과 풍요를 상징한다는 쥐띠 해에 태어났으니 내 지인의 말처럼 후대에 큰 부자가 나올지도 모르는 일이라고 자위해 본다.

농촌의 소도시에도 아파트가 우후죽순처럼 들어섰다. 아내는 새 아파트로 이사가서 살자고 조른다. 오래된 낡은 단독주택에서 생활하다 보면 불편한 점이 한두 가지가 아니다. 그래서 보다 생활이 편리한 아파트로 이사가서 젊은 사람들처럼 편하게 살아 보고 싶은 모양이다. 요즘 아내는 시간만 나면 새로 들어설 아파트의 모델하우스를 즐겨 찾는다. 그러나 지금 당장 가진 돈이 없으니 새 아파트를 분양 받아서 입주하려면 살고 있는 단독주택을 팔아야 필요한 돈의 일부라도 마련할 수 있다. 몇 년 후에 근처에 도청 신도시가 건설되어 도청을 포함한 많은 정부 기관이 옮겨 올 예정이라고 한다. 이왕에 늦었으니 좀더 기다렸다가 도청 신도시에 짓게 될 새 아파트로 이사가자고 아내를 달래본다. 마침 지금 살고 있는 집앞 도로가 확장될 계획이라고 하니 우리 집도 값이 올라서 새 아파트를 구입하는 데 큰 도움이 되었으면 좋겠다.

예수님은 비유적으로 '약대가 바늘귀로 들어가는 것이 부자가 하나님의 나라에 들어가는 것보다 쉽다.'고 말씀하셨다. 바늘귀는 성벽에 붙어있는 작은 문이다. 그래서 성벽의 큰 문이 닫힌 후 약대가 성 안에 들어가기 위해서는 반드시 등에 지고 있던 모든 짐을 내려 놓아야만 그 작은 문 안으로 들어갈 수 있다. 부자도 하나님의 나라에 들어가려면 좁은 길을 지나야 하는데, 지고 있던 모든 짐을 벗어 버려야만 좁은 길을 통해서 하나님의 나라에 들어갈 수 있다고 한다. 예수님의 말씀은 '낙타가 등에 진 재물 짐을 모두 벗어서 내려놓아야 성벽의 작은 문을 지나서 성 안으로 들어갈 수 있는 것처럼, 누구든지 천국에 들어가려면 아무리 값비싼 재물이라도 모두 풀어서 가난한 사람들에게 나누어줄 수 있어야 한다.'는 가르침인 것 같다. 사람의 다섯 가지 복 중의 하나가 유호덕攸好德이라고 했다. 유호덕은 나눔을 실천하여 덕을 베푸는 일이다.

자신의 전 재산을 사회에 환원하여 이웃에게 사랑의 온정을 베푼 타이완의 부호 쿼타이망, 미국의 세계적인 부호 워런 버핏, 그리고 우리나라의 유일한 박사의 아름다운 이야기와 평생 동안 힘들게 모은 전 재산을 이웃 돕기 성금으로 아낌없이 내놓은 어느 이름 없는 할머니의 따뜻한 이야기는 오늘도 어두운 세상을 밝히는 촛불이 되어 타오르고 있다.

한글에 날개를

올 봄 다섯 살 난 손녀가 유치원에 입학했다. 3월 초 어느 날 아들한테서 전화가 왔다. 유치원에서 딸애의 영어 이름을 지어오라고 하는데 할아버지가 예쁜 영어 이름을 지어 주었으면 좋겠다고 했다. 아들은 내가 수십 년 동안 고등학교에서 영어를 가르친 경험이 있기 때문에 멋진 영어 이름을 지을 수 있을 거라고 생각하는 것 같았다. 세계화 속에서 일기 시작한 영어 열풍은 마침내 큰 태풍으로 변하여 거세게 불어오고 있다. 태풍의 영향권에 든 우리나라는 범람하는 외국어 홍수 속에서 나라 전체가 몸살을 앓고 있다. 거리는 온통 알쏭달쏭한 외국어 간판들로 색칠을 하고, 청소년들은 국적 불명의 외국어로 도배한 듯한 옷을 입고 활보하고 있다. 그리고 지식인들조차도 일부는 영어 단어는 철자를 하나라도 잘못 쓰게 되면 수치로 생각하면서도 우리 한글은 맞춤법을 몰라서 틀리게 쓰고서도 아무렇지 않게 여긴다.

지난 해 겨울 중국 운남성의 곤명 일원을 여행하면서 잠시 운남성의 서북부에 위치한 여강에 들른 적이 있다. 옥룡설산을 배경으로 세계문화유산인 아름다운 고성과 흑룡담의 풍광을 자랑하는 여강은 중국의 소수민족 중 하나인 나시족의 거주지이다. 56개의 민족으로 이루어진 중국에는 조선족을 포함하여 55개의 소수 민족이 살고 있다고 한다. 여강은 모계사회로 알려진 나시족의 중심지로 동파문화의 발원지이기도 하다.

동파문화는 나시족의 독특한 문화로 흑룡담의 동파문화연구원에 문자, 경전, 그림, 음악, 춤 등 나시족의 동파문화와 관련된 유물이 잘 보존되어 있었다. 그 중 동파문자는 나시족의 고유한 상형문자인데 나시족은 아직도 이 옛날 문자를 잘 보존하고 있었다. 흑룡담 공원 안에 있는 '용신사'라고 하는 사당의 한 회랑 건물에서 나이가 지긋한 어르신 한 분이 여행자들에게 이름이나 좋은 글귀를 동파문자로 예쁘게 써서 팔고 있었다. 거대한 중국 대륙에서 한족의 틈에 끼어 소수민족으로 힘들게 생활하면서 아직도 그들의 고유 문자를 지키며 살아가는 나시족이 존경스러웠다.

우리말과 글도 제대로 못하는 4~5세의 어린 아이들이 유치원에서 자신의 예쁜 우리 말 이름 대신에 낯선 영어 이름으로 외국인 선생으로부터 앵무새처럼 영어를 따라 배우는 모습을 상상해 보자. 그리고 온통 외국어로 낙서한 듯한 옷을 입고 뜻도 모른 채 거리를 배회하는 우리의 청소년들을 생각해 보자. 이 세계에는 6,000여 개의 언어가 있었지만 절반 가량은 사멸되고 현재 약 3,000여 개의 언어가 사용되고 있다고 한다. 그러나 우리나라처럼 고유한 언어와 문자를 가진 나라는 얼마 되지 않는다. 고유한 언어와 문자를 가지고 생활한다는 것은 다행한 일이 아닐 수 없다.

　창제 당시에 '훈민정음' 또는 줄여서 '정음'이라고 부르던 우리의 고유문자는 주시경 선생님에 의하여 처음으로 '한글'이라는 이름을 갖게 되었다고 한다. 그러나 우리 민족은 분단의 아픔 속에서 우리의 고유문자까지도 남한에서는 '한글'로, 북한에서는 '조선글'이라고 부르고 있으니 안타까운 일이다. 갈래로는 표음문자 가운데 음소문자에 속하는 우리의 한글은 14자의 닿소리와 10자의 홀소리로 이루어진 낱소리 문자이다. 24개의 낱자 하나하나가 각각 낱소리 하나하나를 나타내고 낱자를 하나의 글자 마디로 모아 쓰는 우리의 한글은 이 세계에서 가장 과학적이고 뛰어난 문자로 알려져 있다.

　올해로 조선왕조의 네 번째 임금님이셨던 세종대왕께서 우리 한글을 창제하신 지 565년이 되고, 반포하신 지는 562년이 된다. 이제 우리 모두 자랑스런 한글에 날개를 달아서 세계 속의 한글로 높이 날려야 할 때이다. 나라 안에서는 국제결혼으로 다문화가정이 늘어나고 외국인 근로자 수가 증가하면서 우리말과 글에 대한 관심이 높아지고 있다. 그래서 우리말과 글을 배우려는 사람들을 위하여 한글을 가르치는 한글 학당이 곳곳에 개설되고 있다. 그리고 나라 밖에서는 1990년대 후반부터 불기 시작한 '한류'라고 하는 한국 대중문화 열풍으로 동남아시아를 비롯한 중국, 일본 등지에서 우리말과 우리글을 배우려는 외국인이 계속 늘고 있다니 고무적인 일이다. 우리 한글은 누구나 쉽게 익혀서 편하게 쓸 수 있는 우수한 문자이다. 아름다운 우리의 한글을 잘 지키고 보존하는 일뿐만 아니라 한글의 우수성을 세상에 널리 알려서 세계적인 문자로 키워나가는 일도 우리가 해야 할 일이다. 이제 우리 한글이 큰 날개를 달고 비상하여 세계 속의 한글로 자리매김할 수 있도록 노력해야겠다.

비가 갠 오후의 쪽빛처럼 파란 하늘을 된장잠자리가 떼를 지어서 곡예하듯이 날고 있다. 동네 꼬마들이 골목길의 긴 담벼락 위에 서툰 글씨로 낙서를 했다. 엄마와 아빠가 지어준 예쁜 이름을 한글로 자랑스럽게 써놓았다. 우리 손녀도 이제 제법 의젓해져서 어른을 뵈면 배꼽 인사도 곧잘 하고 존댓말도 할 줄 알게 되었다. 그리고 우리 한글을 처음 말을 배우듯이 조금씩 익히고 있다. 말과 글에는 그 민족의 얼이 깃들어 있다. 우리의 말과 글은 일제강점기에도 우리 민족의 혼을 담아서 지켜온 소중한 것이다. 아름다운 우리의 말과 글로 만든 간판으로 곱게 단장한 거리와 우리 한글의 자모로 예쁘게 디자인한 옷을 입은 청소년들의 모습을 그려본다.

2008년 ≪한국수필≫ 10월호에 실린 글입니다.

제5부
자석놀이

역지사지易地思之 / 노블레스 오블리주 / 관용 / 벼 이삭
장부일언중천금丈夫一言重千金 / 자석놀이 / 칡덩굴 / 엿장수 맘대로
직이화直而和 / 철새

역지사지 易地思之

사람은 누구나 소중한 존재이다. '역지사지易地思之'라는 말이 있다. 이 말은 서로의 입장이나 처지를 바꾸어 생각한다는 뜻이다. 40여 년 전 고등학교 1학년 때에 영어 교과서에서 읽었던 내용으로 한 버스 운전수와 몸이 불편한 승객에 관한 이야기이다.

어느 날 마을 어귀를 지나가던 버스 한 대가 길가 정류장에 멈춰 섰다. 기다리고 있던 승객들이 한 사람씩 차례차례 버스에 올랐다. 맨 마지막으로 소아마비로 몸이 불편한 청년 한 사람이 어렵게 버스에 오르고 있었다. 그때 버스 운전수가 옆 창문을 열고 창밖을 내다보고 있었다. 버스에 타고 있던 승객들도 무슨 일인가 하고 궁금하여 모두 시선을 운전수가 바라보는 창문 쪽으로 향했다. 운전수는 한참 동안 창밖을 보고 있다가 몸이 불편한 청년이 버스에 안전하게 오른 것을 확인하고 다시 차를 몰았다. 그리고 운전수는 백미러를 통해서 청년에게 미소를 보냈다. 청년도 운전수의 미소의 의미를 알았다는 듯이 고개를 끄덕이며 환한 미소를 지었다. 버스 운전수는 몸이 불편하여 어렵게 버스에 오르고 있던 청년의 처지를 생각하고 승객들의 시선을 다른 쪽으로 돌리게 하고 싶었던 것이다.

상대방의 처지를 생각하고 마음을 써서 도와주는 것을 '배려'라고 한다. 어느 등불을 든 앞을 못 보는 사람에 관한 이야기인데 ≪탈무드≫에 나오는 이야기이다.

어느 날 한 길손이 어두운 밤길을 걷고 있었다. 그때 맞은편에서 어떤 사람이 등불을 들고 길을 걸어오고 있었다. 등불을 든 사람은 매우 조심스럽게 발걸음을 옮기고 있었다. 가까이에 가서 자세히 보니 등불을 들고 밤길을 조심스럽게 걸어오고 있던 사람은 앞을 보지 못하는 사람이었다. 그때 길손은 이상하게 생각하고 물었다. "당신은 앞을 보지도 못하면서 어찌하여 등불을 들고 다닙니까?" 이 말을 듣고 앞을 보지 못하는 사람은 "내가 등불을 들고 길을 걸으면 앞을 볼 수 있는 당신과 같은 사람들이 내가 걷고 있다는 것을 알게 되어서 서로 부딪히는 일이 없게 됩니다."라고 대답했다고 한다. 이 앞을 보지 못하는 사람은 역지사지의 심정으로 상대방을 배려하여 등불을 들고 길을 걸었던 것이다.

고대 그리스의 철학자 디오게네스에 대한 이야기이다. 디오게네스는 통 속에서 생활을 하고 있었는데, 그리스의 모든 땅을 정복한 알렉산더 대왕이 그의 평판을 듣고 만나자고 청을 했으나 가지 않았다. 그래서 하루는 알렉산더 대왕이 친히 그가 살고 있는 통나무집을 찾았다. 통 속에 누워서 햇볕을 쬐고 있는 디오게네스 앞으로 다가가서 왕은 "나는 알렉산더 대왕이다. 바라는 것이 있으면 무엇이든지 다 들어 줄 터이니 말해 보아라."라고 말했다. 이 말을 들은 디오게네스는 통 속에 누운 채로 알렉산더 대왕께 "저쪽으로 비켜 주십시오. 당신이 햇볕을 가려서 그늘이 집니다."라고 말했다는 일화가 있다.

많은 사람들은 권력자 앞에서도 당당한 채로 아부하지 않고 자유롭게 살아가는 철학자의 모습에 찬사를 보냈을지도 모른다. 그러나 알렉산더 대왕이 일광욕을 하고 있는 디오게네스의 입장을 고려하여 미리 비켜섰더라면 좋았을 것이라는 생각과 함께 디오게네스도 한번 쯤은 알렉산더 대왕의 입장을 생각해 보았으면 어떠했을까 하는 생각이 든다. 누구나 한 번쯤은 서로의 입장을 생각해 보며 생활했으면 하는 바람에서이다.

사다리는 사닥다리라고도 하는데 높은 곳을 디디고 오르도록 만든 도구다. 구약성서의 창세기에 나오는 야곱의 사다리는 야곱이 돌베개를 하고 누워서 잠들었을 때에 꿈에서 본 사다리로 하늘문에 이르는 계단이었으며 하나님이 야곱을 지켜주시고 더 높은 곳으로 인도하는 천국의 사다리였을 것이다. 선생님은 학생들에게는 사다리와 같은 존재다. 학생들은 스승이라고 하는 사다리를 딛고 자신의 꿈을 향해 한 계단씩 한 계단씩 더 높은 곳으로 오를 수 있기 때문이다. 선생님들은 튼튼한 사다리가 되어서 우리 학생들이 더 높이 오를 수 있도록 도울 수 있어야겠다.

어느 교장선생님은 출근하면 제일 먼저 선생님들의 얼굴 표정을 살펴보고, 표정이 어둡고 기분이 좋지 않은 선생님을 발견하게 되면 그 선생님을 조용히 교장실로 불러서 재미있는 이야기를 하고 농담도 하면서 기분을 풀어 드렸다고 한다. 교장은 선생님들이 기쁘고 즐겁게 생활하면서 학생들을 잘 가르칠 수 있도록 도와 드려야 하고, 선생님들은 학생들이 기쁘고 즐거운 마음으로 열심히 공부할 수 있도록 도와 줘야 한다고 믿었기 때문이다.

자신의 전 생애를 교육에 바친 교육의 성자이자 인류의 스승인 페스탈로치의 묘비에는 "모든 것이 남을 위해서였으며 자신을 위해서는 아무것도 하지 않았다."라고 새겨져 있다고 한다. "나로 인해 누군가 행복할 수 있다면 그 얼마나 놀라운 축복입니까?"라는 용혜원님의 시 구절처럼 오늘 내가 하는 일들로 누군가가 기뻐하고 행복해 할 수 있다면 정말 좋겠다.

노블레스 오블리주

    사람이 지위나 신분이 올라가서 세상에 이름을 날리게 될 때 흔히 '출세'했다고 한다. 그리고 입신출세한 사람을 배출한 모교나 고향에서는 그런 사람들을 '자랑스러운 인물'로 추앙하게 된다. 미국의 소설가 나자니엘 호손(Nathaniel Hawthorne)이 쓴 ≪큰 바위 얼굴≫의 이야기가 생각난다. 사방이 높은 산들로 둘러싸인 넓은 골짜기에 사람들이 살고 있었는데, 이 골짜기의 한 절벽 위에 자연현상으로 인하여 마치 큰 거인의 얼굴을 조각하여 놓은 듯한 모습이 새겨져 있었다. 사람들은 그 모습을 보고 '큰 바위 얼굴'이라고 불렀다. 장차 이 골짜기에서 큰 바위 얼굴을 닮은 아이가 태어나 훌륭한 인물이 될 것이라는 전설이 언제부터인가 이 골짜기에 사는 모든 사람들에게 전해오고 있었다. 이 골짜기에 어니스트라는 소년이 살고 있었는데 이 소년도 어머니로부터 큰 바위 얼굴에 대한 전설을 들으며 자랐다. 그래서 이 소년은 커서 큰 바위 얼굴을 닮은 훌륭한 사람을 만나 보게 되기를 기대했다. 그 후 이 골짜기 출신으로 돈을 많이 벌어서 큰 부자가 된 사람, 전쟁터에 나가서 큰 전공을 세운 장군, 말 잘하는 저명한 정치가, 그리고 글 잘 쓰는 유명한 시인이 나타나서 저마다 큰 바위 얼굴을 닮았다고 했지만, 모두 어니스트를 실망시켰다. 어릴 때부터 큰 바위 얼굴을 스승으로 삼고 어머니와 함께 오두막집에서 농사를 지으며 진실하게 살던 어니스트는 하나님의 섭리를 설교하는 전도사가 되었다. 어느 날 어니스트의 설교를 듣고 있던 시인이 어니스트를 가리키며 '이 분이 바로 큰 바위 얼굴'이라고 소리쳤다. 그러나 어니스트는 설교를 마치고 집으로 돌아가면서 마음속으로 자기보다 더 현명하고 착한 큰 바위 얼굴을 닮은 사람이 나타나길 바랐다.

사람은 '무엇으로 사느냐'보다 '어떻게 사느냐'가 더 중요한 것 같다. 비록 평범한 사람일지라도 항상 착하고 진실하게 살면서 말과 행동이 일치하는 생활을 한다면 그 사람이야말로 정말로 큰 바위 얼굴을 닮은 훌륭한 사람이라고 생각된다. 영국 속담에 "하루만 행복하고 싶으면 이발을 하고, 일주일 동안 행복하고 싶으면 결혼을 하고, 한 달 동안 행복하게 지내고 싶으면 말을 사고, 한 해 동안 행복하게 살고 싶으면 새 집을 짓고, 평생 동안 행복하게 보내고 싶으면 정직하라."라는 말이 있다. 속이거나 숨김이 없이 참되고 바른 것을 '정직'이라고 하며, 정직한 사람을 '신이 만든 가장 고귀한 작품'이라고 한다.

그러나 신문지상이나 방송매체에 입신출세했다고 하는 높은 지위에 있는 분들의 비리 사실이 보도되고, 구속되는 사례를 자주 보게 된다. 모범을 보여야 할 분들이 권력과 금력을 이용하여 부정을 저지르고 뇌물을 주고받아서 많은 국민들을 실망시키고 분노케 한다. 구약성서에 "너는 뇌물을 받지 말라. 뇌물은 밝은 자의 눈을 어둡게 하고, 의로운 자의 말을 굽게 하느니라."라는 구절이 나온다. 이 말은 뇌물을 받으면 눈이 흐려져서 사물을 제대로 보지 못하고, 올바른 말도 할 수 없게 된다는 뜻이다. 그리고 옛말에 "오이밭이나 참외밭에서는 신발을 고쳐 신지 말고, 오얏나무 아래에서는 갓끈도 고쳐 매지 말라."라는 말이 있는데, 오해를 받을 수 있는 행동은 삼가야 한다는 말이다.

사회적으로 지도적인 위치에 있는 사람들이 지녀야 할 도덕적, 정신적 덕목으로 신분에 따른 윤리적인 책무를 '노블레스 오블리주(nobless oblige)'라고 한다. 일반 사람들은 사회의 지도층에 속한 사람들에게 보통 사람보다 더 높은 도덕성을 요구하기 마련이다. 따라서 사회의 지도층 인사들은 투철한 도덕심은 물론이고 봉사정신과 희생정신을 갖고 한 점 부끄럼 없이 바르게 살아야 한다.

세상을 거짓되게 살기는 쉽고 진실하게 살기는 어려워도, 온갖 고통을 참고 견디면서 바르게 살면 끝까지 살아남게 된다. '노블레스 오블리주'도 없이 입신출세하여 사회적으로 높은 지위에 있는 사람보다 비록 평범한 사람이지만 부모님을 모시고 묵묵히 고향을 지키면서 농사를 지으며 바르게 생활하는 사람이 오히려 자기 고향을 빛낸 '자랑스러운 사람'이 아닐까? 바닷물이 썩지 않는 것은 2.7%의 염분 때문이라고 하는데 오늘날 우리 사회에는 2.7%의 염분 같은 사람이 필요하다.

관용

　내가 모시던 교장선생님 중에 한 분은 집무실 탁자 위에 한자로 '寬容'이라고 쓴, 밑면이 세모꼴로 된 사면체의 삼각뿔을 세워 놓고 근무하셨다. '관용寬容'은 자신과 의견을 달리하는 사람을 너그럽게 받아들이거나 다른 사람의 잘못을 용서하는 것을 의미한다. 그때 그 교장선생님께서는 선생님들의 다양한 의견을 받아들이고, 선생님들 중에서 잘못을 저지르는 분이 있더라도 너그럽게 용서하겠다는 자신의 경영 의지로 '관용'이란 말을 택하신 것 같았다. 선생님 한 분이 취중의 실수로 문제가 발생하여 어려움을 겪게 되었다. 그때 교장선생님께서는 그 선생님 편에서 이해해 주시고 너그럽게 감싸주며 문제 해결을 위해 애쓰셨다. 함께 근무하고 있는 직원들을 아끼고, 배려해 주려는 교장선생님의 인간적인 모습을 볼 수 있어서 기뻤다.

　사람들이 세상을 살아가면서 서로 관용을 베풀 때 삶이 보다 풍요로워지고 여유가 생겨서 넉넉한 생활을 할 수 있게 된다. 나이가 들어서 지내온 일들을 회상할 때 후회되는 일이 몇 가지 있는데 그 중 하나가

'그때 좀더 참을 걸.'하고 과거에 관용을 베풀지 못한 후회라고 한다. 어제까지 동지였던 사람들이 오늘은 적이 되어서 서로 싸우고, 검은 머리가 파뿌리가 되도록 살겠다고 서약하고 결혼하여 수십 년간 생사고락을 함께한 부부가 갈라서서 원수처럼 서로를 증오하며 살아가는 경우도 있다. 길지도 않은 인생을 살아가면서 우리들은 가까운 친구나 직장 동료, 이웃사람, 그리고 형제자매를 비롯한 일가친척과도 가끔 반목과 불화로 서로를 미워하며 지내게 된다. 심한 경우는 서로의 불화가 극에 달하여 마음에 참을 수 없는 큰 상처를 입어서 상대방에 대한 증오심 때문에 잠을 자다가도 벌떡 일어나 몸부림을 치는 경우도 있다. 그러나 어떤 사람을 미워하게 되면 미워하는 순간부터 그 사람의 노예가 된다고 한다. "형제가 내게 죄를 범하면 몇 번이나 용서하여 줘야 합니까? 일곱 번까지 용서해야 합니까?"라고 묻는 베드로에게 예수님은 일곱 번이 아니라 일흔 번씩 일곱 번이라도 용서하라고 말씀하셨다. 죄는 미워도 사람을 미워해서는 안 된다. 상대방에 대하여 못마땅한 점이 있더라도 미워하지 말고 너그럽게 용서해야 한다. 용서가 가장 고귀한 승리가 되기 때문이다.

　1970년대 초 시골의 한 고등학교에 근무할 때의 일이다. 그 당시에는 모든 고등학교에서 교련 과목을 가르쳤고, 교련 시간에는 기초 군사 훈련까지 받아야 했다. 그리고 매년 도 교육청으로부터 교련 검열이 있었는데, 대부분의 학교에서는 교련 검열을 앞두고 학생들에게 강한 훈련을 시켰다. 어느 날 전교 학생들이 제식훈련을 비롯한 검열 종목을 연습하다가 점심시간이 되어서 잠시 휴식을 했다. 그런데 휴식 시간을 이용하여 3학년 학생들이 2학년 학생들에게 심하게 얼차려를 시켰던 것 같다. 2학년 학생들이 얼차려에 대한 불만으로 다음날부터 등교를 거부하고 학교를 나오지 않았다. 작은 시골에서 이런 사건이

발생하자 읍내가 발칵 뒤집혔다. 학교에서는 주동자를 찾아내고 징계위원회를 열어서 얼차려를 주동한 3학년 몇 학생과 등교거부를 선동한 2학년 몇 학생을 퇴학시키기로 결정했다. 나는 졸업을 앞둔 학생들을 퇴학까지 시키는 것은 너무 가혹하다고 반대했지만 퇴학을 막을 수는 없었다. 퇴학이 결정되던 날 오후 늦게 학생 몇 명이 소식을 듣고 학교로 몰려왔다. 그때 학생부의 다른 선생님들은 모두 자리를 뜨고 나 혼자 학생부 교무실에 남아 있었다. 그 학생들 중에는 평소에 나를 무척 따르던 학생도 있었다. 학생들을 보자 나도 모르게 눈시울이 뜨거워지고 눈물이 나왔다. 그때 학생들을 부둥켜안고 함께 울었던 기억이 새로워진다. 그 후 나는 학급 담임을 맡으면서 내가 맡은 학생들은 어떤 일이 있어도 퇴학만은 시키지 않아야겠다고 결심했다. 퇴학은 그 학생에 대한 교육을 포기하는 일이라고 생각했기 때문이다. 내 반 학생이 교칙을 크게 위반하여 퇴학을 당하게 되면, 교장선생님을 뵙고 책임을 다하여 지도하겠으니 선처해 달라고 애원도 하고, 각서도 쓰고 해서 퇴학만은 면할 수 있도록 했다. 앞길이 구만 리 같은 무한한 가능성이 있는 청소년들이 다소 잘못이 있어도 용서하고 사랑으로 이끌어야 한다는 나의 생각은 예전이나 지금이나 마찬가지이다.

　세상을 살다 보면 때로는 아니꼬운 일도 있고, 더럽고 메스꺼운 일도 있고, 치사하고 유치한 일도 있어서 마음에 상처를 입고 서로를 미워하게 된다. 그러나 사람들이 사랑하는 마음으로 서로를 용서하고, 관용을 베풀며 더불어 살아간다면 이 세상은 보다 아름다워질 것이다.

벼 이삭

옛말에 사람의 됨됨이를 알아보기 위해서는 소인小人은 술을 먹여보면 알 수 있고, 대인군자大人君子는 출세시켜 보면 알 수가 있다고 했다. 술자리에서 말이 많고 술주정이 심한 사람은 도량이 좁은 소인배이고, 입신출세하여 높은 지위에 있으면서도 교만하지 않고 겸손한 사람은 도량이 넓고 점잖은 대인군자에 속한다는 말이다.

영국 속담에 "벼는 익으면 익을수록 고개를 숙인다.(The boughs that bear most hang lowest)"라는 말이 있다. 우리나라에서 벼농사는 대개 양력으로 4, 5월쯤 파종해서 10, 11월경에 수확하게 되는데, 벼가 이삭이 나와서 수확하기까지 여무는 과정을 유숙기, 황숙기, 완숙기로 구분한다. 유숙기는 벼의 녹말이 미숙한 상태이고, 녹말이 증가하여 벼 이삭이 무거워져서 고개를 숙이고 누렇게 익는 시기를 황숙기라고 하며, 벼가 완전히 여물어서 수확하게 되는 때를 가리켜서 완숙기라고 한다. 따라서 벼는 익으면 익을수록 이삭이 고개를 숙이게 된다.

마태복음에 "누구든지 자기를 높이는 사람은 낮아지고 자기를 낮추는 사람은 높아진다."라는 말이 있다. 내가 어렸을 때에는 대부분의 농촌에서 집집마다 술을 직접 빚어서 마셨다. 고된 농사일을 하면서 농부들이 마시는 술이라고 하여 '농주'라고 했다. 그러나 이 농주는 당국의 허가 없이 가정집에서 빚었기 때문에 '밀주'라고 하여 단속을 했다. 이러한 밀주를 단속하기 위하여 가끔 관계 공무원이 마을로 '술 조사'를 나왔는데, 낯선 사람이 술 조사를 하기 위하여 마을에 나타나면 온 마을이 술렁이고 동네 사람들은 남녀노소를 불문하고 벌벌 떨었다. 사람에 따라 쥐꼬리만한 감투를 써서 완장이라도 차게 되면 교만해져서 자기보다 못한 사람들을 얕잡아 보고 거드름을 피우게 된다.

나는 지역 교육청에서 장학사와 장학관으로 근무한 적이 있다. 장학사는 주로 선생님들이 학생들을 잘 가르칠 수 있도록 도와주는 일을 한다. 그러나 사람들은 자신들의 학창 시절을 떠올리며 장학사에 대한 어떤 편견을 갖고 있는 것 같았다. 장학지도를 준비하기 위하여 전날부터 대청소를 하게 되고, 자신들이 공부하고 있는 교실에 장학사가 들어와서 수업하는 모습을 참관했기 때문에 장학사의 모습이 어린 학생들의 눈에는 마치 완장을 두른 힘 있는 사람쯤으로 보였던 모양이다. 물론 과거에 장학사가 장학시찰이라고 하여 일선 학교를 시찰해서 학교를 지휘 감독했던 탓도 있었을 것이다.

톨스토이는 "겸손한 사람은 모든 사람들로부터 호감을 산다. 사람은 누구나 모든 사람들로부터 호감을 사고 싶어한다. 그런데 왜 사람들은 겸손한 사람이 되려고 노력은 하지 않는단 말인가?"라고 했다. 민주주의를 하고 있는 나라에서는 크고 작은 선거를 통하여 국민의 대변자나 지도자를 뽑게 된다. 우리나라도 예외가 아니어서 선거철만 되면 조용하던 시골 읍에서도 각 후보자들과 선거운동원들의 선거 열기로 거리 이곳저곳이 후끈 달아오른다. 기초의원이나 단체장 후보로 나선 사람들과 그 가족들까지 총동원되어 거리에 나와서 투표일 하루 전까지 지나가는 모든 사람들에게 연신 허리를 구부리고 인사를 한다. 이때만은 국민을 주인으로 생각하는 것 같다. 그러나 일단 당선만 되면 대부분의 후보자들은 화장실에 갈 때 마음과 화장실에 다녀온 후의 마음이 다르듯이 유권자들에게 뽑아 달라고 굽실거리며 인사하던 모습은 찾아볼 수 없게 된다. 설상가상으로 자신을 뽑아준 국민들 위에 군림하게 된다. 금년 말에는 대통령을 뽑는 대선이 있다. 대선을 앞두고 벌써부터 각 정당에서는 예상되는 후보들 간에 물밑 경쟁이 심하다. 항상 국민을 주인으로 모시고 겸손한 자세로 나라와 국민을 위해 헌신할 수 있는 참일꾼을 뽑았으면 좋겠다. 그리고 임기가 끝난 후에도 국민들이 존경할 수 있는 훌륭한 대통령이 되었으면 좋겠다.

장부일언중천금丈夫一言重千金

사람은 누구나 삶을 통하여 여러 가지 형태의 약속을 하게 된다. 사람과 사람 사이에 어떤 일을 언약하여 정하는 것을 가리켜 보통 '약속'이라고 하는데, 이러한 약속을 보다 굳게 다짐하면 '맹세'가 되고, 약속의 뜻으로 상대방에게 문서로 적어주면 '각서'가 된다. 그리고 서로 은밀하게 짜고 하는 약속을 '밀약'이라고 한다. 선거 때가 되면 입후보자들이나 정당에서 국민들에게 공적으로 많은 약속을 하게 되는데 이러한 약속은 '공약'이라고 한다.

'장부일언중천금丈夫一言重千金'이라고 했다. "대장부의 말 한 마디는 천금같이 무겁고 소중하니, 약속을 꼭 지키라."라는 뜻이다. 사람들이 가장 많이 하는 약속은 시간 약속과 금전적인 약속인 것 같다. 그러나 친구와 어느 날 만나기로 약속을 하고, 약속 시간에 맞춰서 약속한 장소에 나갔는데, 아무리 기다려도 친구가 연락도 없이 나타나지 않아서 실망했던 적이 한두 번은 있었을 것이다. 약속은 서로에 대한 믿음이다. 한 번 약속을 지키지 않게 되면 믿음이 깨져서 상대방으로부터 그만큼 신용을 잃게 된다. 그래서 가까운 사이에는 금전적인 약속은 하지 말라고 한다. 가까운 친구 간에 금전적인 약속을 했다가 약속을 지키지 못하게 되면 돈도 잃고 친구도 잃게 되기 때문이다.

30여 년 전의 일로 기억한다. 갑자기 돈이 필요하게 되었다. 나는 천성이 남한테 어려운 부탁하기를 꺼리는 성격이어서 말도 못하고 며칠 동안 끙끙거리고 있었다. 그런데 선배 한 분이 내 사정을 알고서 나를 조용히 불렀다. 가지고 있던 통장 하나를 주면서 필요한 만큼 찾아 쓰라고 했다. 필요한 돈을 찾아서 한 달 동안 고맙게 쓰고 난 후에 약간의 이자와 함께 꾸어 쓴 돈을 돌려드렸다. 그러나 선배는 이자는 완강하게 거절하고 원금만 받았다. 그때 나를 믿고 통장까지 내어준 그 선배의 고마움은 평생 잊을 수가 없다.

특히 어린 아이들과 지키지 못할 약속을 해서도 안 되지만, 일단 아이들과 한 약속은 반드시 지켜야 한다. 공자님의 제자 중 한 사람인 증자에 대한 이야기이다. 하루는 증자의 아내가 필요한 물건을 사기 위하여 시장에 가려고 막 집을 나섰다. 그때 아이가 엄마를 따라가겠다고 떼를 쓰면서 울며 쫓아나왔다. 그러자 증자의 아내는 "애야, 집에 들어가서 잠깐만 기다리고 있거라. 엄마가 빨리 시장에 다녀와서 돼지를 잡아 맛있는 저녁밥을 지어 줄 테니."라고 아이와 약속을 하고서 시장으로 향했다. 시장에서 물건을 사가지고 집에 돌아와서 보니 남편인 증자가 돼지를 잡으려고 우리에서 돼지를 끌어내고 있었다. 증자의 아내는 깜짝 놀라서 남편에게 "여보, 당신은 정말로 돼지를 잡으려고 그러셔요? 난 아이를 달래서 떼어 놓으려고 그저 농담으로 한 말이었는데."라고 말했다. 그때 아내의 말을 들은 남편 증자는 이렇게 말했다고 한다. "어린 아이와 그렇게 농담으로 약속을 해서도 안 되지만, 어린 아이와 한 약속을 지켜야 하오. 부모가 약속을 지키지 않으면 어린 아이들은 앞으로 부모의 말을 믿지 않게 되고, 거짓말을 배우게 된다오. 그러니 당신이 아이와 약속한 대로 오늘 저녁은 돼지를 잡아서 모처럼 맛있게 먹어 봅시다."라고 말했다는 일화가 있다.

약속처럼 하기는 쉬우나 이행하기가 어려운 일도 없다. 지키지 못할 약속은 하지 말고, 일단 한 번 한 약속은 반드시 지키도록 노력을 해야 한다. 그래서 옛 어른들은 '장부일언천년불개丈夫一言千年不改'라고 하며 한 번 한 약속은 천 년을 지켜야 한다고 했다. 나는 과거에 중·고등학교의 교사로 근무하면서 학급 담임을 맡게 되면 우리 학급의 급훈을 항상 '약속을 잘 지키자.' 또는 '약속을 더 잘 지키자.'라고 정했었다. 내가 맡은 학급의 모든 학생들이 약속을 잘 지켜서 믿음을 주는 사람이 되었으면 하는 바람에서였다. 우리 사회의 모든 사람들이 약속을 잘 지켜서 서로 믿음을 주며 살았으면 좋겠다.

자석놀이

어릴 적 어느 무덥던 여름날 오후 동네 친구들과 집앞 마당에서 자석놀이를 하며 놀았다. 모래 속에 못이나 철사 조각을 숨겨 놓고 자석을 가까이 하면 쇳조각이 모두 자석에 달라붙었다. 자석으로 모래 속에 숨겨진 쇳조각을 찾아내고 주위에 있는 모든 쇠붙이까지 끌어 모았다. 쇠붙이는 자석의 양 끝부분에 가장 많이 달라 붙었다. 이 자석의 양끝을 자기극이라고 한다. 자기극에는 쇠붙이를 끌어당기는 힘이 집중되어 있다. 자석은 쇠붙이와의 거리가 가까울수록 끌어당기는 힘이 강하다. 자석의 힘은 거리의 제곱에 반비례하고 자기극의 세기에 비례하는데 이것을 '쿨롱의 법칙'이라 한다.

자석 위에 두터운 하얀종이를 얹어놓고 그 위에 쇳가루를 골고루 뿌리고 난 후 자석을 전후 좌우로 움직였다. 쇳가루는 자석의 움직임에 따라 꼭두각시처럼 끌려다녔다. 친구들과 모래성을 쌓고 자석놀이를 계속했다. 막대자석으로 쇳조각을 끌어모으며 재미있게 놀고 있었다. 그때 옆집에 사는 한 친구가 큰 말굽자석을 가지고 나왔다. 내 작은 막대 자석에 붙어 있던 쇳조각들이 모두 친구의 큰 말굽 자석으로 옮겨 붙었다. 애써 모았던 쇳조각을 빼앗아간 친구를 아무리 원망해봐도 소용이 없었다. 그때 나도 친구처럼 큰 말굽자석을 갖고 싶었다.

농촌 마을은 여름이 깊어질수록 산천이 짙은 초록 물결이 된다. 동네 아이들은 마치 작은 물고기들이 물속을 떼지어 다니듯이 푸른 초원을 뛰어 다닌다. 아이들은 또래 중에 가장 힘이 센 아이를 중심으로 몰려 다니며 놀기를 좋아한다. 이때 힘이 가장 센 아이가 자석이 되고 다른 아이들은 쇠붙이가 된 것 같다. 강한 자력을 가진 힘이 센 아이가 아이들을 계속 끌어 모으고, 아이들은 힘이 센 아이 주변으로 모여든다. 어느 날 이웃 마을에서 한 아이가 이사를 왔다. 이 아이는 말굽자석 같은 강한 힘을 지니고 있었다. 아이들은 하나 둘씩 새로 이사온 힘이 센 아이의 강한 자력에 끌려가기 시작했다. 막대자석의 쇠붙이가 모두 말굽자석으로 옮겨 붙었다. 아이들의 새로운 영웅이 탄생했다. 아이들은 새로운 강자를 중심으로 모여서 푸른 초원을 다시 뛰놀기 시작한다.

자석은 일반적으로 쇠붙이를 끌어당기는 자기력을 가진 물체로 영구자석과 일시자석이 있다. 영구자석은 쇠붙이를 끌어당기는 힘을 영구적으로 잃지 않는 자석을 말하고, 전자석과 같이 전류가 흐르고 있는 동안만 자기력을 갖는 자석을 일시자석이라 한다. 그리고 가는 바늘이나 못과 같은 쇳조각을 다른 강한 자석으로 문지르면 약한 자력을 지닌 영구자석이 되는데 이것을 탄소강자석이라고 부른다.

자석놀이는 내가 어른이 된 후로도 계속 이어졌다. 자기력의 영향을 받는 공간을 자기장이라고 하는데 사람들은 자신의 자기장을 넓히고자 부단히 노력을 한다. 힘으로 자기장을 넓히려는 사람도 있고, 돈이나 권력을 이용하여 자기장을 넓히려는 사람도 있다. 세상은 이러한 사람들의 자석놀이 공간이 되었다. 가진 자와 갖지 못한 자의 관계는 자석과 쇠붙이와의 관계와 비슷하다. 가진 자는 갖지 못한 자를 끌어 당기고, 갖지 못한 자는 가진 자에게 달라붙게 된다. 우리가 살고 있는 사회 조직 내에는 '실세'라는 말이 자주 회자되고 있다. 실세는 대개 권력자와 혈연, 학연, 지연 등으로 줄이 닿는 사람이거나 돈이나 다른 방법으로 권력자와 유착된 사람들이다. 사람들은 강한 자력을 가진 말굽자석과 같은 힘을 가진 자에게 달라붙으려고 한다.

우리말 속담에 '권불 10년'이라는 말이 있다. 이 말은 권력과 부의 한계에 대해 경고하는 말이다. 사람들은 권력이나 부를 영구자석처럼 영원히 누리고 싶어한다. 그리고 소위 실세라는 사람들도 탄소강자석 처럼 권력이나 부를 가진 강자의 힘을 영원토록 나누어 갖기를 원한 다. 그러나 우리 인간에게는 영구자석도 탄소강자석도 없다. 오직 일 시자석만 있을 뿐이다.

어릴 적에 어머님은 추석 명절이나 설 명절이 가까워 오면 나에게 설빔으로 해 주려고 몇 날 밤을 지새우며 예쁜 옷을 만드셨다. 희미한 등잔불 아래에서 한 땀 한 땀 바느질을 하시다가 가끔 바늘을 방바닥 에 떨어 뜨리고 찾지 못하는 경우도 있었다. 그럴 때마다 내가 막대자 석을 긴 실로 묶어서 마치 낚시질을 하듯이 바늘을 자석으로 찾아 드 렸던 기억이 난다.

오늘은 우리 모두가 앞에서 끌어주고 뒤에서 밀면서 가진 것을 서로 나눌 수 있는 자석놀이를 해 보았으면 좋겠다.

칡덩굴

추석을 십여 일 앞둔 지난 일요일 가까운 친족들이 모여서 벌초를 했다. 산소가 있는 산자락마다 봄부터 여름에 이르는 동안 자란 풀과 칡덩굴이 뒤엉켜서 발을 내딛기조차 힘들었다. 콩과의 덩굴식물인 칡은 번식력이 강하여 덩굴이 나무줄기를 타고 올라가서 나무 전체를 덮고 있었다. 칡덩굴은 숲과 나무의 성장을 방해하고 산림에 막대한 피해를 입힌다고 한다.

칡덩굴이 서로 얽혀 휘감아 올라가면서 나무를 덮고 있는 산자락을 오를 때 불현듯 이방원의 〈하여가何如歌〉가 생각났다.

"이런들 어떠하며 저런들 어떠하리
만수산 드렁칡이 얽어진들 어떠하리
우리도 이같이 얽어져 백 년까지 누리리라."

〈하여가〉는 조선 왕조를 세운 태조 이성계의 아들로 후에 조선 3대

임금 태종이 된 이방원이 고려 왕조의 충신이었던 정몽주를 술자리에 초대하여 그의 마음을 떠보려고 지어 읊은 단가란다.

'좋은 게 좋으니 고집부리지 말고 우리도 만수산의 드렁칡처럼 서로 얽혀서 오래 오래 함께 살자.'고 회유하는 이방원의 시조에 정몽주는 다음과 같은 〈단심가丹心歌〉로 자신의 곧은 절개를 전했다고 하지 않던가.

> "이 몸이 죽어죽어 일백 번 고쳐 죽어
> 백골이 진토되어 넋이라도 있고 없고
> 님 향한 일편단심이야 가실 줄 있으랴"

만수산은 개성 외곽의 서쪽 끝에 있는 산이라고 하는데 칡덩굴이 많았던가 보다. 칡은 생명력이 대단히 강한 식물이다. 줄기는 덩굴손을 뻗어가며 나뭇가지를 휘감아 올라가고 뿌리는 굵게 살이 찌며 땅속 깊이 뻗어내린다. 칡은 8월이 되면 덩굴 마디 사이에 자운영꽃 빛을 한 예쁜꽃이 피었다가 10월쯤에 콩꼬투리 같은 긴 열매를 맺는다. 덩굴줄기의 겉껍질을 벗겨낸 하얀 속 껍질은 '청올치'라 하여 끈으로 매어 쓰거나 갈포의 원료로도 사용한다. 그리고 칡뿌리는 '갈근'이라 하며 한방에서 약으로 쓰는데, 특히 술독을 풀어주는 효과가 있다고 한다.

옛날 우리들의 어머니는 읍내에 나가서 밤이 새도록 술을 마시고 아침에 고주망태가 되어 돌아온 남편을 위하여 칡즙을 만들었다. 만수산 드렁칡처럼 가슴에 얽혀 있던 삶의 한을 한 가닥씩 풀어내면서 뒷산에서 캐온 칡뿌리를 씻어 즙을 짜냈다. 달콤한 먹거리가 지금처럼 풍족하지 못했던 시절에는 칡뿌리가 아이들의 좋은 군것질거리가 되었다. 산과 들에 쌓인 눈이 녹고 땅속에서 따뜻한 봄기운이 올라올 무렵이면 칡뿌리는 통통하게 살이 쪘다. 아이들은 괭이를 메고 산에 올라 땅속을 깊이 파서 칡뿌리를 캐냈다. 칡뿌리를 토막토막 잘라서 호주머니에 불룩하게 넣은 아이들은 칡뿌리로 허기진 배를 마음껏 채우고 환한 미소를 지으며 집으로 향했다.

겨울철 농한기에는 아버지는 여름에 칡덩굴을 잘라서 속껍질을 벗겨 말려 두었던 청올치로 노끈을 맸다. 사랑방 한쪽 벽면에 걸어놓고 긴 겨울밤을 지새우며 노끈을 맸다. 노끈 뭉치가 축구공만하게 되면 아버지는 왕골을 벗겨서 삼아논 노끈으로 자리를 짰다. 나는 아버지가 자리를 짜고 남겨둔 노끈을 몰래 가져다가 연줄을 만들어 연을 날렸다. 바람이 거세게 불기라도 하는 날에는 내 연이 나무에 걸려서 연줄이 칡덩굴처럼 나뭇가지에 얽혔다.

우리들의 삶이 항상 살찐 칡뿌리를 씹는 것처럼 달콤했으면 좋겠다. 그러나 삶의 여정에는 만수산 드렁칡처럼 세상일과 얽힐 때가 많다. 물론 살아가면서 서로 타협하고 양보를 해야 될 때도 있을 것이다. 그렇다고 언제나 만수산 드렁칡처럼 얽힌 채로 살아갈 수는 없지 않은가. 요즘처럼 혼탁한 세상에는 정몽주와 같이 지조를 갖고 의롭게 살 수 있는 사람이 많아졌으면 좋겠다.

칡덩굴이 숲과 나무의 성장에 피해를 주지만 줄기의 속껍질을 벗겨 만든 청올치로 끈을 매어 온 가족이 모여 앉아서 쉴 수 있는 자리를 짤 수 있다. 내년 가을에는 산소에 벌초하러 가서 산자락을 덮은 칡덩굴을 잘라 청올치를 만들고 칡뿌리는 캐서 칡즙을 짜야겠다.

나뭇가지를 휘말아 올라가던 칡덩굴이 지난 벌초 때 줄기가 잘려서 햇볕에 말라 붙고 칡덩굴에 감겼던 나뭇가지는 이제 생기를 찾아 바람에 흔들리고 있다.

엿장수 맘대로

지금은 추억 속에 남아 있는 풍경이지만 6, 70년대까지만 해도 엿목
판을 지게 위에 얹거나 손수레에 싣고 이 동네 저 동네를 찾아다니며
고물을 수집하는 엿장수가 있었다. 찰가닥 찰가닥 하는 엿장수의 가위
질 소리가 동네 어귀에서 들려오면 아이들은 집에 모아둔 고물을 들고
나왔다. 빈 병, 시멘트 부대, 헌 고무신, 폐비닐, 못 쓰게 된 양은그릇이
나 무쇠솥, 머리카락 등 다시 활용할 수 있는 물건은 모두 엿과 바꿔
먹을 수 있었다. 고물을 들고 나온 아이들에게 엿장수는 엿 목판의
엿판에 넙적한 끌을 대고, 들고 있던 가위로 쳐서 마음 내키는 대로
엿을 끊어 주었다.

어릴 적 내가 살던 고향의 이웃 마을에는 엿목판을 지게에 지고 고
물을 찾아서 이 마을 저 마을을 돌아다니던 엿장수 두 분이 살고 있었
다. 그 중 한 분은 풍채도 좋고 마음이 넉넉해서 엿판의 엿을 덤까지
얹어서 많이 잘라 주었다. 그러나 다른 한 분은 마른 체구에 꼼꼼하고
깐깐한 성격이어서 덤도 없이 엿을 적게 잘라주는 편이었다.

그래서 아이들은 마른 체구의 꼼꼼하고 깐깐한 엿장수를 '꼼꼼쟁이'라고 불렀다. 그 꼼꼼쟁이 엿장수도 기분이 좋은 날에는 선심을 쓰듯이 엿목판의 엿을 큼직하게 끊어주기도 했다. 엿을 바꿔 먹으려고 똑같은 크기의 빈 병을 엿장수에게 가져가도 잘라주는 엿의 크기는 엿장수에 따라 다르고 같은 엿장수라도 엿장수의 기분에 따라 달라졌다. 잘라주는 엿의 크기를 늘리고 줄이는 것은 엿장수의 마음이었다. 그래서 일정한 기준도 없이 엿장수가 마음대로 엿목판의 엿을 잘라주는 것을 보고서 나온 말이 '엿장수 맘대로'라는 말이다.

'엿장수 맘대로'는 무슨 일을 할 때에 어느 일정한 기준이나 원칙도 없고 일관성도 없이 행해지는 경우인데 우리 주위에는 아직도 이러한 '엿장수 맘대로' 식으로 일이 행해지는 사례가 많은 것 같다. 한 나라의 교육 정책은 대단히 중요하기 때문에 백 년까지 먼 앞날을 내다보고 세우는 큰 계획이 되어야 한다고 해서 '백년대계百年大計'라고 한다. 그래서 교육 정책은 눈앞에 보이는 부분적인 일만 생각하고 근시안적으로 세워서도 안 되고, 한 번 세운 계획이나 정책을 조변석개朝變夕改식으로 일관성이 없이 자주 바꾸거나 고쳐서도 안 된다. 금년도에 실시되는 대학 입학을 위한 수학능력시험도 열흘 남았다. 수험생 자녀를 둔 부모들은 벌써부터 교회와 사찰을 찾아서 기도를 드리고 있다. 자녀 교육과 밀접한 관계가 있는 교육 정책은 모든 학부모들이 큰 관심을 갖게 되는 국가의 중요한 정책이다. 더구나 대학 입학과 관련된 교육 정책은 학생들뿐만 아니라 국민 모두의 초미의 관심사가 아닐 수 없다.

지난 10월 말에는 서울 광화문에 있는 시민 열린 공원에서 대입 농어촌 학생 특별전형 확대 적용 방지를 위한 전국 읍, 면 지역 학부모들의 궐기대회가 열렸다. 대입 농어촌 학생 특별전형은 1996년에 농림부의 건의로 도입된 정원 외 특별전형으로 농어촌의 읍 지역과 면 지역에 소재한 고등학교 출신 학생들을 배려하기 위한 입시제도이다. 많은 젊은이들이 농어촌을 떠나서 점점 황폐해지고 있는 농어촌 지역의 소외된 학생들에게 고등교육을 받을 수 있는 특별한 기회를 주어 농어촌을 보다 살기 좋은 곳으로 만들고자 하는 취지에서 시작된 제도라고 할 수 있다. 그러나 2004년도부터 대입 농어촌 학생 특별전형 적용 지역이 시 지역의 동 단위 소재 고등학교 출신자들까지 점점 확대되고 있다. 그래서 전국 농어촌의 읍, 면 지역 학부모들이 대입 농어촌 학생 특별전형 확대 방지 대책위원회를 결성하고 궐기대회까지 갖게 된 것이다.

정권이 바뀌고 사람이 바뀔 때마다 백년대계라고 하는 한 나라의 교육 정책이 '엿장수 맘대로'식으로 바뀌어서는 안 될 일이다. 남의 생각은 아랑곳하지 않고 자기 생각만 옳다고 믿고서 일을 독선적으로 해서는 안 된다. 그리고 독불장군으로 일을 혼자서 처리해서도 안 된다. 무슨 일이든지 여러 사람의 의견을 들어서 민주적인 절차에 의하여 원칙을 세우고 해야 한다. '좌고우면左顧右眄'이라는 말이 있다. 이 말은 이쪽저쪽을 기웃거리며 망설이다가 일을 결정짓지 못하는 우유부단함을 뜻한다. 일단 한 번 정해진 원칙이나 정책은 일관성 있게 행해야 한다. 이제 엿목판을 지게로 지거나 손수레에 싣고 끌면서 '찰가닥 찰가닥'하고 가위질을 하며 고물을 찾아서 마을을 돌아다니던 엿장수의 모습은 어디에서도 좀처럼 찾아볼 수가 없다. 일정한 기준이나 원칙도 없이 엿장수가 마음대로 엿을 떼어주듯이 무슨 일을 마음대로 이랬다 저랬다 하는 '엿장수 맘대로'라는 말은 우리 사회에서 사라졌으면 좋겠다.

직이화 直而和

　우리 학교의 개교 50주년을 기념해서 동문들의 뜻을 모아 교정으로 들어오는 길을 따라서 오른쪽 언덕에 자연석을 쌓고 돌틈 사이에 영산홍을 심었다. 자연석을 쌓은 오른쪽 언덕 중간쯤의 돌과 돌 사이에 세로로 큰 돌 하나가 끼어 있는데 이 돌 위에 '直而和(직이화)'라는 글자가 새겨져 있다. 교장선생님께서 개교 50주년을 기념하여 학생들이 등하교할 때 오가며 읽어볼 수 있도록 길가 언덕의 돌 위에 '直而和(직이화)'라는 글을 새겨 놓으셨다. '直而和(직이화)'의 直은 '곧을 직'으로 마음이 곧고, 바르며 정직함을 뜻하고, 而는 '말이을 이'로 '그리고 또한, 그러나'의 접속사의 역할을 하며, 和는 '고를 화'로 '서로 조화하고, 화목하며 화해한다.'는 뜻이다. 따라서 '直而和(직이화)'는 사람은 대쪽같이 곧고 바른 마음을 가져야 되지만 서로 조화를 이루어 화합하고 화목하게 지낼 수 있어야 한다는 의미로 생각된다.

　조선 중기의 문신이었던 고산孤山 윤선도尹善道는 오우가五友歌에서

"내 벗이 몇이냐 하니 수석과 송죽이라
동산에 달 오르니 긔 더욱 반갑고야
두어라 이 다섯밖에 또 더하여 무엇하리."

라고 하면서 물, 돌, 소나무, 대나무, 달을 가까이 할 수 있는 벗이라
고 하였다. 물[水]은 끊임없이 흘러서 좋고, 돌[石]은 항상 변함이 없어
서 좋고, 소나무[松]는 눈과 서리에도 굽히지 않아서 좋고, 대나무[竹]
는 곧고 사시사철 푸르며 속을 비워 욕심이 없어서 좋고, 달[月]은 밤을
밝혀서 만물을 보고도 말을 하지 않아서 좋다고 했다.

直(직)은 오우가의 물처럼 흐름에 끊임이 없고, 돌처럼 모습이 한결
같고, 소나무처럼 굽힘이 없고, 대나무처럼 곧고, 달처럼 입이 무거운
지조와 절개를 지키는 선비의 올곧은 품성이라고 할 수 있다. 그러나
사람은 아리스토텔레스의 말처럼 '사회적 동물'이다. 사람은 누구나 사
회를 떠나서 혼자서는 사람다운 삶을 살아갈 수 없다. 우리가 살고
있는 지구촌은 하나의 거대한 삶의 공동체이다. 사람은 생활을 하면서
주변 사람들과 항상 관계를 맺어가며 더불어 살게 된다. 그래서 直(직)
과 함께 和(화)가 있어야 한다. 화和는 사람들과 어울려서 화목하게
살아가는 데 필요한 삶의 지혜인 셈이다.

윤선도의 〈오우가〉에서 물이 끊임없이 흐르는 것이 直(직)이라면
물이 모여서 웅덩이를 이루고 물고기와 더불어 살아가는 것은 和(화)
가 된다. 소나무가 눈과 서리에도 굽히지 않고 지조를 지키는 것이
直(직)이라면, 소나무가 큰 그늘이 되어 사람들을 편히 쉬게 하는 것은
和(화)가 된다. 대나무가 늘 푸르고 곧은 것이 直(직)이라면 대나무가
숲을 이루고 갈대처럼 바람에 적당히 휠 수 있는 것은 和(화)가 된다.
그리고 달이 세상을 밝히며 보고도 말하지 않는 것이 直(직)이라면 달

이 밤하늘을 밝히며 별과 다정한 이야기를 나눌 수 있는 것은 和(화)가 된다. 直(직)과 和(화)는 서로 보완적인 관계이다. 和(화)는 直(직)이 너무 지나쳐서 부러지는 일이 없도록 부드러움을 더해준다. '直而和(직이화)'는 이렇게 대쪽같이 곧은 심지에 부드러움을 더하여 바르고 조화롭게 사는 것이다.

옛 선비들은 곧은 지조와 절개를 생명보다 더 소중히 여겼다. 사육신 중 한 사람인 매죽헌梅竹軒 성삼문成三問은 죽어서도 봉래산의 제일 높은 봉우리에 낙락장송이 되었다가 백설이 만건곤할 때 독야청청하겠다고 하지 않았던가? 그러나 요즈음에는 성삼문 같은 분을 찾아 보기가 어렵다. 파스칼(Pascal)이 사람을 가리켜서 '생각하는 갈대'라고 말했지만 안타깝게도 대부분의 사람들은 작은 바람에도 흔들리는 단순한 갈대에 불과하다는 생각이 든다.

오늘을 살아가는 우리들에게 '直而和(직이화)'보다 和而直(화이직)이 더 필요한 것 같다. '和而直(화이직)'은 사람들과 더불어 조화를 이루고 살면서도 지조와 절개를 지켜서 자신의 올곧은 심지만은 잃어서는 안 된다는 말이다. 낙엽이 져서 삭막해진 산과 들에 억새의 하얀 이삭이 눈꽃처럼 패어나서 바람에 휘날리고, 갈색 빛깔로 물든 강가의 갈대숲에서는 청둥오리 한 쌍이 부지런히 먹이를 찾고 있다. 강가에 서서 갈대숲을 바라보며 윤선도의 물, 돌, 솔, 대, 달 같은 벗을 그려본다.

철새

　지난 토요일 모처럼 시간을 내어 차를 몰고 교외로 나갔다. 96번 지방도를 따라 가다가 천수만 간척지의 A지구 방조제에서 잠시 멈춰섰다. 방조제 한켠 바닷가에서는 강태공들이 겨울 바다의 파도소리를 들으며 추위도 잊은 채 낚시를 즐기고 있었다. 그리고 맞은편의 추수가 끝난 넓은 농경지와 간월호 주변 갈대 숲에서는 수만 마리의 새 떼가 내려 앉아서 먹이를 찾다가 갑자기 하늘을 날기도 했다. 봄, 여름, 가을, 겨울의 사계절이 뚜렷한 우리나라는 철마다 많은 새들이 찾아온다. 철에 따라 사는 곳을 옮겨 다니는 떠돌이 새를 철새라고 하는데, 철새에는 이른 봄에 남쪽에서 우리나라를 찾아와서 번식을 하고 가을이 되어 날씨가 추워지기 시작하면, 다시 따뜻한 남쪽으로 돌아가는 철새와 시베리아와 같은 북쪽에서 번식을 한 후에 우리나라로 날아와서 추운 겨울을 보내는 철새가 있다. 간혹 북쪽과 남쪽을 오가면서 봄, 가을에 잠시 우리나라에 들렀다 가는 나그네 새도 있다. 그리고 사는 곳을 옮겨 다니지 않고 사시장철 우리나라에서만 터를 잡고 사는 텃새가 있다.

우리나라에는 낙동강 하구의 을숙도 주변과 주남저수지, 철원평야, 동해안의 경포대, 한강 밤섬, 금강하구 등 많은 철새 도래지가 있다. 이곳 천수만도 방조제가 조성되어 드넓은 농경지와 호수가 생기면서 많은 겨울 철새가 찾아와서 이제 세계적인 철새 도래지가 되었다. 천수만 간척지에는 주로 기러기목의 철새가 많이 찾아오는데 그 중에서도 매년 가창오리들이 가장 많이 찾아온다. 가창오리는 하루에 두 차례 해뜰 무렵과 해질 무렵에 붉게 물든 노을진 하늘을 떼지어 날면서 춤을 춘다. 해질 무렵 저녁노을로 곱게 물든 서쪽 하늘에 마치 붓 끝으로 까만점을 찍어 놓은 듯한 가창오리들이 떼를 지어 날면서 펼치는 아름다운 군무는 장관이 아닐 수 없다.

추운 겨울이 지나고 봄기운이 완연해지는 3월 하순경에는 기러기, 두루미, 물오리 등의 겨울 철새들은 모두 북쪽으로 떠나가고 강남에 갔던 제비, 뻐꾸기, 꾀꼬리 등의 여름 철새들이 우리나라를 다시 찾아온다. 물 찬 제비는 농가의 추녀 밑에 둥지를 틀고 알을 낳아서 새끼를 치고, 노란 꾀꼬리는 신록으로 물든 푸른 숲 속의 나무 사이를 이리 저리 오가면서 아름다운 목소리로 노래를 부르고, 뻐꾸기는 구슬프게 울면서 이 산 저 산으로 짝을 찾아 날아다닌다. 이렇게 우리나라에서 여름을 난 새들은 가을이 되면 다시 따뜻한 남쪽 나라로 떠나간다.

나는 우리나라에서 잠시 머물다 가는 철새보다 철이 바뀌어도 다른 곳으로 떠나가지 않고 봄, 여름, 가을, 겨울의 사계절을 우리들과 함께 하는 참새, 꿩, 까치, 까마귀, 종다리 같은 텃새가 더 좋다. 참새, 까치, 꿩 등의 텃새는 사람들에게 가까운 이웃 같은 새이다. 농촌에서는 사람들이 아침을 알리는 새소리를 듣고 깨어나서 하루 일을 시작하고, 어둠과 함께 처마 밑으로 찾아드는 새를 보고 잠자리에 든다. 참새 가족은 먹이를 찾아 이 집 저 집을 기웃거리다 돌담 위에 앉아서 빈 집을 지키기도 하고, 동네를 한 바퀴 돌고나서 동네 어귀의 전깃줄에 앉아 오가는 사람들을 맞는다. 초등학교에 갓 들어간 꼬마들은 전깃줄에 앉아있는 참새 수를 세면서 셈 공부를 한다. 그러나 오곡이 영그는 가을 들녘에서는 참새 가족은 사람들이 성가셔 하는 불청객이다. 참새 가족은 허수아비를 놀리며 벼 이삭을 까먹다가 새를 쫓는 할아버지와 숨바꼭질을 한다. 아침에 까치가 울면 반가운 손님이 온다고 하여 사람들은 까치를 길조로 믿고 좋아한다. 까치는 하루 종일 동네를 지켜주는 파수꾼이다. 키가 큰 높은 나무 위에 앉아서 동네를 지키다가 밭일하는 할머니 곁에 잠시 내려앉아 할머니의 친구가 되어주기도 한다. 그리고 뒷산에서는 까투리를 찾아 산속을 헤매던 장끼 한 마리가 큰소리로 울면서 푸드득하고 산골짜기로 날아간다. 이렇게 텃새들은 사시장철 이 강산을 지키면서 우리들의 이웃이 된다. 철에 따라 찾아오는 철새는 반갑기는 하지만 미덥지가 않다. 그러나 텃새는 오랜 친구 같고 미더워서 좋다.

'보지 않으면 마음도 멀어진다.'는 속담처럼 사람도 새와 마찬가지인 것 같다. 오랫동안 고향을 떠나 살다가 철새처럼 고향을 찾는 사람도 있고, 나그네 새처럼 지나가는 길에 잠시 고향에 들르는 사람도 있다. 물론 만나면 반갑기는 하지만 늘 아옹다옹하며 함께 생활하는 이웃 사람들처럼 마음에 깊은 정이 가지 않는다. 사람들은 흔히 많이 배우고 잘난 자식들은 대부분이 부모 곁을 떠나서 큰 도회지나 외국에 나가 살고, 많이 배우지도 못하고 잘 나지도 못한 자식들이 고향에 남아 부모를 모시고 산다. 밖에 나가 살면서 명절이나 집안의 대소사 때 부모를 찾아뵙는 자식들이 반갑고 고맙기는 하지만 고향을 지키며 함께 사는 자식만큼 알뜰살뜰한 정은 덜하다.

정치가도 철새 같은 사람이 있다. 그래서 선거철만 되면 당 적을 옮겨다니는 정치인을 철새 정치인이라고 한다. 우리나라에는 민주주의의 선진국이라고 하는 영국이나 미국처럼 뿌리 깊은 전통적인 정당은 없고, 정권이 바뀔 때마다 새로운 정당이 우후죽순처럼 생겨난다. 요즈음에는 텃새처럼 정이 가고 미더운 정당과 정치가가 아쉽기만 하다.

천수만 A지구 방조제를 뒤로 하고 B지구 방조제를 지나서 연육교를 건너 안면도로 향했다. 꽃지 해수욕장의 할미 바위와 할아비 바위 사이로 해가 넘어가면서 저녁노을로 하늘이 곱게 물들고 있었다.

제6부
사진 한 장의 교훈

까치밥 / 반포보은反哺報恩 / 상부상조相扶相助 / 흰 머리와 검은 머리
호박꽃 / 경로효친 / 상생相生 / 과유불급過猶不及 / 복수불수覆水不收
사진 한 장의 교훈

까치밥

한 해가 저물어 가면서 성탄절이 가까워지자 거리에는 구세군 자선 냄비가 등장하기 시작했다. 자선냄비는 불우 이웃을 도우려고 고민하며 기도하던 미국의 한 구세군 사관에 의해 처음 시작되었다고 한다.

추운 날씨 때문인지 사람들이 종종걸음으로 바쁘게 거리를 지나가고 있다. 지나가는 사람들이 이따금 자선냄비에 돈을 넣었다. 엄마와 아빠의 손을 잡고 길을 건너던 어린아이가 천 원짜리 지폐 한 장을 냄비에 넣고 돌아섰다. 뒤에서 이 모습을 바라보던 아이의 엄마와 아빠가 대견스럽다는 듯 미소를 짓고 있었다.

어렸을 때에 우리 집에서는 가을걷이가 끝나면 떡을 하여 이웃과 나누어 먹곤 했다. 나는 어머님이 싸주시는 떡을 신이 나서 이 집 저 집 찾아다니며 돌리던 기억이 난다.

나는 집 근처에 텃밭이 있어서 일 년 내내 상추, 쑥갓, 아욱, 시금치, 오이, 호박, 토마토, 무 등 갖가지 채소를 가꾼다. 농촌에서 농사짓는 일을 보며 자랐기 때문에 채소를 가꿀 줄 안다.

올해는 김장 채소를 파종한 후 비가 적게 내려서 가뭄 때문에 아침과 저녁으로 물을 줘야 했다. 정성으로 물을 주고 가꾸어서인지 무가 예년에 비하여 한결 실하게 컸다. 밭둑에 심은 호박도 많은 수확을 할 수 있었다. 수확한 채소는 아들네와 딸네는 물론이고 가까운 이웃까지 나누어 먹었다. 비록 작은 나눔이지만 기쁨이 컸고 이웃에게 베풀었다는 보람도 만끽할 수 있어서 좋았다.

지난 가을에 있었던 일이다. 수확한 잘 익은 호박 중에 유별나게 큰 호박이 한 개 있었다. 집사람은 추수감사절에 교회로 가져갔으면 좋겠다고 했다. 그러나 나는 그 큰 호박을 선뜻 내놓고 싶지 않았다. 그런데 그 큰 호박은 그해 겨울을 나지 못하고 상하여 썩고 말았다. 나는 이 일 때문에 일년 내내 집사람의 원망을 들어야 했다. 그래서 올해에는 수확한 호박 중에서 미리 가장 모양이 예쁘고 큰 호박 하나를 골라 두었다가 추수감사절에 자동차 트렁크에 실어 교회로 가져갔다. 나는 마음이 한결 가벼워졌다.

불자들이 실천하는 제일의 덕목이자 모든 행동의 근원이 되는 것이 '보시布施'라고 한다. 보시는 '널리 베푼다.'라는 뜻이다. 그러나 베푸는 물건보다는 베푸는 마음이 중요하다. 목마른 사람에게 물 한 모금 보시하는 것도 공덕이 된다.

'보시'하면 가장 먼저 떠오르는 말이 '적선積善'인데, ≪역경≫에 '적선지가 필유여경積善之家 必有餘慶'이라는 말이 나온다. 이 말은 "선을 쌓은 집은 반드시 경사가 있다."라는 말로 "좋은 일을 많이 하면 뒷날 자손들이 그 보답으로 복을 누리게 된다."라는 뜻이다. 그러나 남이 아는 선보다는 남이 알지 못하는 음덕陰德과 같은 선을 쌓는 것이 참된 복을 받게 된다고 한다. 그래서 남이 모르게 행하는 봉사가 더욱 소중하다.

어릴 적에 나는 농촌에서 살았기 때문에 초등학교까지 10여 리를

걸어야 했다. 형이 없이 외아들로 자란 나는 형들과 함께 학교에 다니
는 애들이 부러웠다. 그런데 어느 날부터인가 한 동네에 사는 나보다
두 살 위인 형 하나가 매일 아침 우리 집에 와서 함께 학교에 갈 수
있게 되었다. 나의 마음을 알게 된 어머님께서 그 형에게 부탁하신
모양이었다. 그 형은 여러 형제로 가정 형편이 어려워 아침식사를 제
대로 먹지 못하고 오는 것 같았다. 어머님은 이러한 형의 사정을 알고
가끔 아침 밥상을 차려 주고 나와 함께 먹도록 했다. 그 형이 평상시보
다 일찍 우리 집에 오는 날은 아침밥을 못 먹고 오는 날이었다. 어머님
은 그 형이 아침밥을 못 먹고 올까 봐 항상 아침밥을 한 그릇 더 여유
있게 준비해 두곤 하셨다.

세모가 가까워 오면 대학 입학 수학능력시험 성적이 발표되고 대학
마다 정시 모집을 시작한다. 그리고 정초부터 정시 모집 결과가 나오
기 시작하면 수험생들은 희비가 엇갈리고 일부 학부모들은 등록금 마
련 때문에 마음을 졸이게 된다.

지난 해의 일이다. 연년생으로 아들 형제를 둔 목사님 한 분이 계셨
는데 신도가 얼마 안 되는 작은 시골 교회였기 때문에 생활이 매우
어려웠다. 맏아들이 서울의 한 신학대학에 합격하여 큰 영광이었지만,
한편으로는 등록금 마련이 걱정이었다. 집사람은 목사님의 딱한 사정
을 알고 안타까워하면서 조금이라도 도와 보려고 동분서주하고 다녔
다. 다행히 주위에서 뜻을 같이 하려는 고마운 분들과 남모르게 도와
주려는 독지가를 만나게 되어 가까스로 등록금을 마련할 수 있었다.

집앞 정원의 나무들은 잎이 다 떨어지고 가지만 앙상한 채로 벌거숭
이가 되었다. 가끔 나뭇가지 사이로 바람이 지나가고, 여기저기에 낙
엽이 뒹굴고 있다. 감나무 가지 위에 빨간 홍시 한 개가 매달려 있다.
예로부터 감을 딸 때 나무 꼭대기 위에 매달린 감은 따지 말고 남겨

두라고 했다. 춥고 긴 겨울을 나야 하는 날짐승들이 쉽게 먹이를 구하여 허기진 배를 채울 수 있도록 배려하려는 따뜻한 마음에서였다. 까치는 우리나라 농촌에서 가장 흔한 텃새였기 때문에 나뭇가지에 남겨 놓은 감을 옛날 사람들은 '까치밥'이라고 했다. "네가 네 포도원의 포도를 딴 후에 그 남은 것을 다시 따지 말고, 객과 고아와 과부를 위하여 남겨 두라."라는 성경 구절이 생각난다. 내년에는 감을 따면서 홍시를 몇 개 더 남겨 두어야겠다.

반포보은 反哺報恩

'범사에 감사하라.'라는 말이 있다. 원시시대부터 세계 여러 나라가 한 해 동안 농사를 지어 풍성한 수확을 거두고 난 후에 비록 대상은 달랐지만 감사의 제를 올렸다. 우리나라에서는 신라의 가배嘉俳에서 유래되었다고 하는 음력 팔월 보름의 추석이 추수에 대해 감사하는 명절로 지금까지 이어지고 있고, 서양에서는 11월 네 번째 목요일을 추수감사절로 지키고 있다.

추석은 풍성한 수확을 거둘 수 있도록 도와준 대자연의 고마움에 감사하고 조상의 은덕을 기려 차례를 올리고 이웃끼리 정을 나누는 명절이다. 그런데 요즈음에는 많은 사람들이 추석 연휴 동안 해외로 여행을 떠난다. 연휴를 이용하여 해외에서 관광을 하고 골프도 치면서 여행을 즐기다가 돌아온다. 우리말의 '나쁘다.'는 말이 생각난다. '나쁘다.'는 말은 '나뿐이다.'라는 말로 '나밖에 모른다.' 즉 '이기적이다.'라는 뜻이라고 한다. 속담에 "달면 삼키고 쓰면 뱉는다."라는 말도 있다. 사람이 살아가는 도리나 신의를 돌아보지 않고 오직 자신의 이익만을 꾀하려는 '나쁜 사람'을 두고 하는 말이다.

추석에는 어머님이 밤잠을 설치면서 마련해 주신 추석빔을 입고 햅쌀과 햇과일로 차례상을 마련하여 차례를 드리고 나서 가족들과 함께 깔끔하게 벌초한 조상의 묘를 찾아 성묘를 했던 기억이 새롭게 느껴진다.

'낳으실 제 괴로움 다 잊으시고 기르실 제 밤낮으로 애쓰는 마음'으로 시작되는 양주동 선생님이 노랫말을 쓰고 이흥렬 선생님이 곡을 붙인 〈어머님의 은혜〉는 우리들의 어머니 마음을 적나라하게 전하고 있다. 그리고 윤춘병 선생님 작사, 박재훈 선생님 작곡의 〈어머님 은혜〉에서는 어머님의 은혜를 하늘보다 더 높고, 바다보다 더 넓다고 노래하였다.

'반포보은反哺報恩'이라는 말이 있다. 이 말은 "까마귀 새끼가 자란 뒤에 어미에게 먹이를 물어다 준다."라는 말로 자식이 부모의 은혜에 보답하는 일을 의미한다. 하찮은 미물인 까마귀까지도 어미의 은혜를 잊지 않고 늙은 어미의 입속에 먹이를 물어다 넣어 주는 효심은 우리들에게 많은 교훈을 준다.

《효경》에 이르기를 "천지의 자연생명 중에서 사람이 가장 귀하고 사람의 행위 가운데 효보다 더 큰 것은 없다."라고 하였다. 그래서 옛날부터 정려를 세우고 효자나 열녀의 효행을 널리 알렸다.

광천읍에서 결성 쪽으로 오다보면 결성 읍내로 들어오는 초입의 오른쪽 도로변 언덕 위에 정려가 하나 서 있다. 정려의 현판에는 '효자 고 판관 장명항 열녀 배씨 지문孝子 故 判官 張溟抗 烈女 裵氏 之門'이라고 쓰여 있다. 어렸을 때에 문중의 어른들을 따라 몇 차례 가본 적이 있는데, 이 정려는 결성장씨結城 張氏 후손인 장명항과 처 배씨의 효열뿐만 아니라 그분들의 딸의 효열도 함께 기리는 '삼효열문三孝烈門'이라고 들었다. 장명항은 부모님에 대한 효도가 극진했었다고 하며 처 배씨도 시부모님을 극진히 모시고 중병에 걸린 남편을 위해 단지하여 피를 마시도록 했다고 한다. 그리고 그분들의 딸도 시부모님과 친정 부모님께 단지 수혈을 하는 효행을 했다고 전해오고 있다.

우리 사회도 이제 고령화 사회로 접어들었다. 그래서 노년층이 많아지고 홀로 사는 노인들도 늘고 있다. 농촌에 가보면 자식들은 모두 외지로 떠나고 늙은 부모들만 고향집을 지키고 있다. 노부부 중에 한 분이라도 먼저 돌아가시게 되면 혼자 남아서 노년을 외롭게 보내야 한다. 간혹 TV나 신문 지상에 홀로 사는 노인들의 슬픈 뉴스가 전해진다. 죽은 지 한 달이 넘도록 아무도 모르고 있다가 발견됐다는 어느 할아버지에 대한 이야기와 아들 부부를 따라 관광을 떠났다가 도중에 버려졌다는 할머니의 이야기는 오늘을 사는 우리들의 마음을 슬프게 한다.

나는 부모님이 모두 돌아가시고 안 계셔서 그런지 요즈음 유행하고 있는 '있을 때 잘 해'라는 말이 마음을 무겁게 한다. 아들 부부나 딸들로부터 전화로라도 자주 소식을 듣게 되면 반갑고 기쁘지만 소식이 뜸하면 궁금하기도 하고 한편으로는 서운하기도 하다.

"풀을 맺어 은혜를 갚는다."라는 뜻의 '결초보은結草報恩'이라는 말이 있는데 이 말은 '죽어서 혼령이 되어도 은혜를 잊지 않고 갚음'을 의미한다. 그러나 탈무드에는 "자기가 마신 샘에 돌을 던진다."라는 말도 있다. 은혜를 입은 고마운 분들을 배반하고 침을 뱉는다는 의미인 것 같다.

돌이켜보면 지금까지 많은 사람들로부터 은혜를 입고 살았다. 수해로 가재도구를 모두 잃고 어려울 때 도움을 준 이웃들과 장출혈로 사경을 헤매고 있을 때 병원으로 옮겨 치료받을 수 있도록 도와준 친구들의 모습이 떠오른다. '기쁨과 슬픔을 함께 나눌 수 있는 좋은 사회'가 되었으면 좋겠다. 내일은 부모님의 산소를 찾아뵙고, 멀리 사는 친구들에게 안부 전화를 걸어야겠다.

상부상조 相扶相助

　우리들은 알게 모르게 많은 사람들로부터 도움을 받으며 살고 있다. 부모님, 형제자매, 일가친척, 선생님, 친구, 이웃 사람 등 헤아릴 수 없는 많은 사람들의 도움 속에서 생활하고 있다. 우리나라는 전통적으로 서로서로 도움을 주는 '상부상조相扶相助'의 미덕이 전해 내려오고 있다. '십시일반十匙一飯'이라고 하는 말이 있는데, 이 말은 여러 사람이 힘을 모으면 어려움에 처한 한 사람을 쉽게 도울 수 있다는 뜻이다. 그래서 마을의 어느 집에 대소사가 있게 되면 동네 사람들이 찾아와서 십시일반으로 조금씩 도와주었다. 그리고 옛날에는 마을마다 젊은 청년들이 중심이 되어 농작물을 파종해서 추수할 때까지 농사일을 돕는 '두레'라고 하는 마을의 공동체가 있었다. 지금도 농촌에서는 바쁜 농사철이 되면 '품앗이'라고 해서 서로 일손을 돕고 있다.

　우리나라 속담에 '백지장도 맞들면 낫다.'는 말이 있다. 아무리 쉬운 일이라도 서로 협력해서 하게 되면 혼자서 하는 것보다 훨씬 더 쉽게 할 수 있다는 뜻이다. 여름날 오후 마당 한구석에서 개미들이 바삐 움직이고 있는 모습을 볼 수 있다. 조그만 개미 한 마리가 큰 먹잇감을 옮기느라고 안간힘을 쓰고 있다. 그러나 먹잇감이 너무 커서 옮기기가 어렵게 되자 여기저기에서 다른 개미들이 몰려온다. 개미들은 먹잇감을 앞뒤에서 밀고 당기며 어디론가 옮겨간다. 이러한 개미들의 모습을 보면서 많은 것을 배운다. 부지런히 움직이고 있는 개미들에게서 근면함을 배우고, 서로 힘을 모아 돕고 있는 모습에서 협동심을 배운다.

몇 해 전까지만 해도 골목에서 할아버지가 힘들게 손수레를 끌고 언덕을 오르는 것을 보게 되면 지나가던 사람들이 걸음을 멈추고 수레를 밀어 주었다. 그러나 세상도, 사람들도 변하여 그러한 모습을 찾아보기 힘들고 정마저 점점 메말라지는 것 같아서 안타깝다. 청소 시간이 되면 학생들이 책걸상을 뒤로 밀어 놓고 교실 바닥을 쓸고 닦았다. 그리고 유리창 청소뿐만 아니라 화장실 청소까지도 학생들이 했다. 물론 청소시간에 게으름을 피우고 놀려고 하는 학생들도 있었지만 대부분의 학생들은 서로 도와가며 열심히 청소를 했다. 학생들은 공동생활을 하면서 이러한 청소를 통하여 서로 협력하는 것을 배우게 된다. 그러나 요즈음은 유감스럽게도 청소를 학생들에게 시키지 않고 용역을 주는 학교가 점점 늘고 있다.

'동냥자루도 마주 벌려야 들어간다.'는 속담이 있다. 아무리 보잘 것 없는 일이라도 서로 협조해야만 잘 이룰 수 있다는 뜻이다. 국가는 물론이고 정부의 모든 조직과 행정기관도 조직원들의 상호 협력을 통하여 목표를 달성하게 된다. 우리나라 사람들은 개개인 한 사람은 모두 능력이 출중하고 우수하지만 어떤 조직이나 공동체 내에서 함께 협력하여 일을 처리하는 능력은 매우 부족하다고 한다. 그러나 일본 사람들은 개인의 능력은 우리나라 사람들과 비교할 때 크게 부족하지만 여러 사람들이 함께 협력하여 일을 하는 데에는 매우 우수하다고 한다. 우리나라의 모든 정치하는 분들이 너무 당리당략에만 치우쳐서 대안 제시도 없이 맹목적으로 상대방을 비방하지 말고, 서로 양보할 것은 양보하면서 협력하여 국민을 위한 정치를 했으면 좋겠다.

　오늘 이 시간에도 뜻있는 사람들은 보이지 않는 곳에서 서로서로 도와가며 성실하게 살고 있다. 프랑스 속담에 '누가 턱을 받쳐 주면 헤엄치기가 쉽다.'라는 말이 있는데, 세상을 살아가면서 서로서로 턱을 받쳐 줘서 우리 모두가 다같이 보다 쉽게 헤엄을 칠 수 있도록 도와주며 살았으면 좋겠다.

흰 머리와 검은 머리

젊어서는 숱도 많고 까맣던 머리가 50세가 넘으면서부터 머리에 서리가 내린 것처럼 희끗희끗하기 시작하더니 지금은 검은 머리카락을 찾아보기가 어려울 정도로 하얗게 되었다. 결혼식에서 흔히 "검은 머리가 파뿌리가 될 때까지 백년해로 하라."는 말을 한다. 파뿌리는 양파, 대파, 쪽파 할 것 없이 모두 흰색이다. 젊어서 결혼할 때의 검은 머리카락이 늙어서 파뿌리처럼 하얗게 될 때까지 서로 사랑하며 오래오래 행복하게 살라는 뜻으로 그런 말을 한다. 머리가 일찍 세는 것도 집안 내력인 것 같다. 가친께서도 머리가 일찍 세신 편인데, 30대 중반인 큰애도 벌써 흰 머리카락이 보이기 시작하니 말이다. 지난 연말에 딸애들의 성화에 못 이겨서 처음으로 머리 염색을 했다. 구정을 쇠기 위해 이발을 하고 나서 집사람이 권하는 대로 아주 까만색이 아니고 약간 갈색을 띤 색깔로 염색을 했다. 결혼 초부터 지금까지 30년이 넘도록 나는 집사람한테서 이발을 했다. 우리 집 아이들 3남매도 대학에 들어가기 전까지는 모두 엄마가 머리를 손질해줬다. 집사람이 우리

가족의 전용 이발사이며, 미용사인 셈이다. 물론 내 머리 염색도 집사람이 염색약을 사다가 직접 해줬다. 머리를 깎고 다듬어서 염색까지 하려면 귀찮은 일이겠지만 집사람은 언제나 정성을 다하여 머리를 손질해 준다. 머리손질이 다 끝나면 웃으면서 머리를 깎아준 삯을 내놓으라고 농담을 건넨다.

가난한 시골 훈장에게 시집와서 신접살림을 하면서부터 생활비 몇 푼이라도 아껴보려고 시작했던 가족들의 이발 일이 집사람에게는 이제 평생의 '멍에'가 된 것 같다. 집사람의 이러한 근검 절약의 검소한 생활 덕분에 3남매 모두 서울의 사립대학을 졸업시킬 수 있었다. 정년을 앞두고 지내온 세월을 생각해 보면 집사람에게 미안한 생각이 앞선다.

동양 사람의 머리 색깔은 대부분이 까맣지만 서양 사람의 머리는 노란색과 갈색이 많다. '멜라닌'이라고 하는 색소 때문이라고 하는데 멜라닌의 양이 많은 동양 사람은 머리가 까맣고, 멜라닌의 양이 적은 서양 사람들은 머리가 노랗거나 갈색이다. 우리나라의 젊은 사람들은 서양 사람들의 '금발머리'를 부러워하는 것 같다. 거리에 나가보면 머리를 노랗게 염색하여 금발머리를 하고 다니는 젊은이들을 자주 볼 수 있다. 나처럼 머리가 하얗게 센 나이 든 사람들은 조금이라도 젊게 보이려고 머리를 까맣게 물을 들이고, 젊은 사람들은 보다 예쁘게 보이려고 금발로 물을 들여 서양 사람의 흉내를 낸다. 젊은이나 늙은이나 물들이는 색깔만 다를 뿐이지 남의 머리를 흉내내는 것은 마찬가지라는 생각으로 부끄러운 마음이 든다.

우리 민족은 예로부터 흰색을 숭상하여 흰옷을 즐겨 입었다. 그래서 우리 한민족을 '백의민족白衣民族' 또는 '백민白民'이라고 했다. 흰옷은 태양을 상징하는 흰 빛의 숭상에서 비롯되었다는데, 원래 흰색은 순색이라 하여 순결, 광명, 청정을 나타낸다. 이처럼 신성한 의미를 지닌 흰색의 숭상은 우리 민족의 오랜 전통으로 이어져서 많은 사람들이 흰옷에 하얀 고무신을 즐겨 신었다. 한때 백의를 금하는 변복령에 맞서 항쟁을 한 적도 있지만, 외래문화의 유입으로 우리의 의상은 점차 유채색으로 바뀌었다. 6·25 전쟁 후 우리나라는 전쟁으로 나라 전체가 폐허가 되어 생필품이 부족해서 대부분의 국민들이 외국에서 보내주는 구호품이나 원조물자에 의존하며 생활을 해야 했다. 미군부대에서 나오는 음식찌꺼기를 구하여 죽을 쑤어 먹기도 하고, 미군이 입던 군복을 검은색으로 염색하여 몸에 맞게 줄여 입기도 하였다. 그리고 검게 염색한 군복을 수선해주는 집들도 많았다. 60년대 말까지도 가난한 대학생들은 검은색으로 물들인 군복을 고쳐서 입었다. 나도 그 당시 대부분의 대학생들처럼 검게 염색한 군복을 고쳐서 입고 다녔다.

지난달에 검게 염색했던 머리 색깔이 시간이 지날수록 변하고, 밑머리부터 흰 머리카락이 올라오기 시작한다. 집사람은 이번 주말에는 다시 머리 염색을 해야 되겠다고 말한다. 주말에 머리 염색을 하고나서 교외에 나가 집사람에게 맛있는 요리를 사줘야겠다.

호박꽃

우리나라 속담에 '빛 좋은 개살구다.'라는 말이 있다. 개살구는 익으면 빛깔이 노랗고 고와서 먹음직스럽게 보이는데 실제로 먹어보면 시고 떫어서 맛이 없다는 말로, 겉보기에는 번지르르 하지만 속은 아무 쓸모가 없다는 뜻이다. 그러나 겉보기에는 볼품이 없어 보여도 실제로는 속이 알차고 쓸모가 많은 사물도 있다. 초목 중에는 꽃은 눈이 부시도록 아름다운데 열매를 맺지 못하는 것도 있고, 비록 꽃은 화려하지 않지만 탐스런 열매가 주렁주렁 열리는 것도 있다. 장미, 목련, 모란, 철쭉 등과 같은 화목과 백합, 참나리, 국화, 백일홍 등과 같은 화초는 꽃은 화려하고 아름답지만 열매가 열리지 않는다. 그러나 사과나무, 대추나무, 감나무, 밤나무와 같은 과목과 참외, 수박, 오이, 호박과 같은 채소는 꽃은 그다지 화려하지 않은데 많은 열매가 열린다.

사람의 경우도 마찬가지이다. 세상에는 빼어난 외모에 최고급 옷으로 멋지게 차려 입고 화려한 경력과 재력을 자랑하며 뛰어난 화술로 사람들을 현혹하는 이들도 많다. 그러나 이런 사람들일수록 겉보기와는 다르게 탐욕과 허영심에 눈이 어두워서 거짓되고 가증스런 일을 하게 되는 경우가 많다. 비록 볼품없는 외모에 초라한 옷을 입고 변변하게 내세울 만한 것은 없어도 진실되고 성실하게 정을 나누며 살아가는 사람들을 보면 한결 기쁘다.

흔히 호박꽃은 못생겨서 예쁘지 않은 여자에 비유한다. 그러나 자세히 관찰해보면 일반적인 편견과는 달리 호박꽃은 색깔도 아름답고 모양도 밉지 않은 수수한 꽃인 것 같다. 호박꽃 주위에 벌과 나비가 날아드는 모습을 자주 볼 수 있다. 호박꽃은 벌이나 나비 같은 곤충이 가루받이를 시켜주는 '충매화'이다. 그래서 벌이나 나비에게 달콤한 꿀을 주고 벌이나 나비는 그 대신에 꽃가루를 옮겨서 가루받이를 하여 열매를 맺게 한다. 호박꽃은 5월부터 10월에 걸쳐서 개화하며 암꽃과 수꽃으로 구별되는데 암꽃은 처음부터 꽃 밑둥에 호박이 될 둥그런 부분을 달고 나온다. 호박은 용도에 따라 식용, 약용, 관상용으로 구분되는데, 어린 열매를 애호박이라고 하고 좀더 큰 파란 열매를 청둥호박이라 하며, 완전히 커서 노랗게 익은 것을 늙은 호박이라고 한다.

며칠 전 토요일 오후에 집 근처의 밭둑에 호박씨를 파종했다. 호박은 밑거름만 충분하면 병충해가 없고 잘 자란다. 호박은 생장하면서 줄기가 여러 갈래로 뻗어 올라가며 10월 말 서리가 내리기 전까지 마디마디에 꽃이 피고 열매가 맺는다. 호박꽃도 꽃이냐? 하며 호박꽃이 마치 못생긴 여자의 대명사처럼 생각하지만 호박꽃은 우리들에게 그 어떤 꽃보다도 풍성한 열매를 준다. 뚝배기에 애호박과 풋고추를 넣고 얼큰하게 끓인 된장국은 여름철에 입맛을 돋워주고, 어린 호박잎을 따서 물에 살짝 데쳐 양념장을 발라 쌈으로 먹는 것도 특별한 맛이다. 겨울철 농한기에는 잘 익은 늙은 호박을 삶아서 호박죽을 쑤어 이웃 사람들과 함께 나누어 먹는 재미도 특별하다. 늙은 호박에 도라지, 잔대, 대추를 넣어 달인 호박즙은 산후에 임산부의 붓기를 제거하는 데 좋다고 한다. 요즘에는 호박즙이 다이어트와 피부 미용에도 좋다고 하여 여성들에게 인기가 있는 건강식품이다. 며늘애가 아기를 출산했을 때에도 잘 익은 늙은 호박을 구하여 잔대를 넣어서 달인 호박즙을 보내주었다.

열매채소 중 참외, 수박, 오이, 토마토처럼 날로 먹지 못하고 익혀서 조리를 해야 먹을 수 있는 호박은 우리나라 서민들의 식품으로 가장 즐겨먹는 열매채소 중 하나이다. 애호박으로 호박나물, 호박전, 호박 두루치기 등을 만들어 먹기도 하고, 농촌에서는 한 해 농사가 끝나면 농한기에 늙은 호박을 썰어서 말린 호박고지로 시루떡을 쪄서 이웃들과 나누어 먹는다. 그리고 늙은 호박을 껍질을 벗겨 골패 모양으로 납작하게 썰어서 김장하고 남은 배추 우거지와 함께 섞어 고춧가루, 파, 마늘, 생강 등의 양념과 젓갈을 넣고 버무려서 담가 놓았다가 겨울철에 찌개로 끓여 먹는 호박김치는 별미 중의 별미이다. 요즈음에는 호박이 웰빙식품이라고 하여 다양한 요리법이 개발되고 있는데, 아이들은 간식거리로 밤처럼 고소한 맛이 나는 단호박을 좋아하고, 어른들은 호박씨가 치매 예방에 도움이 된다는 소문이 나자 호박씨를 즐겨 까먹기도 한다. 그러나 한여름에 모기를 쫓으려고 마당 한구석에 모닥불을 피워놓고 밀대짚으로 만든 방석 위에 온 식구가 둘러앉아서 어머니가 끓여준 칼국수 위에 애호박을 채로 썰어서 볶은 고명을 넣어 먹던 어린 시절이 가장 그리워진다.

엊그제 파종한 호박씨가 빨리 싹이 터서 잘 생장하여 탐스런 호박이 주렁주렁 열려서 가을에 풍성한 수확을 거두었으면 좋겠다. 그리고 올해에는 세상 사람들이 모두 호박꽃처럼 베풀면서 서로 둥글둥글 살았으면 더욱 좋겠다.

경로효친

봄의 끝자락에 와 있는 5월은 어머니의 품속처럼 포근하다. 어머니 손길 같은 따사로운 햇살과 부드러운 바람이 우리들을 감싸주고, 푸른 신록과 예쁜 꽃들이 우리들의 마음을 달래주기 때문이다. 5월은 일 년 중에 행사가 가장 많은 달이기도 하다. 근로자의날, 어린이날, 어버이날, 스승의날이 5월이고, 부처님 오신 날도 양력으로는 5월 말이다. 5월은 우리 가족들에게도 가장 경사스런 달이다. 큰딸애가 5월 15일생이고 며느리가 5월 11일생인데 지난 5월 4일과 올해 5월 4일에 손자 민준이와 찬우가 연년생으로 태어나서 5월에 생일인 가족이 넷이 되었다.

잔치는 사전적 의미로 '기쁜 일이 있을 때 음식을 차리고 손님을 청하여 즐기는 일'을 뜻하는 말인데 경사스런 일이 있을 때에는 대개 맛있는 음식을 차려놓고 손님을 초대하여 잔치를 벌이게 된다. 올해 우리 학교 봄철 체육대회 때의 일이다. 우리 학교 인근 마을에 사는 어르신들을 모시고 점심 한 끼를 대접해 드렸다. 오랫동안 마음속으로 벼

르던 일이어서 어르신들을 모시게 되어 정말 기뻤다. 체육대회는 이틀 간 열렸는데 첫째 날 점심에 이웃 어르신들을 모셨다. 아침 일찍 넓은 체육관에 탁자를 내어놓고 그 위에 하얀 종이를 깔아 식탁을 만들었다. 식탁 중간 중간에 예쁜 화분을 놓아서 장식하고 조촐하지만 정성껏 마련한 음식을 차려놓았다. 교직원들과 학생들이 나와서 어르신들을 정중하게 맞이하고 몸이 불편하신 어르신들을 부축하여 자리까지 모셨다. 두어 시간 전부터 미리 오셔서 기다리는 어르신들도 계셨다. 어르신들이 예상보다 많이 오셔서 음식이 모자랄까 봐 걱정이 되었다. 어르신들께서 변변치 못한 음식을 맛있게 잡수시고 즐거워하셔서 좋았다. 돌아가실 때에 어르신들께 조그만 선물을 하나씩 나누어 드렸다. 나이 드신 어르신을 공경하는 일이 경로이고 보면 어르신들을 모셔서 이렇게 대접하여 즐겁게 해드리는 일도 작지만 하나의 경로잔치가 된 셈이었다.

나이 드신 어르신들을 잘 섬기고 공경하는 일은 예로부터 사람이 지켜야 할 중요한 도리였다. 그러나 전통적인 대가족제도에서 부부 중심의 핵가족제도로 바뀌면서 경로효친 사상도 점점 쇠퇴하고 있다. 할아버지, 할머니를 모시고 3, 4대가 함께 생활하던 대가족제도에서는 아이들은 어릴 때부터 어르신을 섬기고 공경하는 일을 보면서 자랐다. 아이들은 할아버지, 할머니의 말동무가 되기도 하고, 거동이 불편하신 할아버지, 할머니의 지팡이도 되어 드렸다. 아이들은 어쩌다가 잘못하여 엄마에게 야단을 맞게 되면 할머니에게 쏜살같이 달려가 등뒤에 숨으며 구원을 청했다. 눈내리는 긴 겨울밤 아이들은 따뜻한 화롯가에서 할머니가 들려주는 옛 이야기를 들으며 잠이 들었다. 할아버지, 할머니들은 어린 아이들의 모습에서 자신들의 지난 과거를 회상하게 되고, 어린 아이들은 할아버지, 할머니의 모습을 보며 자신들의 미래를 생각하게 된다.

사람은 누구나 건강하게 오래 살기를 바란다. 그래서 중국의 진시왕은 불로초를 구하여 영생하려고 하지 않았던가. 그러나 생로병사로부터 자유로울 수 있는 사람은 아무도 없다. 사람이 건강하게 오래 산다는 것은 축복이다. 더구나 아들과 며느리의 공경을 받으며 손자들의 재롱 속에서 노년을 보낼 수 있다는 것은 큰 행복이다. 우리나라도 65세 이상된 노인 인구가 500만 명이 넘는다고 한다. 그런데 이러한 고령화와 핵가족 사회에서 대부분의 노인들은 자식과 떨어져서 외롭게 여생을 보내고 있다. 가끔 자식들이 돌봐드리는 노인들도 있지만, 늙고 병든 몸으로 홀로 살고 있는 독거노인들도 많다. 삶의 의욕을 잃고 스스로 목숨을 끊는 노인들의 황혼 자살이 늘고 있다고 한다. 삶을 다할 때까지 여생을 아름답게 살아가야할 노인들이 비참하게 생을 마감하는 현실은 슬픈 일이 아닐 수 없다.

5월은 가정의 달이다. 무더위에 지친 사람들에게 시원한 그늘막이 되어주는 길가의 고목나무처럼 마을 어르신들은 우리들에게 오랫동안 큰 그늘이 되어주셨다. 이제 우리들이 그분들의 그늘막이 되어서 어르신들을 편히 쉬게 했으면 좋겠다. 5월에는 지역마다 크고 작은 여러 가지 행사가 많이 열린다. 그러나 노인들을 위한 행사는 적은 편이어서 아쉽다. 노인들을 위한 이벤트를 열어서 젊은 사람들이 경로효친을 실천할 수 있는 계기를 마련했으면 좋겠다.

지난 겨울 중국의 곤명 여행 중에 크고 작은 기암괴석이 마치 나무처럼 큰 숲을 이루고 있는 석림石林에 들렀던 적이 있다. 세계에서 가장 넓은 카르스트 지형에 속한다는 석림은 곤명에서 남쪽으로 약 120km쯤 떨어진 이족자치현에 위치해 있었다. 우리 일행이 점심식사를 하려고 버스에서 내려 석림으로 들어가는 길목의 한 식당에 들렀을 때 수십 명의 부녀자들이 몰려왔다. 부녀자들은 그곳 특산품인 듯한 천에 곱게 수를 놓아서 만든 가지 각색의 가방을 들고 나와서 사달라고 애원했다. 그때 팔십이 넘어 보이는 거동이 불편하신 할머니 한 분이 젊은 부녀자들 틈에 끼어서 물건을 팔고 계셨다. 어릴 때 시골 장터에서 5일장이 서는 날 손수 가꾼 채소를 길가에 펴놓고 팔던 이웃집 할머니의 모습을 보는 것 같았다. 이국의 낯선 할머니에게 다가가서 할머니의 주름진 손에 약간의 돈을 쥐어 드리고 돌아섰다.

노인들이 여생을 건강하고 행복하게 보내실 수 있도록 돕는 일은 정부의 몫이지만 젊은이들이 생활 속에서 항상 웃어른을 섬기고 공경하도록 가르치는 일은 우리 어른들이 할 일이다. 지난 봄 마을 어르신들을 모셨을 때 몸이 불편하신 어르신들을 부축하여 자리로 모시던 우리 학생들의 모습을 다시 한 번 떠올려 본다.

상생 相生

지난 해 늦가을에 파종했던 마늘을 거두고 나서 그 자리에 구덩이를 파고 메주콩을 심었다. 콩은 심은 지 일주일쯤 지나자 연녹색의 예쁜 싹이 나왔다. 그러나 산비둘기가 쌍으로 날아와서 떡잎도 피기 전에 연한 새싹을 군데군데 잘라 먹었다. 집 근처에 손바닥만한 밭을 일구고 취미 삼아서 틈틈이 농작물을 재배해 오던 터라 항상 많은 시행착오를 겪어야만 했다. 그래서 하는 수 없이 비둘기로부터 안전한 우리 집 정원 한쪽에 콩을 파종했다가 싹이 어느 정도 자란 후에 모종을 옮겨 심기로 했다.

초여름인데도 연일 폭염이 계속되더니 정원에 파종한 콩이 싹이 나서 모종할 만큼 자랐을 때 마침 모종비가 내렸다. 군데군데 비둘기들이 잘라 먹은 자리에 호미로 다시 구덩이를 파고 모종을 냈다. 모종을 내고서 며칠이 지난 후에 모종한 콩이 자라고 있는지 궁금하여 밭에 나가봤다. 그러나 땅속에 숨어있던 게시미가 날카로운 이빨로 콩의 밑줄기를 싹둑싹둑 잘라 놓아서 파랗던 콩밭에 듬성듬성 흉터가 생겨

났다. 그때 마치 또래 아이들과 놀다 몸에 상처를 입고 울며 들어오는 어린 자식의 모습을 보는 것 같아서 몹시 마음이 아프고 화가 났다. 그래서 게시미를 잡으려고 밑줄기가 잘린 콩모 주위를 파헤쳤다. 파헤친 땅속에서 거무스름한 빛의 굼벵이같이 생긴 게시미를 발견했다. 농작물을 재배하다 보면 작물에 피해를 입히는 여러 종류의 해충을 발견하게 된다. 그러나 게시미처럼 벌목공이 나무를 벌채하듯이 작물의 밑줄기를 싹둑 자르는 해충은 보질 못한 것 같다. 하기야 만물의 영장이라고 하는 인간도 전쟁이라는 미명으로 헤아릴 수 없이 많은 생명을 잔인하게 빼앗아가지 않았던가?

비가 갠 여름날 오후 숲속길을 거닐다 보면 비가 내릴 때 길 위로 나왔다가 강한 햇볕에 말라죽은 지렁이를 어디론가 힘들게 옮기고 있는 개미 떼를 쉽게 찾아볼 수 있다. 한참 동안 무심코 개미 떼를 바라보다가 길옆 모래 언덕에서 군데군데 절구통 속처럼 움푹 파진 구멍을 발견했다. 그 구멍은 개미귀신이 먹이를 잡기 위하여 파놓은 개미지옥이었다. 개미지옥은 미끄러지기 쉬운 가는 모래로 만들어졌기 때문에 개미나 다른 어떤 곤충이 한 번 빠지게 되면 밖으로 나올 수가 없다. 모래 속에 숨어 있던 개미귀신은 지나가던 개미가 개미지옥에 빠져서 밑으로 미끄러져 떨어지면 모래 밖으로 나와서 개미를 잡아 체액을 흡혈귀처럼 빨아 먹는다. '눈 감으면 코 베어 간다.'는 말이 있다. 사람 사는 세상에도 개미지옥 같은 함정과 개미귀신 같은 흡혈귀가 있지나 않은지 걱정이 된다.

초여름 오후 풀벌레 울음 소리가 한창인 숲 속 한쪽에서 풀섶에 숨어 있던 사마귀 한 마리가 풀잎에 앉아 있는 노랑 실잠자리를 낚아채서 잡아먹고 있다. 그리고 숲 속의 목좋은 길목에는 촘촘이 엮어 놓은 거미줄에 왕매미 한 마리가 걸려서 몸부림을 치며 매달려 있다. 숲 속의 풀벌레들은 먹이사슬의 그늘에서 먹고 먹히는 약육강식을 벌이고 있는 중이었다. 그러나 숲 속의 이름 모를 들꽃 위에 벌나비가 내려앉아서 꿀을 따고 있다. 예쁜 꽃들은 벌과 나비에게 달콤한 꿀을 주고 벌과 나비는 꽃가루를 옮겨서 꽃의 번식을 돕고 있다. 그리고 개미들이 길가의 소루쟁이 줄기 위를 오르내리며 바삐 움직이고 있다. 개미들은 소루쟁이 줄기와 잎에 붙어 있는 진딧물의 꽁무니를 따라 다니며 진딧물로부터 달콤한 즙을 얻어 먹고, 대신에 진딧물의 천적인 무당벌레로부터 진딧물을 지켜준다. 꽃과 벌나비, 개미와 진딧물의 관계처럼 서로 돕고 사는 아름다운 세상이 그립다.

자연 생태계의 먹이 사슬에서 생물들은 살아남기 위하여 서로 다양한 관계를 맺으며 살아가고 있다. 무당벌레와 진딧물처럼 먹고 먹히는 천적 관계로 살기도 하고, 먹잇감, 배우자, 서식지 등을 먼저 차지하려고 치열한 경쟁을 하며 살아가는 가시고기나 은어 같은 물고기도 있다. 그리고 항상 한쪽에 피해만 입히며 기생하는 파리나 모기 같은 생물도 있고, 꽃과 나비의 관계처럼 서로 도움을 주고받으며 공생하는 생물도 있다. 생태계의 작은 생물들이 살아가는 다양한 모습을 보면서 지금까지 살아온 자신의 삶을 돌이켜본다. 그동안 나 자신의 이익만을 위하여 남에게 피해를 끼치지나 않았는지 모르겠다. 그리고 남의 도움만 받고 나 자신은 남에게 전혀 도움이 되어주지 못했는지 모른다.

공생에는 한쪽은 도움이 되지만 다른 한쪽은 아무 도움이 되지 않는 편리공생과 한쪽은 피해를 입게 되고 다른 한쪽은 전혀 영향을 받지 않는 편해공생도 포함된다. 그러나 공생은 일반적으로 서로 도움을 주고받아 양쪽 모두 이익을 얻는 상리공생相利共生을 의미하게 된다. 상리공생은 서로 도움을 준다는 의미에서 '상생相生'이란 말과도 일맥상통하는 것 같다. 상생은 서로 도움이 되어서 양쪽이 다 살 수 있다는 의미이다. 사람과 사람 사이뿐만 아니라 나라와 나라 사이의 갈등과 반목으로 인한 대립은 어느 한쪽의 이득만을 추구하는 데서 비롯된다. 21세기는 우리 모두 상생을 통하여 이념, 종교, 인종을 초월한 대화합을 이루어야 한다.

Win-Win Game과 Zero-Sum Game이 있다. Zero-Sum Game은 승리한쪽의 득점과 패한 쪽의 실점의 합이 '0(Zero)'가 되는 Game으로 한쪽이 이득이 생기면 다른 한쪽은 그만큼 손해를 보게 된다. 그러나 Win-Win Game은 상대방과 더불어 승리할 수 있는 상생 Game이다. 오늘날 우리들에게 필요한 Game은 Zero-Sum Game이 아니라 서로서로 도움을 주어 모두 잘 살 수 있는 Win-Win Game이다.

우리 집 정원의 나지막한 담장 위에 아침 햇살을 받은 호박꽃이 활짝 피었다. 벌들이 암꽃과 수꽃을 번갈아 찾아 다니며 바삐 날고 있다.

과유불급過猶不及

　'과유불급過猶不及'이란 말이 있다. 이 말은 '정도에 지나침은 정도에 미치지 못함과 같다.'는 사전적 의미를 지닌 말이다. 과식過食과 과음過飮이 그런 경우이고 과로過勞도 또한 그러한 경우가 아닌가. 이솝의 〈개구리와 황소〉라는 우화에 나오는 이야기이다. 아기 개구리로부터 큰 황소를 보았다는 이야기를 듣고 아빠 개구리가 아기 개구리 앞에서 자신의 몸을 황소만큼 크게 부풀려서 과시하려다가 결국 배가 터지고 만다는 이야기이다. 과욕은 부족한 것만 못하여 결국 화를 부르게 된다.

　오랜 가뭄 끝에 알맞게 내리는 단비는 반갑지만 갑자기 지나치게 많은 양의 비가 내리면 사람들은 비 피해를 걱정하게 된다. 요즈음에는 여름철의 지루한 장마가 끝난 후에도 이상 기후가 계속되어 게릴라성 집중 호우가 자주 쏟아진다. 게릴라성 집중 호우는 마치 정규군이 아닌 유격대로 소규모전에서 적의 측면이나 후방에 갑자기 출몰하여 공격하는 '게릴라'처럼 예측을 할 수 없다. 그래서 게릴라성 집중 호우로 갑자기 많은 양의 비가 한꺼번에 쏟아지면 그 피해가 엄청나다.

어느 해 여름 신혼이었던 우리 부부는 방학을 이용하여 구로동의 처가에 잠시 들렀던 적이 있다. 그런데 그날 밤 게릴라성 집중 호우가 퍼부어서 안양천이 범람하여 구로동의 저지대가 모두 침수되었다. 그래서 우리 부부는 뜻하지 않게 수재민이 되어 근처 초등학교로 대피해서 물이 빠지기를 기다리며 며칠을 보내야 했다. 그 후 예산으로 이사 와서 살던 때의 일이다. 결혼하여 처음으로 과수원이 있는 조그만 산동네에 내 집을 마련했다. 그림 같은 과수원이 병풍처럼 둘러싸고, 맑은 실개천이 흐르는 아름다운 동네였다. 그리고 변두리였지만 아이들 학교와 시장이 가까워서 생활하는 데 불편이 없었다. 뒷동산에 오르면 발 아래로 시내의 전경이 한눈에 들어오고 멀리 무한천 유역을 따라 드넓은 예당평야가 한 폭의 풍경화처럼 펼쳐졌다. 여름철에는 무한천에서 아이들과 함께 하루 종일 물고기를 잡고 물놀이를 하면서 보냈다. 그러나 어느 해 봄, 조용하던 산동네에 개발 붐을 타고 중장비가 들어오더니 우리 집 뒷산 기슭을 깎기 시작했다. 과수원 자리에 아파트가 들어설 예정이라고 했다. 산자락이 잘려 나가고 과수원이 파헤쳐진 동네의 모습은 마치 아름다운 수채화 위에 먹물을 뿌린 것처럼 보였다.

그 해 여름은 유난히 덥고 비도 많이 내렸다. 그러던 어느 날 갑자기 쏟아진 집중 호우가 이 지역을 강타하여 큰 홍수가 났다. 설상가상으로 우리 동네에는 산사태까지 겹쳐서 그 피해가 이만저만이 아니었다. 우리 집은 산사태로 담이 무너져서 토사가 밀려와 안마당을 덮고 안방에까지 물이 찼다. 그러나 다행히도 인명 피해는 없었다. 그나마 집중 호우가 낮에 쏟아졌기 망정이지 밤에 쏟아져 내렸더라면 큰일 날 뻔했다. 동네 사람들을 이번 수해가 자연 재해라기보다는 인재라고 말했다. 그리고 산신령이 노하여 산사태가 났다고 말하는 사람도 있었다. 아무튼 인간의 욕심 때문에 무분별한 산 개발로 자연을 훼손하여 산사태까지 나게 한 것은 사실이었다.

지나친 욕심은 항상 재앙을 불러온다. 옛날부터 치산치수治山治水는 임금님이 나라를 다스리는 중요한 덕목이었다. 산과 물을 잘 돌보고 관리해서 자연 재해로부터 국토를 보존하고 국민들이 편안하게 살 수 있도록 돕는 것은 예나 지금이나 국가의 지도자가 해야 될 중요한 일이 아닐 수 없다.

≪논어≫의 선진편에서 공자가 말한 '과유불급過猶不及'은 중용中庸을 지키라는 의미인 것 같다. 중용은 '지나치게 모자람이 없고, 또한 어느 한 편으로 치우치지 않고 떳떳하며 변함이 없음'을 뜻한다. 그러나 중용을 지켜서 모든 일을 적절하게 행하기는 결코 쉽지 않다. 영국 속담에 '훨훨 타오르는 큰 불길보다 몸을 녹이는 훈훈한 모닥불이 더 좋다.'는 말이 있다. 중용은 훨훨 타오르는 큰 불길이 아니라 몸을 녹이는 훈훈한 모닥불과 같다. 훨훨 타오르는 큰 불길은 범람하는 큰 물줄기와 같아서 큰 물줄기가 수마로 변하듯이 화마로 변하게 된다. 수마가 할퀴고 간 자리는 침수된 가옥과 농경지만 남고, 화마가 휩쓸고 간 자리는 타다 남은 건물 잔해만 남게 된다. 그러나 훈훈한 모닥불은 오랜 가뭄 끝의 단비와 같다. 단비는 목마른 대지 위에 생명수를 뿌려서 아름다운 세상을 만들고, 훈훈한 모닥불은 얼어 붙은 몸과 마음을 녹여서 따뜻한 세상을 만든다.

누구든지 모든 일에 자신의 분수를 지켜서 만족할 줄 알면 욕을 먹지 않게 되고, 자신의 분수에 맞춰서 일을 멈출 줄 알면 위태로운 경우를 당하지 않게 된다는 노자의 '지족불욕知足不辱, 지지불태知止不殆'라는 말이 생각난다. 만족이 곧 행복이라고 했다. 지나친 욕심을 버리고 작은 일에도 만족하며 범사에 감사할 줄 아는 삶이 행복이다.

어린 시절 바람 부는 언덕에 올라 동네 친구들과 연을 날리며 놀던 생각이 난다. 그때 벌잇줄이 잘못 매지면 연은 날다가 한쪽으로 뱅글뱅글 돌기도 하고, 곤두박질치다가 땅바닥으로 떨어지기도 했다. 연을 푸른 창공에 높이 잘 날리기 위해서는 무엇보다 연을 만들고 나서 좌우측의 귓줄과 아랫줄의 균형을 잘 잡아서 벌잇줄을 매야 한다. 벌잇줄을 좌측 귓줄이 길고 우측 귓줄은 짧게 매면 연은 날다가 우측으로 뱅글뱅글 돌고, 반대로 좌측 귓줄은 짧고 우측 귓줄이 길게 되면 연이 좌측으로 돌게 된다. 그리고 아랫줄을 너무 짧게 매면 연이 높이 떠오르지 못하고, 너무 길게 매면 연이 날지 못하고 땅에 떨어지게 된다.

이제 삶의 벌잇줄도 지나치거나 한쪽으로 치우침이 없이 균형을 잡아 잘 매야겠다.

복수불수 覆水不收

    물이 썬 바닷가 갯벌 위에는 작은 바다 생물들이 남기고 간 자국들이 어지럽게 그려져 있다. 느림보 갯지렁이가 꿈틀대며 걸어간 자리, 겁쟁이 농게가 도망가며 펄땅을 긁고 간 자리, 갯고둥이 게으름을 부리며 엉금엉금 기어간 자리, 그리고 집게가 무거운 껍질을 등에 짊어지고 길을 가다 잠시 쉬어 간 자리가 선명하게 남아 있다. 어릴 적에 호숫가를 거닐다가 얇고 둥근 돌을 주워서 물수제비를 뜨던 생각이 난다. 돌은 물 위를 가로지르며 몇 번 뛰어 오르다 잔잔한 호수 위에 겹겹이 동그라미를 그리며 물속 깊이 가라앉는다. 물수제비를 뜬 작은 조약돌 하나가 일으킨 파장이 호수 위에 원을 그리며 퍼져 나가듯이 사람이 살고 간 자취도 삶의 여정에 메아리가 되어 남게 된다.

    '호사유피虎死留皮, 인사유명人死留名'이라는 말이 있다. 이 말은 '호랑이는 죽어서 가죽을 남기고, 사람은 죽어서 이름을 남긴다.'는 말로 이 세상을 살아가는 동안 후손들에게 부끄럽지 않도록 좋은 일을 하며 아름답게 살아야 한다는 메시지이다. 그러나 살아온 세월의 뒤안길에는 후회되는 일이 한두 가지가 아니다. 그래서 잘못된 삶의 어두운 그림자를 지워버리고 다시 인생을 설계하여 멋지게 살아보고 싶지만, 안타깝게도 우리의 인생에는 지우개가 없다. 잘못 쓴 글씨는 지우개로 지우고 다시 쓸 수 있다. 옛날 붓글씨를 연습하던 때 나무판에 칠을 하고 기름을 먹여 만든 분판 위에 쓴 글씨는 물걸레로 지워가며 다시 쓸 수 있었다. 칠판 위에 분필로 쓴 글씨는 분필 지우개로 지워가며 다시 쓰고, 공책에 쓴 연필 글씨는 고무 지우개로 지우고 다시 썼다. 요즈음에는 펜으로 쓴 글씨도 수정액이나 수정테이프로 지운다. 그러나 우리들의 인생 여정에서 잘못 살아온 삶은 지우개로 지울 수가 없다.

옛날 중국 주나라의 강태공에 대한 이야기이다. 강태공은 벼슬도 없이 초야에 묻혀서 낚시질이나 하며 허송 세월하고 있었다. 가정을 전혀 돌보지 않고 무심하게 세월만 보내고 있던 남편 때문에 그의 아내 마씨는 온갖 고생을 겪어야만 했다. 아내는 힘든 생활고를 견디지 못하고 마침내 집을 나갔다. 그러나 그 후 강태공은 나라에 큰 공을 세우고 제나라의 왕이 되었다. 남편인 강태공이 왕이 되자 그의 아내는 돌아와서 다시 거두어 줄 것을 간청했다. 그러자 강태공은 아내에게 물 한 그릇을 떠오게 한 다음 그 물을 땅에 쏟아부었다. 그는 아내에게 땅바닥에 쏟아진 물을 다시 담아 보라고 했다. 그러나 아내는 한 번 쏟아진 물을 다시 담을 수가 없었다. 이러한 중국의 고사에서 '엎지러진 물은 다시 담지 못한다.'는 뜻의 '복수불수覆水不收'라는 말이 유래되었다고 한다. '복수불수'라는 말처럼 우리들의 인생에서 한 번 저지른 잘못된 삶은 다시 돌이킬 수가 없다.

창밖에는 노랗게 물든 은행잎 사이로 겨울을 재촉하는 가을비가 내리고 있다. 벽에 걸린 캘린더의 열 번째 장을 뜯어냈다. 기억하고 싶지 않은 부끄러운 일들이 꼬리를 물고 떠오른다. 세상을 부끄럼 없이 바르게 살아온 사람도 나이가 들면 '좀더 참을 걸, 좀더 아낄 걸, 좀더 베풀 걸.'하며 지난 일을 후회한다는 말을 들은 적이 있다. 조용히 지나간 세월을 돌이켜보면 욕심이 지나치고, 참을성이 부족하여 일을 그르친 경우가 많았던 것 같다. 이솝의 우화에 〈황금알을 낳는 거위〉이야기가 나온다. 옛날 어느 마을의 한 농부가 기르던 거위 한 마리가 매일 아침 황금알을 낳았다. 농부는 매일 황금알을 한 알씩 팔아서 큰 돈을 벌게 되었다. 그러나 "욕심이 다시 욕심을 낳는다."는 말처럼 농부는 빨리 많은 황금알을 얻어서 큰 부자가 되고 싶었다. 농부는 거위 뱃속에 황금알이 가득 들어 있을 것이라고 생각하고 거위를 잡아 배를 갈랐다. 그러나 거위 뱃속에는 아무것도 들어 있지 않았다. 농부는 뒤늦게서야 후회했지만 소용없었다. "욕심이 잉태한 즉 죄를 낳고, 죄가 장성한 즉 사망을 낳으리라."는 성경 말씀이 생각난다. 욕심이 지나쳐서 평생 동안 쌓아 올린 공든 탑을 하루 아침에 무너뜨리고 패가망신하는 분들을 주위에서 자주 보게 된다. 지나친 욕심은 마음의 지우개로 지워버리고, 좀더 아끼고 베풀면서 겸손하게 살아가는 도리를 배워야겠다.

'인지위덕忍之爲德'이라는 말이 있다. 참는 것이 덕이 됨을 이르는 말이다. 속담에 "참을 인忍자가 셋이면 살인도 면한다."고 했다. 아무리 화가 나거나 힘든 일이 있더라도 참고 견디는 것이 좋다는 말이다. 오늘 하루도 마음속에 참을 인忍자를 세 번 쓰면서 "노하기를 더디하는 자는 용사보다 낫고, 자기의 마음을 다스리는 자는 성을 빼앗는 자보다 나으리라."는 성경 말씀을 되새겨 본다.

사진 한 장의 교훈

3월이 되면 학교는 마치 신접살림을 시작하는 젊은 부부처럼 설렘과 조바심 속에서 모든 것이 새롭게 바뀐다. 학생들에겐 학년이 바뀌고, 선생님도 바뀐다. 그 중에서도 새로 맡게 될 담임선생님에 대한 관심은 이만저만이 아니다. 특히 3학년에 진급하는 학생들에겐 그러한 설렘은 한층 더한 것 같다. 고등학교 생활의 마지막 학년이라는 아쉬움과 대학 진학이라는 압박감 때문인지도 모른다. 교사의 입장에서도 매년 이맘때가 되면 되풀이되는 일이긴 하지만 새로 맡게 될 학생들에 대한 기다림과 설렘은 학생들 못지 않다.

이제 담임도 발표되고, 모든 설렘도 가라앉자 학년 초의 하루 하루가 달리는 특급 열차처럼 숨가쁘게 돌아간다. 올해 3학년을 맡게 된 나로서는 걱정이 태산 같다. 이것은 물론 대학 진학을 앞둔 고3을 맡은 책임 때문만은 아니다. 항상 느껴온 일인데 고3이 되면 대학 입시 공부에 너무 치중한 나머지 정서 생활뿐만 아니라 생활 예절 지도에 많은 문제가 있기 때문이다.

　J고등학교와 Y여고를 거쳐 내가 이곳 H여고로 온 지도 2년째다. 교실에 들어서자 새로 바뀐 친구들과 얘기꽃을 피우느라고 소란스럽던 교실 안이 갑자기 조용해졌다. 나는 앞으로 1년 동안의 학급경영방침과 몇 가지 당부의 말을 마치고 나서 학생들에게 부모님 사진 한 장을 수첩 속에 잘 끼워서 월요일까지 꼭 가져오라고 부탁하고 교실을 나왔다. 모두들 의아해하는 표정들이었지만 더 이상 아무 말도 안하고 그대로 나와버렸다.

　월요일 정과 수업과 보충 수업이 모두 끝나고 자율 학습이 시작되었다. 조용히 공부하는 학생들의 시간을 빼앗기가 미안했지만, 얌전이 미순이로부터 말괄량이 미정이까지 수첩 맨 첫 장에 정성을 다하여 붙여 놓은 60명 학생들의 부모님 사진을 하나하나 살펴보았다. 나들이 가서 서로 다정하게 손잡고 찍은 혜숙이네 부모님, 젊은 나이에 홀로 되어 혼자 외롭게 서서 찍은 애순이 어머님, 그리고 아들과 며느리가 모두 죽고 없어서 호호 백발이 되도록 손자와 손녀들을 돌보고 계신 재희 할머님의 사진…. 모두가 더할 수 없이 장한 부모님들이시다. 수첩에 붙여놓은 부모님 사진 앞에 감사의 글과 앞으로의 각오를 적어 놓도록 하고 항상 휴대하면서 부모님의 사랑과 은혜에 감사하며 오늘의 일을 반성하고, 보다 보람된 내일을 계획하도록 당부했다. 잠시 숙연해진 교실 안에서 학생들의 진지하고 참된 모습을 엿볼 수 있었다. 그리고 학생들의 요청을 들어 매주 토요일을 부모님께 감사하는 하루로 정하기로 했다.

　Y여고에 있을 때의 일이다. 넉넉지 못한 살림에 아버지는 몸이 불편하여 거동을 못하고 어머니가 이 마을 저 마을 돌아다니면서 물건을 팔아서 생활하던 정숙이라는 여학생이 있었다. 정숙이는 늘 자신의 환경을 탓하면서 삐뚤어 나가기만 했다. 그때 늘 어머님같이 자상하고

인자하시던 교장선생님께서 정숙이를 교장실에 불러 놓고 한참 동안 충고의 말씀을 하신 후에 앞으로는 이런 일이 없도록 우리 다함께 노력하자면서 나와 셋이서 손을 잡고 다짐을 했다. 한편으로는 밉기도 하고 또 한편으로는 불쌍하게도 느껴지는 정숙이를 앞세우고 교장실을 나오면서 J고등학교에 근무할 때의 일을 생각했다. 개교한 지 몇 해 되지 않아서 그런지 학생들이 거칠고 난폭하여 사고가 끊일 날이 없었다. 그러던 중 새로 부임해오신 교장선생님께서 전교생에게 부모님 사진을 갖고 다니도록 적극 권장했던 적이 있었다.

유달리 예민하고 영리한 정숙이에게 가난한 아버지와 어머니의 모습이 밉게만 보였던 것이다. 그래서 늘 자신을 비관하고 학교 생활에 적응을 못하게 되었다. 나는 이러한 정숙이의 잘못된 생각을 바꿔 주고 싶었다. 그래서 어머님의 사진을 가져 오게 하고 수첩 첫 장에 붙여서 늘 휴대하도록 하였다. 그 후 차츰 정숙이의 생활이 눈에 띄게 달라졌다. 결석, 지각이 줄어들고 어둡기만 하던 얼굴에 가끔 웃음이 깃들었다.

그럭저럭 3, 4월이 지나가고 5월이 되었다. 마침 학교에서는 어버이날 행사의 하나로 장한 어머니에 대한 표창이 있었다. 나는 정숙이의 어머니를 추천했다. 그러나 선생님들 가운데는 정숙이의 과거 행동을 문제삼아 반대하는 분도 여러 분 계셨다. 교장선생님께서 선생님들의 반대에도 불구하고 나의 간곡한 요청을 받아들여 정숙이 어머님께서는 마침내 장한 어머니로 표창을 받게 되었다. 정숙이는 어머님의 손을 잡고 2,000여 명의 전교생 앞에 나가 단상 앞에 섰다. 정숙이의 과거 행동을 생각하고 정숙이 어머님의 높고 높은 사랑과 은혜를 조금이라도 의심하는 사람이 있었을지도 모르지만, 그때의 정숙이의 모습은 정말 아름다워 보였다. 물론 이후로는 부모님께 감사하고 학교 생활에 충실하는 정숙이로 바뀌어졌다.

나는 어머니와 다정하게 손을 잡고 눈물을 흘리던 그때의 정숙이의 모습을 그리면서 이곳 H여고에서도 사진 한 장의 교훈을 실천해 보고 싶었던 것이다. 서구 사상과 자율화의 범람으로 점점 쇠퇴해 가는 우리의 생활 예절을 바로 세워 청소년들에게 충과 효를 바탕으로 올바른 국가관을 정립시켜 주는 것이 교사의 중요한 사명이라고 생각한다. 누구나 먼저 나를 낳아 길러 주시는 부모님과 가르쳐 주시는 선생님들, 그 밖에 나를 위하여 애 쓰시는 모든 주위 분들의 은혜에 감사할 줄 알게 될 때 비로소 내 학교, 내 마을, 그리고 내 나라에 대한 사랑을 갖게 된다고 믿는다. 이같이 부모님의 사진 한 장이라도 소중히 간직하면서 늘 감사하는 마음으로 생활할 수 있다면 얼마나 다행한 일일까? 수업 중에도 살며시 수첩을 꺼내 놓고 애쓰시는 부모님의 모습을 바라보는 학생도 있었다. 기쁠 때나 괴로울 때나 사진은 용기와 희망을 주는 듯했다. 학생들은 차츰 부모님을 더 잘 알게 되고 이웃을 보다 잘 이해하게 되었다.

이곳 H여고의 부임 초부터 느낀 일이지만 국기에 대한 예절 지도가 소홀이 되고 있었다. 그래서 내가 맡은 학급부터라도 국기 예절을 철저히 실천시키고 싶었다. 말로만 입버릇처럼 외쳐대는 애국보다는 국기에 대한 예절을 조용히 실천하는 일이 더욱 중요하다고 느껴왔기 때문이다. 등교하면 교문 앞에 들어서자마자 먼저 국기에 대한 경례를 하도록 했다. 그리고 학급 조회를 시작하기 전에 항상 주번 학생의 구령에 따라 국기에 대한 맹세문과 함께 국기에 대한 경례를 실시했다. 24개 학급 중 유독 우리 반만 고집스럽게 실시하는 행사였다. 그러나 학생들은 차츰 이러한 일에 긍지와 보람을 갖고 사진 한 장에서 부모님의 사랑과 은혜를 알게 되고 국기에 대한 경례에서 국가에 대한 사랑과 충정을 느끼게 되었다.

아버님의 영전 앞에 서서 못다 한 도리를 후회하면서 흐느끼고 있을 때 우리 반 학생들이 문상을 왔다. 함께 머리 숙여 고인의 명복을 빌어 주는 학생들의 모습을 보면서 고마운 마음과 함께 나 같은 죄인이 되지 않고 모두 효녀, 효부가 되도록 보다 철저한 교육을 해야겠다고 다짐해 보았다.

평생을 농사를 지으면서 고생만 하시던 아버님을, 이 학교 저 학교로 전근다닌다는 핑계삼아 한 번도 제대로 모셔 보지 못한 죄책감이 나를 더욱 슬프게 했다. 어쩌다 찾아가 뵈면 반가워하시면서도 바쁜데 어서 가 보라는 아버님의 성화에 못이기는 척 돌아오던 지난 일들이 하나같이 후회만 되었다. 장례식이 끝나고 가까운 일가 친척들이 모두 가버린 다음 아버님의 유품을 정리하면서 몇 장의 사진을 발견하고 소리없이 눈물을 흘리면서 사진 한 장의 교훈을 다시 한 번 생각해 보았다.

이제 대학 입학 학력고사 성적 결과가 발표되고, 내일이면 전기 대학 입학원서 접수가 마감된다. 물론 좋은 대학에 들어가서 공부를 하여 출세하는 것도 부모님의 마음을 기쁘게 해드리는 일일 것이다. 그러나 대학에 못들어 간다 하더라도 항상 부모님의 사랑과 은혜에 감사하면서 새로운 내일을 기약하며 다시 한 번 사진 한 장의 교훈을 되새기기 바란다.

다시 한 해가 시작되었다. 추위가 풀리고 따스한 3월이 오면, 학교는 또다시 모든 것이 새롭게 바뀔 것이다. 학년이 바뀌고, 학급이 바뀌고, 선생님도 바뀌고, 그리고 나에게는 학생들도 바뀔 것이다. 올해에는 사진 한 장의 교훈을 거울삼아 부모님께 효도하고 나라에 충성하는 생활이 되도록 소명의식을 갖고 충효교육에 최선을 다해야겠다고 다짐해 본다.

1987년 한국문화원연합회 주최 '제2회 경로효친사상선양 글짓기공모'에 서 교사부 전국 최우수상으로 당선되어 국무총리상을 받은 글입니다.

용봉산

용봉산은 충청남도 서북부 지방의 행정, 교통, 문화의 중심지인 홍성읍에서 북쪽으로 약 4㎞ 떨어진 곳에 위치해 있는 높이 381m의 작은 산이다. 화강편마암의 돌산으로 산세가 용의 형상과 봉황의 머리를 닮았다고 하여 용봉산이라 부른다. 크고 작은 8개의 산봉우리와 병풍바위, 용바위, 장군바위 등 각양 각색의 기암괴석이 절경을 이루고 있어서 작은 금강산이라고도 한다. 산이 험하지 않고 나지막하여 남녀노소 누구나 쉽게 오를 수 있는 산이라 전국 각지에서 많은 등산객들의 발길이 이어지고 있다.

산을 오르는 등산로가 여러 곳 있는데 그 중 많은 사람들이 즐겨 오르는 등산로는 서너 군데 된다. 구룡대에서 출발하여 용봉사와 마애석불을 보고 악귀봉과 노적봉을 거쳐서 정상에 올랐다가 투석봉, 대피소, 미륵암을 지나 용봉초등학교로 내려오는 등산로는 천천히 쉬면서 걸어도 3시간 남짓 소요된다. 그리고 용봉초등학교에서 미륵암, 투석봉을 거쳐 최고봉에 올랐다가 최영장군 활터를 지나서 청소년수련원으로 내려오는 비교적 짧은 등산로가 있는데 소요시간은 보통 1시간 40분쯤 걸린다. 구룡대에서 병풍바위, 전망대, 용바위, 악귀봉을 거쳐 노적봉까지 올라왔다가 야영장과 취사장을 지나서 청소년수련원으로 내려오는 약 2시간 정도 소요되는 등산로도 있다. 가장 긴 등산로는 용봉초등학교에서 출발하여 미륵암, 대피소, 투석봉을 거쳐 정상에 올랐다가 노적봉, 악귀봉, 용바위, 전망대를 지나서 다시 수암산을 등산하고 덕산 쪽으로 내려가는 등산로인데 3시간 30분에서 4시간 정도 소요된다. 이 밖에도 길고 짧은 여러 곳의 등산로가 있어서 각자 마음에 드는 코스를 택하여 산에 오를 수 있다.

용봉초등학교 교문 앞에서 출발하여 오른쪽 울타리 옆으로 나있는 등산로를 따라서 숨을 몰아쉬며 산을 오르다 보면 어느새 미륵암에 닿게 된다. 미륵암에서 잠시 쉬면서 부처님의 가르침을 묵상하며 땀을 식힌 후에 다시 산을 오른다. 대피소를 지나 기암괴석 사이를 숨바꼭질 하듯이 한참을 오르면 눈앞에 투석봉이 다가온다. 투석봉에서 바라보는 주위 경관은 마치 고요한 바다처럼 잔잔하다. 남서쪽으로 홍성의 진산인 백월산이 홍성읍내를 품안에 안고 있듯이 서 있고, 멀리 남쪽에 은빛깔의 억새 숲으로 유명한 오서산이 희미하게 보인다. 충남의 서북부에 위치해 있는 홍성군은 동북쪽에 예산군이 있고, 동남쪽으로 청양군이, 서북쪽으로는 서산시가 있으며, 남서쪽은 보령시와 인접해 있다. 걸음을 재촉하여 정상인 381m의 최고봉에 올라서 목청을 가다듬고 '야호'를 외친다. '야호' 소리는 잠시 북서쪽에 있는 수덕사로 유명한 덕숭산 꼭대기에 걸렸다가 메아리가 되어서 멀리 가야산 쪽으로 빠져나간다. 다시 '야호' 소리를 외치자 이번에는 높고 낮은 구릉지를 지나 금마천을 따라서 넓은 평야를 맴돌다가 동쪽 끝의 임존성이 있는 대흥산 쪽으로 사라진다.

최고봉에서 바위틈 사이로 나있는 길을 찾아서 노적봉과 악귀봉을 거쳐 용바위까지 내려와서 바위에 걸터앉아 배낭의 물을 꺼내 마시며 어느 쪽으로 내려갈까 망설인다. 전망대로 내려가서 수암산을 오르다가 덕산 쪽으로 내려와 온천욕을 해볼까 생각한다. 그러나 시간이 너무 지체된 듯하여 마애석불을 보고 용봉사에 잠시 들렀다가 일주문을 통하여 구룡대 쪽으로 내려오기로 한다.

마애석불은 국가지정 보물 제355호로 용봉산의 최고봉에서 동남쪽으로 길게 뻗어 있는 능선의 자연 암석 위에 조각된 입상이다. 암석의 앞면을 깊게 파서 불감을 만들고 그 안에 불상을 조각하였다. 이 불상은 온화하고 인자한 부처님의 모습을 하고 있는데, 조각 양식으로 보아 백제 말 마애불의 특징을 나타내고 있으며, 서산의 마애삼존불의 형식적인 특징을 갖고 있다고 한다. 입가에 부드러운 미소를 머금고 있는 듯한 마애석불의 인자한 모습에서 중생을 구제하려는 부처님의 자비를 묵상하며 용봉사로 내려왔다.

현재의 용봉사는 본래의 위치에서 동쪽 아래로 이전하여 1906년 전후 다시 창건된 것으로 추정하고 있다. 용봉산의 기암절벽 사이를 흐르는 계곡의 남쪽 평탄한 대지 위에 세워진 용봉사는 맨 윗단에 대웅전이 있고, 가운데 단의 동쪽에 요사가 있으며 서쪽에는 우물이 있다. 그리고 아랫단 위에는 돌절구와 부도가 놓여 있다. 절의 입구 서쪽 암벽 위에 용봉사 마애여래입상이 부조되어 있는데, 불상 오른쪽에 조성 경위를 밝히는 명문이 음각되어 있다. 명문에 의하면 이 마애불은 통일신라 소성왕 1년인 799년 4월에 만들어졌다고 한다. 또한 용봉사에는 쾌불이 있는데 이 쾌불은 석가모니의 설법회상을 총칭하는 불화인 영산회상도이다. 이 밖에도 용봉사에는 약산여래좌상을 비롯한 크고 작은 많은 문화유산이 있다.

용봉사를 뒤로 하고 일주문을 나와서 구룡대 쪽으로 내려왔다. 빽빽하게 서 있던 차들이 한두 대씩 빠져나가자 넓은 주차장이 텅 빈 것 같았다.

남당항

남당항은 홍성읍에서 서쪽으로 25㎞ 떨어져 있고, 서해안고속도로 홍성 나들목에서는 약14㎞ 떨어져 있다. 남당항은 천수만의 넓은 바다를 안고 있어서 밀물과 썰물의 물때에 따라 많은 고깃배들이 들고나는 작은 항구이다. 연안 바다에는 대하, 새조개, 광어, 우럭 등 어족이 풍부하여 부둣가 주변에 횟집이 즐비하게 서 있다. 매년 남당항 일원에서 대하 축제와 새조개 축제가 열려서 많은 미식가들이 즐겨 찾고 있다. 그리고 부근에 철새도래지로 널리 알려진 천수만 A지구 방조제와 은빛 바다 물 위로 저녁노을이 아름다운 궁리포구가 있다. 남당항 앞 바다에서 얼마 떨어지지 않은 곳에 낚시를 즐길 수 있는 죽도라고 하는 작은 섬도 있다.

바닷가에 사는 아이들에게 바다는 큰 놀이터이다. 나도 초등학교에 다닐 때 방학만 되면 친구들과 바닷가에 나가서 놀곤 했다. 서해바다는 밀물과 썰물의 차가 커서 바닷물이 나가면 갯벌이 멀리까지 넓게 펼쳐진다. 여름철 한낮의 갯벌은 마치 시골 장터처럼 부산하다. 크고 작은 여러 종류의 게들이 진흙 바닥에 구멍을 뚫고 모래알맹이를 계속 밖으로 뱉아낸다. 남의 집을 빼앗아 등에 지고 다니는 게도 있고, 혀를 반쯤 내민 채 살금살금 기어가는 조개도 있다.

갯지렁이가 진흙 위에 그림을 그리며 지나가기도 하고, 물이 고여 있는 웅덩이에는 조그만 고동들이 돌틈에 옹기종기 모여 있다. 그리고 한쪽에 빨간 왕집게발을 달고 있는 농게들이 마치 일광욕을 하려는 듯 집 밖으로 나와 있다. 잡으려고 다가가면 게들은 어느새 구멍 속으로 모두 숨어버린다.

농게의 한쪽 집게발이 황색을 띠고 있어서 우리 고향에서는 농게를 '황발이'라고 불렀다. 황발이를 간장에 게장으로 담가서 요즈음의 꽃게 장처럼 먹곤했다. 황발이는 진흙 속에 구멍을 깊이 파고들어가 있어서 잡기가 매우 어렵다. 게구멍에 손을 깊숙이 넣고 잡아올려야만 한다. 잡다가 큰 집게발에 물려서 상처를 입을 때도 있다. 게는 자신이 위급 하게 되면 집게발을 끊어버리고 도망가기도 한다. 무더운 여름철에 입맛을 잃었을 때 어머님이 담가 주신 농게장을 고추장과 함께 보리밥 에 넣고 비빔밥을 만들어 먹으면 별미 중에 별미였다.

초등학교 3학년 봄방학 때이다. 2월 하순경이었지만 날씨가 매우 쌀쌀한 편이었다. 동네사람들 틈에 끼어 남당항 앞바다로 살조개를 잡으러 갔었다. 꼬막이라고 하는 조개를 충청도 서해안 지방에서는 살조개라 한다. 살조개는 물에 씻어 삶아서 까먹으면 짭짤한 맛이 일 미이다. 썰물로 물이 모두 빠져나간 갯고랑을 따라가며 손으로 진흙펄 속을 더듬어서 살조개를 잡았다. 그 당시만 해도 남당항 주변 바다는 오염이 안 되어서 각종 어패류가 풍성했다. 대바구니에 가득 잡은 살 조개를 들고 산을 넘고 들판을 지나 10여 리 길을 걸어서 집으로 왔다. 집으로 오는 도중에 추워서 손도 시리고, 바구니가 무겁기도 하여 길

바닥에 주저앉아 울고 싶었다. 그때 마침 아버지가 마중을 나오셨다. 아버지는 늦둥이로 얻은 아들이 안쓰러웠던지 꽁꽁 언 내 손을 솥뚜껑 같은 큰손으로 녹여주었다. 나는 거칠지만 따뜻한 아버지의 손을 잡고 집에 무사히 도착할 수 있었다. 집에 도착하니 한참 저녁밥을 짓느라고 굴뚝에선 하얀 연기가 피어오르고, 멍멍이는 반갑다고 꼬리를 흔들며 다가와서 내 주위를 맴돌고 있었다. 지금도 살조개만 보면 그때 언 손을 녹여주시던 아버지의 온기가 그리워진다.

가끔 삶이 고단하여 돌아가신 부모님의 정이 그리워질 때에는 해변도로로 차를 몰아서 남당항 연안을 달려본다. 차창 밖으로 펼쳐지는 천수만의 넓은 바다를 바라보며 잊고 있던 추억들을 하나하나 떠올린다. 모래성을 쌓으며 함께 뛰어놀던 친구들의 모습도 그려보고, 거센 파도와 싸우면서 고기를 잡던 어촌 마을 사람들의 모습도 떠올려본다. 동생들을 데리고 동구 밖에 서서 굴 따러간 엄마를 기다리며 칭얼대는 어린 동생을 달래고 있는 누나의 모습도 보이는 것 같다.

지난 주말 오후 천수만 A지구 방조제 쪽으로 가다가 궁리포구로 접어들어서 해변도로로 차를 몰았다. 어사리를 지나 남당항에 도착했을 때에는 시간이 오후 4시쯤 되었는데 그때까지도 해변가 횟집들은 도회지에서 몰려온 사람들로 북적였다. 남당항이 이제 1종 항구로 승격되고, 해변가 도로도 새로 생겨서 주변이 크게 변하고 있었다. 남당항에서 잠시 머물다가 해변도로를 따라 다시 내려갔다. 해변가에는 횟집 말고도 조개구이집과 포장마차가 불을 밝히고 손님들을 맞고 있었다.

후손들을 위하여 천수만의 갯벌과 천혜의 자연 경관이 훼손되지 않고 그대로 보존되었으면 하는 아쉬움을 갖고 서둘러 집으로 돌아왔다.

평화를 사랑하는 사람들

지구상에서 가장 살기 좋은 곳이라고 하는 캐나다의 밴쿠버(Vancouver)시를 여행한 적이 있다. 그때 밴쿠버 시내에서 자동차로 약 30분 거리에 있는 화이트락(White Rock) 시의 외곽에 위치한 퍼시픽인(Pacific Inn)이라고 하는 호텔에서 묵었다. 화이트락은 캐나다의 서쪽 해변가에 아름다운 자연 경관과 어우러져 형성된 작은 도시로 캐나다와 미국의 국경에 인접한 도시였다.

지역이나 영역이 서로 갈라지는 한계를 일컬어 경계라고 한다. 나라와 나라의 경계는 국계 또는 국경이라 하며 나라의 경계로 삼는 선을 국경선이라고 한다. 국경선이 잘못되었거나 분명치 않을 때에는 이웃한두 나라 사이에 다툼이 벌어지게 된다. 남과 북이 철책선을 사이에 두고 대치하고 있는 우리들에게는 국경의 의미가 남다르게 느껴진다. 국경선을 둘러싸고 있는 가시 철조망과 완전 무장을 하고 철책선을 지키고 있는 군인들의 모습이 떠오른다. 그러나 화이트락의 캐나다와 미국 국경에는 철조망도, 무장한 군인의 모습도 보이지 않았다. 캐나다 브리티쉬 컬럼비아(British Columbia)주와 미국 워싱턴(Washington)주의 경계인 국경에는 캐나다와 미국 두 나라의 평화를 상징하는 67피트 높이의 피스아치(Peace Arch)가 서 있었다.

이 피스아치는 영국과 미국이 '1812년 전쟁'을 끝내기 위해 1814년 벨기에의 겐트(Ghent)에서 체결한 평화조약 100주년을 기념해서 1914년에 세워졌다는 사실을 알 수 있었다. 아치의 한쪽 면에 '1814 OPEN ONE HUNDRED YEARS 1914'라는 글자가 선명했다. 피스아치 조형물의 지붕 위에는 미국의 성조기와 캐나다 국기가 나란히 게양되어 평화롭게 휘날리고, 아치의 한가운데로 나있는 철제문 위에 '이 문이 결코 닫히는 일이 없도록 해달라.'고 염원하는 의미의 'MAY THESE GATES NEVER BE CLOSED'라는 말이 새겨져 있었다. 평화를 갈망하는 두 나라 국민들의 아름다운 마음을 읽을 수 있는 글이었다. 이 피스아치의 양쪽 문 위에 새겨놓은 말이 감동적이었다. 캐나다 쪽 문 위에는 '사이좋게 더불어 살아가는 형제들'이라는 뜻의 'BRETHREN, DWELLING TOGETHER IN UNITY'라는 말이 새겨져 있고, 미국 쪽 문 위에는 '공동의 한 어머니의 자녀들'이라는 의미의 'CHILDREN OF A COMMON MOTHER'라는 말이 새겨져 있었다.

'BRETHREN,DWELLING TOGETHER IN UNITY'라는 캐나다 쪽 문 위의 말에서 형제처럼 사이좋게 더불어 살아가는 캐나다와 미국 국민들의 평화로운 모습을 그려 보았다. 국경을 사이에 두고 두 나라 국민들이 평화를 공존하며 사이좋게 살아가는 아름다운 세상이 보이는 듯했다. 미국 쪽 문 위의 'CHILDREN OF A COMMON MOTHER'라는 말을 '공통의 한 어머니의 자녀들'의 의미로 풀이하고 싶었다. 미국과 캐나다의 모든 어린이들은 한 어머니의 아이들로 형제들이기 때문에 서로 사이좋게 살아가야 한다는 메시지가 내포된 것 같았다.

캐나다와 미국의 국경에 피스아치와 함께 피스아치파크(Peace Arch Park)라고 하는 아름다운 공원이 조성되어 있었다. 넓은 잔디밭과 각양 각색의 예쁜 꽃들이 곱게 피어 있는 피스아치파크의 꽃밭은 캐나다 브리티쉬 콜롬비아주와 미국 워싱턴주의 어린 학생들이 고사리 같은 손으로 한 푼 두 푼 모금한 돈으로 만들어졌다고 한다. 이 어린 학생들 이야말로 비록 나라는 다르지만 공통의 한 어머니를 가진 형제들로 앞으로 두 나라 간에 평화의 가교 역할을 할 것이다. 그리고 피스아치를 중심으로 캐나다 쪽에서 미국 쪽을 바라볼 때 오른쪽 차선에는 캐나다에서 미국으로 들어가는 차량들이 꼬리를 물고 지나가고, 왼쪽 차선에는 미국에서 캐나다로 들어오는 차량들이 긴 행렬을 이루고 있었다. 차량들은 입국 심사를 통과하여 국경을 지나가야 되지만 공원에 온 모든 사람들은 국경을 사이에 두고 캐나다와 미국을 하루에도 몇 번이고 자유롭게 오갈 수 있었다. 이 공원에서는 누구든지 비자도, 입국 심사도 없이 미국 땅과 캐나다 땅을 마음대로 밟으면서 뛰어다닐 수 있기 때문이다. 공원 안에는 찾아오는 사람들을 위하여 각종 편의 시설이 잘 갖추어져 있었다. 캐나다와 미국의 국경은 평화를 사랑하는 사람들의 공동 주거 구역이었다.

몇 해 전 비무장지대 군사분계선상의 공동경비구역인 판문점에 가 본 적이 있다. 이곳은 1953년 7월 조인된 휴전협정 이후 UN 측과 북한 측의 공동경비구역으로 군사정전위원회 본 회의장을 비롯한 10여 채의 건물이 들어서 있다. 쌍방이 공동으로 지키고 있는 비무장지대 안의 특수한 지역인 판문점을 양쪽 경비병이 군사분계선을 사이에 두고 대치하고 있는 남북한 대립의 전초기지인 셈이다. 그래서 판문점의 군사분계선은 항상 긴장감이 감돌고 있었다. 이 군사분계선은 군사정전위원회의 특정한 허가가 없으면 어떠한 사람도 넘을 수 없다.

요즘은 관공서의 높은 담벽과 학교의 벽돌 담장을 허물고 누구나 마음대로 출입할 수 있는 열린 공간을 만들고 있다. 판문점의 군사분계선에도 캐나다 화이트락에 있는 피스아치파크와 같은 공원을 만들어서 남북한의 어린이들이 자유롭게 마음껏 뛰어놀 수 있었으면 좋겠다. 그리고 사람들의 마음속에 응어리진 단단한 벽까지도 허물어서 서로서로 도와가며 평화롭게 삶아갈 수 있는 그날을 기대해 본다.

마음의 여유

　몇 해 전 유럽 여행 중에 스위스 남서부의 관광 도시인 로잔에서 초고속 열차 떼제베(TGV)를 타고 프랑스 중동부에 위치한 피요네지방의 중심 도시 리용까지 간 적이 있다. 열차 안은 매우 시끄러웠다. 마침 여름방학을 맞아 스위스에서 프랑스로 여행하는 어린 학생들이 많이 탔기 때문이었다. 열차는 어린 학생들의 조잘대는 소리를 안은 채 서로 다른 목적으로 여행 중인 손님들을 싣고 달렸다. 시속 300㎞가 넘는 고속 열차였기 때문에 리용역까지는 불과 3시간 40분 남짓 걸렸다. 프랑스 여행을 마치고 파리의 북역에서 영국 런던의 워털루역까지 프랑스, 벨기에, 영국 세 나라가 TGV를 기본으로 공동 개발했다는 유로스타(Eurostar)를 타고 갔다. 유로 터널을 지나 도버해협을 횡단하여 런던까지 가는 데 2시간 30분정도 걸렸다.

　우리나라의 고속철도 KTX(Korea Train Express)는 2004년 4월 1일에 경부선과 호남선이 동시에 개통되었다. 떼제베(TGV)를 모형으로 만들어서 운행되고 있는 KTX는 시속 300㎞까지 달릴 수 있다고 한다.

앞으로 G7 한국형 초고속 열차가 실용화되면 시속 350㎞까지도 달릴 수 있게 되어 운행 시간이 크게 단축될 수 있을 것이라고 한다.

얼마 전 1박 2일의 일정으로 KTX를 타고 부산에 출장을 다녀왔다. 경부선의 천안·아산역에서 KTX고속열차에 올라 부산까지 가는 데 2시간 20분 정도 걸린 것 같다. KTX는 처음이었만 유럽 여행 중에 탔던 떼제베(TGV)나 유로스타와 다르지 않았다. 열차에 탄 사람들이 한국 사람들이고 주고받는 말도 우리말이어서 낯설지 않아 편안할 뿐이었다. 차창 밖으로 들녘과 산들이 숨 돌릴 틈도 없이 빠르게 지나갔다. 어릴 적 어머니의 품처럼 넉넉한 가을 풍경이 눈을 돌릴 여유도 주지 않고 아쉬움만 남긴 채 스쳐갔다. 어느새 열차는 대전, 동대구, 밀양, 구포를 지나서 부산역을 향하여 쏜살같이 달리고 있었다.

아무리 속도의 시대라고 하지만 날마다 빠르게만 돌아가는 세상 일에서 떠나보고 싶다. 간이역에서도 쉬어가며 손님을 태우고 삶에 지친 서민들의 발노릇을 해주던 완행열차가 그리워진다. 지정된 좌석이 없는 완행열차는 빈 자리가 나면 누구나 자유롭게 앉을 수 있어서 좋았다. 역마다 쉬어가며 차창 밖 풍경을 여유롭게 즐길 수 있어서 좋았다. 그리고 완행열차를 타면 마음이 따스한 반가운 이웃들을 만날 수 있어서 좋았다. 열차가 마침내 부산역에 멈춰섰다. 바쁘게 움직이는 인파 속을 헤치며 부산역을 빠져나왔다.

우리들은 도로 위를 질주하는 자동차, 탄환처럼 철길을 달리는 고속 열차, 바닷물을 가르며 쏜살같이 떠가는 쾌속선, 하늘을 나는 초음속 비행기 등과 같은 빠른 교통수단을 이용하며 속도의 시대를 살아가고 있다. 그리고 우리들의 청소년들은 어머니가 정성들여서 만들어주는 슬로우 푸드(Slow food)보다 주문만 하면 즉시 나오는 패스트 푸드

(Fast food)를 좋아하고 컴퓨터를 이용하여 사이버 세상에서 게임을 즐긴다. 어지럽게 돌아가는 '빠름'의 일상을 살아가는 우리들에게 마음의 여유가 필요한 것 같다. '급할수록 돌아가라.'는 말처럼 마음만이라도 여유를 갖고 생활했으면 좋겠다. '느림'은 게으름이 아니라 성급하지 않고 느긋하게 여유를 가지고 기다리는 마음이다. 그리고 세상 일을 넉넉한 마음으로 너그럽게 생각하는 마음이다. 먼 길을 가던 나그네가 우물가를 지나다가 목이 말라서 마침 물을 길러 나온 여인에게 물 한 모금을 청하자 여인은 물 한 바가지를 떠서 버들 잎을 띄워 나그네에게 건넸다고 하지 않던가. 혹시 체할지 모르니 천천히 마시라는 여인의 나그네를 위한 넉넉한 마음이 아니겠는가.

이른 봄에 논과 밭을 갈아서 씨를 뿌리고 여름 내내 뙤약볕에서 농작물을 가꾸며 가을의 결실을 기다리는 농부의 마음을 생각해 보자. 참고 기다리는 농부의 넉넉한 마음이 '느림'의 여유이다.

'우물에 가서 숭늉 달라고 한다.'는 말이 있다. 당장 급한 것만 생각해서 일의 절차를 고려하지 않고 너무 조급하게 서두르는 경우에 대한 경고의 말이다. 아무리 급한 일이라도 바늘 허리에 실을 매어 쓸 수 없는 것처럼 일의 순서를 밟아 행해야 한다. 급히 먹는 밥은 체하여 탈이 날 수도 있다. 일을 너무 서둘러서 처리하게 되면 예기치 못했던 문제가 발생하기 마련이다. 나는 급한 성격이어서 실수할 때가 많다. 너무 급하게 서둘다가 차 안에 키를 넣어 두고 내리기도 하고 출장을 가면서 중요한 서류를 빼놓고 와서 도중에 되돌아간 적도 있다. 누구나 한 번쯤은 나와 비슷한 경험을 해봤을 것이다. 우리의 '빨리 빨리' 문화에 '느림'의 좋은 점을 더했으면 한다.

토요일 오후 차를 몰고 교외로 나갔다. 도로변에는 코스모스가 제철을 맞아서 꽃망울을 터트리고 가을 바람에 춤을 춘다. 도로 위로 차량들이 경주하듯이 질주하고 있다. 규정 속도를 지키는 차는 거의 없는 것 같다. 차창 밖으로 황금색 들판이 펼쳐져 있다. 자연은 항상 우리들에게 느긋하게 기다리는 여유를 준다.

길동무

낯선 곳을 여행하거나 먼 길을 갈 때 함께 가는 사람이 있으면 서로 의지가 되어서 좋다. 그래서 밤길도 혼자 걸으면 무섭지만 둘이서 걸으면 무섭지 않다. 인생도 마찬가지이다. 아무리 힘든 일이라도 함께 할 수 있는 사람만 있으면 일이 어렵지 않다. 어떤 일을 함께 하는 사람을 동무라고 한다. 길을 함께 가는 사람은 길동무가 된다. 서로 어깨에 팔을 얹고 나란히 서는 것을 흔히 '어깨동무'라고 하지 않는가. 동무는 서로 믿고 의지하며 어떤 일이든지 함께 할 수 있는 친구다.

지난 추석 연휴에 나는 아들과 함께 아내의 고향을 찾아 장인·장모의 산소에 성묘하러 갔었다. 성묘길은 우리 집에서 승용차로 1시간 남짓 걸리는 거리이다. 아내는 차를 타고 가면서 아들에게 연방 고향 길을 안내해 주느라고 바빴다. 아들은 엄마의 말동무가 되고, 나는 아내의 길동무가 되어 아내의 고향 이야기를 들으며 달렸다. 결혼하고 여러 번 아내와 함께 오갔던 길이지만 그날은 아들과 길동무가 되어

가는 길이라 그런지 모든 것이 더욱 새롭게 보였다.

아내의 고향인 당진은 아름다운 산야와 드넓은 서해바다를 끼고 있는 조용한 농촌으로 예로부터 인심이 넉넉하고 풍요로운 곳이었다. 그러나 요즈음 당진은 철강 공업과 동북아의 항만 물류기지로 급부상하면서 개발 붐을 타고 군 전체가 여기저기 파헤쳐지고 있었다. 아내의 고향마을에는 해안선을 따라 큰 골프장이 들어서고 있었다. 그래서 마을 앞의 넓은 염전과 해변가의 산과 들이 모두 골프장으로 개발 중이었다. 아내는 차에서 내려 기억을 더듬어서 유년 시절에 고향 친구들과 오가며 거닐던 길을 찾아나섰다. 그러나 옛 길을 찾기가 쉽지 않은것 같았다.

마을의 옛 길은 대부분 없어지고 다시 큰길이 나 있었다. 아들은 길동무가 되어 엄마의 뒤를 열심히 따라갔다. 나는 아내가 아들과 함께 옛 고향길을 찾고 있는 모습을 물끄러미 바라만 보고 있다가 나도 아내의 길동무가 되어 주고 싶어서 차에서 내렸다. 한참 동안 길을 찾아 헤매다가 아내가 마침내 장인·장모의 산소로 가는 다른 길을 찾게 되었다. 성묘를 마치고 산에서 막 내려오려고 할 때 산소 옆 숲 속에서 낮잠을 자고 있던 산토끼 한 마리가 인기척에 깜짝 놀라서 길동무를 찾아 황급히 달아났다.

우리들은 나그네 같은 인생을 살아가면서 힘든 고빗길을 넘을 때마다 함께 하며 의지하는 지팡이 같은 많은 길동무를 만나게 된다. 아기가 세상에 태어나서 가장 먼저 만나는 길동무는 엄마다. 아기는 엄마를 길동무로 하여 걸음마도 배우고 말도 배우면서 인생길을 시작한다. 학교에 들어가면 선생님을 길동무로 만나서 배우고 익히며 꿈을 키우고, 어른이 되면 세상에 나가서 각양 각색의 사람들을 만나 길동무가 되어 거칠고 험한 인생길을 걷게 된다. 그리고 결혼을 하면 배우자를 인생의 길동무로 하여 동고동락하며 살아간다.

지난여름 캐나다의 밴쿠버를 여행하다가 밴쿠버시에서 북쪽으로 120㎞쯤 떨어져 있는 북미 최고의 스키 리조트인 휘슬러(Whistler)에 잠깐 들른 적이 있다. 휘슬러는 봄, 여름, 가을, 겨울 사계절 동안 스키와 스노우보드를 즐길 수 있고, 200개가 넘는 슬로프가 있어서 매년 세계 각국에서 많은 젊은이들이 찾는 곳이다. 우리 일행을 안내한 가이드의 말에 의하면 몇 년 전 귀국을 앞둔 우리나라 유학생 두세 명이 겨울에 휘슬러로 스키를 타러 갔다가 산속에서 길을 잃고 동사했다고 한다. 그때 유학생들이 길동무를 잘 만났더라면 소중한 생명을 잃지 않았을 것이다.

사람은 누구나 숲이 우거진 깊은 산속에 들어갔다가 길을 잃거나 낯선 여행지에서 초행길을 잘못 들어 고생했던 경험이 한 번쯤 있을 것이다. 산을 오를 때 길동무를 잘 만나면 지름길로 쉽게 올라갈 수 있지만 길동무를 잘못 만나게 되면 길을 잃고 산속을 헤매거나 먼 길을 돌아서 힘들게 올라가게 된다. 우리들의 인생 여정에서도 서로 믿고 의지할 수 있는 좋은 길동무를 만나면 삶이 항상 즐겁다. 그러나 그렇지 못한 길동무를 만나게 되면 삶이 힘들어진다. 많은 사람들이 인생을 살아가면서 좋은 길동무를 만나기를 바라지만, 만나는 사람에게 좋은 길동무가 되어 주는 것이 중요한 것 같다. 자신을 태워서 밤길을 밝혀주는 등불처럼 헌신적이고, 망망대해의 칠흑 같은 어둠 속에서 바른 길을 인도해 주는 등대처럼 봉사적인 길라잡이가 좋은 길동무이다. 이집트의 박해로부터 이스라엘 민족을 해방시키고 이스라엘 백성들을 이끌어 40년 동안 광야에서 유랑생활을 하다가 자신의 백성들을 약속의 땅인 '가나안'으로 들어가도록 한 모세야말로 이스라엘 민족의 진정한 길동무라고 할 수 있다.

나는 세 아이의 아버지로, 한 여자의 남편으로, 아이들을 가르치는 선생으로 60평생을 살아오면서, 과연 길동무가 되어 사람들에게 바른 길라잡이 역할을 해왔는지 내 자신을 되돌아본다. 봄철에 우리나라의 북쪽 밤하늘에서 누구나 쉽게 찾아볼 수 있는 별이 북두칠성이다. 북두칠성은 큰곰자리에서 가장 밝게 보이는 일곱 개의 별로 국자 모양을 하고 있다. 푸른 초원에서 양을 치는 목동이나 낯선 곳을 여행하다 길을 잃은 나그네가 밤하늘의 북두칠성을 보고 길을 찾아간다고 한다. 보다 많은 사람들이 북두칠성 같은 길라잡이가 되어 길 잃은 사람들의 길동무가 되어야겠다. 모세와 같은 우리 민족의 길동무를 기다리며….

장날

오늘은 이효석의 소설 ≪메밀꽃 필 무렵≫에 나오는 강원도의 봉평 장과 같은 우리 지방의 5일장이 서는 날이다. 마침 일요일이어서 필요한 물건도 사고 시장 구경도 할 겸 장터에 나가 보았다. 시장 안은 골목마다 좌판을 깔아 놓고 물건을 파는 사람들과 장보러 나온 사람들로 붐볐지만 예전 같지는 않았다. 중소 도시에까지 대형마트가 생기고 주변의 교통이 편리해져서 5일장과 같은 재래시장은 쇠퇴해지고 수도 많이 줄었다. 추수가 끝나고 김장을 앞둔 철이라 시장에는 무, 배추, 파 등 김장용 채소류와 새우젓 같은 젓갈이 많이 나왔다. 채소를 팔고 있는 한쪽 구석에서 80이 다 되어 보이는 할머니 한 분이 쪼그리고 앉아서 도토리묵을 팔고 있었다. 할머니는 동네 뒷산에서 주운 도토리로 집에서 손수 만들어온 묵이라며 팔아달라고 했다. 값이 좀 비싼 편이었지만 돌아가신 어머니가 생각나서 도토리묵 한 모를 샀다. 어머니는 추수가 끝나면 도토리묵을 쑤어서 이웃과 나누어 먹곤 했다. 지금도 입맛이 없을 때에는 어머니가 쑤어 주시던 도토리묵이 생각난다.

이곳은 서해바다를 끼고 있어서 해산물이 풍부하다. 그래서 조기, 갈치, 우럭, 낙지, 꽃게, 대하, 소라, 바지락 등 물 좋은 해산물이 시장에 많이 나온다. 오늘 장에는 이 지방에서 ‘물퉁베기’라고 부르는 물메기와 생선전 망신을 시킨다는 꼴뚜기도 나왔다. 물메기는 겉으로 보기에는 못생긴 물고기이지만 생긴 모습과는 달리 매운탕으로 끓이면 잡맛이 없고 개운해서 술독을 푸는 해장국으로 제격이다. 꼴뚜기도 싱싱한 것을 물에 깨끗이 씻어서 날로 초고추장에 찍어 먹으면 겨울철 서민들의 술안주로는 최고다. 물메기 두 마리와 꼴뚜기를 작은 사발로 한 사발 샀다. 과일전에는 사과, 배, 감, 포도, 귤과 같은 제철 과일이 풍성했다. 한 아주머니가 길가에 벌여놓고 팔고 있는 과일 좌판에는 모과도 섞여 있었다. 옛날부터 모과를 과일전 망신만 시키는 과일이라고 했으나 내 자동차 안에 넣어 놓고 운전을 하면서 향긋한 모과향을 맡고 싶어서 몇 개 샀다. 그러고 보니 시장에서 못생긴 생선과 과일만 골라서 산 것 같다. 그러나 겉만 번드레하고 속빈 강정처럼 실속이 없는 것을 산 것보다 낫지 않을까.

발품을 팔며 시장 안을 구석구석 돌아다니다 보니 다리도 아프고 배도 고파서 한 허름한 국밥집에 들렀다. 국밥집은 점심때가 지났는데도 손님들로 만원이었다. 한참을 기다린 후에 자리가 나서 장국밥 한 그릇과 막걸리 한 병을 시켰다. 잠시 쉬면서 허기진 배를 채우고 나니 몸이 나른해지며 잠이 오려고 했다. 어머니는 30리나 되는 먼 시장을 걸어서 다녀오셔도 돈 몇 푼을 아끼느라고 장국밥은 고사하고 호떡 한 조각도 사 드시지 못했다. 낮이 짧고 비교적 한가한 겨울철에는 농촌의 부녀자들 대부분이 찐 고구마 몇 개로 점심을 대신했던 시절이었다. 그러나 아버지는 시장에 가시면 이 사람 저 사람 아는 분들을 만나서 약주를 드시며 정담을 나누고 집에 돌아오셨다. 해가 져도 아버지께서 돌아오시지 않으면 걱정이 되어서 나는 어머니와 함께 동구 밖으로 아버지 마중을 나갔다. 길을 가다가 두 갈래길이 나오면 아버지께서 어느 길로 오실지 몰라서 어머니와 나는 각기 다른 길을 택하여 가야했다. 아버지를 만나서 함께 집으로 돌아오는 길은 발걸음이 가벼웠다.

우시장은 이른 새벽부터 장이 선다. 집에서 기르던 어미 소가 낳은 새끼 송아지가 자라서 팔아야 할 때가 되면 아버지께서는 어미 소와 함께 송아지를 몰고 우시장에 가셨다. 아버지께서는 어머니가 만들어준 송아지 판 돈을 넣을 전대를 허리에 두르고 가야만 했다. 그 당시 시골 농가에서는 큰 몫돈이 되는 송아지 판 돈을 혹시라도 잘못하여 소매치기를 당할까봐 걱정이 되었기 때문이었다. 아버지께서는 송아지를 내다 파는 장날은 약주도 안 드시고 일찍 집에 돌아오셨다. 송아지를 팔고 온 날 밤은 새끼를 찾는 어미 소의 애절한 울음소리 때문에 온 식구들이 잠을 설쳤다. 새끼를 그리워하는 마음은 말 못하는 동물도 사람과 마찬가지인 것 같다. 딸을 시집보내고 집에 돌아온 대부분의 아버지들이 밤에 눈이 퉁퉁 붓도록 운다고 하지 않던가.

장날은 사람들이 서로 만나서 정을 나누는 만남의 광장이 된다. 옛 친구들 만나 이야기를 나눌 수 있고, 먼 일가친척도 만나서 안부를 주고받을 수도 있으며, 낯 모르는 사람과 만나서 이야기를 나눌 수도 있다. 시장은 정치, 경제, 사회, 문화 등 세상 돌아가는 이야기를 들을 수 있는 서민들의 귀가 된다. 그리고 사람들 사이에서 오가는 이야기가 날개를 달게 되면 민심이 되어 나라 전체가 시끄러워지기도 한다. 시장이 파할 때가 되어 온종일 떠들썩하던 시장 안이 조용해지고, 사람들이 머물다 간 빈 자리는 쓸쓸함만이 남았다.

토굴 새우젓

밥이나 빵과 같은 주식에 곁들여서 먹는 음식을 부식이라고 하는데 부식은 일종의 건건이인 셈이다. 간장, 된장, 고추장처럼 장을 재료로 하여 만든 반찬을 장건건이라고 한다. 장건건이는 가난했던 시절에 서민들이 가장 많이 먹던 부식이었다. 봄, 여름, 가을, 겨울의 사계절이 뚜렷한 우리나라에서는 옛날부터 채소나 어패류를 소금에 절였다가 밑반찬으로 두고 먹는 저장식품이 발달해 왔다. 그래서 서민들의 밑반찬 중에 무, 오이, 마늘, 깻잎 등을 소금이나 간장에 절인 장아찌와 새우, 멸치, 굴, 조기 등을 소금에 절여서 발효시킨 젓갈류가 많다. 특히 젓갈은 서민들의 밑반찬으로 입맛을 돋워주고, 한국의 발효식품 중 으뜸이라고 하는 김치를 담글 때에도 많이 쓰인다.

내가 나서 자란 고향이 천수만 부근의 농촌이었기 때문에 나는 어려서부터 젓갈을 많이 먹고 자랐다. 싱싱한 하얀 생새우에 소금을 뿌려서 담근 새우젓이 가장 흔한 젓갈이었다. 새우젓은 담그는 계절에 따라서 부르는 이름이 다르다. 5월에 담그는 새우젓은 오젓, 6월에 담그는 새우젓은 육젓, 그리고 가을에 담그는 새우젓을 추젓이라고 한다. 그 밖에 겨울에 담그는 동백하젓도 있다. 그러나 6월에 살이 통통하게 찐 생새우를 담근 육젓이 김장용으로는 가장 좋다. 요즈음에는 새우젓이 삶은 돼지고기에 곁들여 먹는 고급 양념으로 쓰이고 있지만 예전에는 가난한 서민들의 밑반찬거리로 널리 애용되었다.

초등학교 시절 도시락 반찬은 대부분이 장아찌나 새우젓이었다. 장아찌는 주로 농사를 짓는 집 아이들의 도시락 반찬이었고 새우젓은 바닷가에 사는 아이들의 도시락 반찬이었다. 점심 시간이 되면 아이들은 집에서 싸온 도시락을 꺼내서 밥 한 술에 장아찌나 새우젓을 곁들여서 맛있게 먹곤했다. 그러나 등굣길에 잘못해서 도시락 반찬으로 싸온 새우젓 국물이 도시락 보자기 밖으로 흘러내리기라도 하면 큰 일이었다. 하루 종일 새우젓 냄새 때문에 내 주변에 앉아 있는 아이들이 모두 곤욕을 치르게 되기 때문이다. 새우젓은 음식의 간을 맞출 때 약방의 감초처럼 쓰였다. 새우젓은 매운탕이나 찌게를 끓일 때, 나물을 무칠 때, 그리고 콩나물국 같은 국의 간을 맞출 때에도 넣었다.

새우젓은 발효식품으로 섭씨 14도 정도의 일정한 온도에서 3~4개월 동안 저장하여 숙성시켜야 상하지 않고 맛이 가장 좋다고 한다. 그래서 새우젓의 좋은 맛을 오랫동안 유지시키기 위해 새우젓을 토굴 속에 일정기간 저장하여 숙성시키는데 이러한 새우젓을 '토굴 새우젓'이라고 부른다. 토굴 새우젓으로는 폐광을 이용하여 굴 속에서 숙성시키는 우리 지방의 광천 새우젓이 전국적으로 널리 알려졌다. 광천의 토굴 새우젓은 1960년대에 한 젊은 새우젓 장수가 상온에서 숙성시킨 새우젓이 쉽게 상하여 맛이 변하는 것을 보고 고민 끝에 착안해낸 방법이라고 한다. 마을 뒷산의 오래된 폐광의 굴 속에 새우젓 독을 넣고 일정기간 저장하여 숙성시킨 광천 토굴 새우젓은 고유의 맛을 오랫동안 유지시킬 수 있어서 전국적으로 이름이 알려지기 시작했다.

광천에는 5일마다 장이 서고, 새우젓을 파는 젓갈 시장은 매일 열린다. 해마다 김장철이 되면 아내는 광천의 젓갈 시장에 가서 질 좋은 토굴 새우젓을 사온다. 항상 단골 가게에서 김장용으로 쓸 새우젓과 일 년 동안 밑반찬으로 두고 먹을 새우젓을 산다. 알맞게 곰삭은 새우젓은 감칠맛이 나며 입맛을 돋워준다. 겨울이 오면 어릴 적에 어머니가 양념을 넣어 무쳐주시던 동백하젓의 짭짤하면서도 향긋한 맛이 그리워진다. 토굴 새우젓으로 이름난 광천에서는 매년 김장철을 앞두고 '새우젓 축제'가 열린다. 이 축제는 지역 특산물의 우수성을 알리는 향토 문화 축제로 다양한 볼거리와 먹거리를 제공하며 토굴 새우젓과 조선김 등을 판매한다. 그래서 광천의 새우젓 축제 때에는 전국에서 많은 사람들이 모여든다.

지난 가을 광천에 들렀다가 우연히 새우젓 축제를 구경하게 되었다. 새우젓 축제에 모여든 인파 속을 거닐면서 우리들의 삶도 토굴 속에서 잘 숙성된 새우젓처럼 감칠맛나는 참살이가 되었으면 좋겠다는 생각이 들었다. 새우젓이 음식을 조리할 때 간을 맞춰서 맛을 내주듯이 우리들도 삶을 통하여 서로서로 간을 맞춰서 사람다운 참맛을 낼 수 있어야 되겠다. 또한 잘 숙성된 새우젓이 우리들의 입맛을 돋워주는 것처럼 우리들도 살 맛을 잃고 방황하는 사람들에게 희망을 줄 수 있어야겠다. 그리고 새우젓을 상하지 않고 오랫동안 제 맛을 낼 수 있도록 알맞게 숙성시켜 주는 토굴처럼 우리들이 살고 있는 이 세상도 사람들이 부패하지 않고 항상 올곧은 마음으로 바르게 살아갈 수 있도록 숙성시킬 수 있다면 정말 좋겠다.

오늘 저녁에는 토굴 속에서 잘 숙성된 맛깔스런 육젓에 돼지 목살을 푹 삶아서 찍어 먹으며 밤새도록 친구들과 술잔을 기울이고 싶다.

금강산 가는 길

2007년 한 해가 저물어가는 지난 12월 20일부터 12월 22일까지 2박 3일 동안 한국교육개발원에서 주관하는 전국 방송통신고등학교장 워크숍에 다녀왔다. 화진포의 아산휴게소에 집결하여 관광증을 받고 오후 2:00에 전세버스로 집결지를 출발했다. 동해선 도로 남측 출입사무소에 도착하여 공항에서 외국으로 출국할 때와 똑같은 절차를 밟으며 출경수속을 해야만 되었다. 다만 출국이라는 말 대신에 출경이라는 말을 사용하는 것이 다를 뿐이었다. 출경수속을 마치고 오후 3:00경에 현대아산의 셔틀버스로 옮겨 타고 남측 출입사무소를 떠났다. 남측 출입사무소를 출발한 지 불과 15분 만에 군사분계선(MDL)을 통과하여 북측 출입사무소에 도착했다. 북측 출입사무소에서도 출경 때와 똑같은 절차로 입경수속을 하고서 오후 4:00쯤 금강산이 있는 온정리를 향해 출발했다. 북측에 들어갈 때에 배터리와 충전지를 포함한 휴대폰, 신문이나 서적류, 라디오 등은 반입이 금지되었다.

남과 북이 민족 분단의 아픔 속에서 불신과 적대감으로 서로를 증오

하며 반 세기를 보내고 마침내 1998년 6월에 돌아가신 정주영 현대그룹 명예회장이 500마리의 소 떼를 몰고 북녘 땅에 들어가면서부터 금강산 가는 길이 열리게 되었다. 그해 11월 민족 분단 반 세기 만에 처음으로 '현대 금강호'를 타고 남한의 동해항에서 북한의 장전항(고성항)까지 가는 금강산 뱃길 여행이 시작되었다. 그 후 2003년 금강산 관광 5주년을 맞아 금강산의 육로 관광이 시범적으로 시작되었다. 지금은 금강산을 관광하는 남측 여행자 수가 하루 평균 700명이 넘는다고 한다. 금강산 관광길에 오르면서 감개무량하여

"수수 만 년 아름다운 산 못 가본 지 그 몇 해
오늘에야 찾을 날 왔나 금강산은 부른다"

라는 한상덕 작사, 최영섭 작곡의 〈그리운 금강산〉의 노랫말이 떠올랐다.

북측 출입사무소에서 7번 국도를 따라 북녘 땅으로 들어오면서 차창 밖의 그립던 북녘 산천을 내다보았다. 그러나 벌거벗은 민둥산은 보기조차 애처롭고 가을걷이가 끝난 텅 빈 초겨울의 들녘에서 소 달구지를 끌고 가는 농부의 모습은 60년대 가난했던 시절 남한의 농촌 풍경을 보는 것 같아서 정답기는 했지만 마음 한구석이 무거워졌다. 남강 다리를 건너서 관광도로를 통하여 온정리로 들어올 때 북녘 동포들이 사는 마을이 보이고, 마을 입구의 초소에서 경계를 서고 있는 앳된 북한 병사의 모습을 볼 수 있었다. 도로 옆으로 동해선 철길이 지나고 온정리의 동해선 금강산청년역의 역사건물이 보였다. 동해선은 남한의 고성군 현내면 제진리와 북한의 금강산 온정리 사이의 철길이 연결되어 2007년 5월 17일에 남한의 제진역과 북한의 금강산청년역을 오가는 역사적인 열차시험운행이 있었다. 머지 않아 금강산 기차 여행도

가능할 것이라고 생각하면서 동해선이 부산에서 강릉과 원산을 거쳐 러시아까지 연결되어 아시아의 하이웨이가 될 날을 기대해 본다.

예정 시간보다 일찍 도착하여 옛 뱃길 여행의 부두가 있던 장전항에 들르기로 했다. 양지마을 앞길을 따라 장전항으로 가면서 자전거를 타고 지나가는 북한 주민들의 모습을 볼 수 있었다. 우리 일행이 탄 버스가 가까이 지나게 되면 북한 주민들은 멀리에서 가던 길을 멈추고 서 있었다. 아쉽게도 손을 흔들어 반기는 모습은 찾을 수 없고 그저 무관심한 모습이었다. 금강산 해수욕장의 해변가에 금강 빌리지가 있고, 장전항 부근으로 연유공급소(주유소), 횟집, 팬션, 해금강호텔 등의 건물이 들어서 있었다. 그리고 장전항 건너편으로 북한의 고성읍내 모습이 보였다. 북한의 마을을 보면 '회색도시'가 연상되었다. 푸른 숲은 없고 거리가 온통 콘크리트의 회색 건물만 들어서 있다. 마을 전체가 나무 숲도 없이 흰색 벽에 검은 기와를 올린 일자형으로 된 똑같은 모양의 허름한 집들만이 을씨년스럽게 서 있고 검은색 계통의 어두운 옷을 입은 사람들이 마을을 오가고 있었다.

오던 길을 되돌아서 숙소인 외금강호텔로 향했다. 온정리로 들어오는 길목 왼쪽에 짓다 만 이산가족 면회소 건물과 구룡마을이 보였다. 그리고 오른쪽으로 금강산병원과 현대아산의 금강산사업소가 자리잡고 있었다. 우리 일행을 태운 버스가 마침내 목적지인 온정리 주차장에 도착하여 금강산 관광 여행 동안 이틀 밤을 묵게 될 외금강호텔에 여장을 풀었다. 이곳 온정리에는 관광객들이 보고, 즐기고, 먹을 수 있는 각종 편의시설이 비교적 잘 갖추어져 있었다. 우리가 묵는 외금강호텔 말고도 금강산호텔이 있고, 지하 210m 깊이에서 천연 온천수가 용출되는 섭씨 50도의 금강산온천이 있었다. 그리고 금강산호텔 안에는 가무를 공연하는 경연장이 있고 온정리에는 교예 공연을 볼 수 있는 금강산 문화회관도 있었다.

먹을거리를 즐길 수 있는 곳으로는 북측 식당으로 정통 평양냉면을 맛볼 수 있는 '옥류관'과 북한의 고급식당인 '금강원'이 있었다. 남측 식당으로는 다양한 뷔페식의 음식을 맛볼 수 있는 온정각 서관 관광식당과 한식을 비롯한 여러 가지 메뉴의 음식을 골라서 먹을 수 있는 온정각 동관의 푸드코트가 있었다. 그리고 북한 요리사가 직접 요리를 한다는 금강산호텔 식당과 외금강호텔의 중식당 외금각도 있었다. 그 밖에 국순당에서 직영한다는 백세주마을, 외금강호텔 스카이라운지, 온정각 동관의 광개토, 북한 주점인 온정봉사소 등 먹거리를 파는 곳이 많았다. 쇼핑을 할 수 있는 기념품점, 면세점, 편의점 등이 있었으며, 부근에 레저와 스포츠를 즐길 수 있는 관광열차, 스키장, 골프장 등의 시설도 갖추어져 있었다. 온정리의 온정각 동관 한쪽 옆의 잔디밭 위에 아버지의 유지를 받들어 금강산 관광사업을 이어오던 고 정몽헌 현대아산 회장의 추모비가 외롭게 서 있었다.

금강산 온천에 들러 온천을 하고 금강산호텔 식당에 가서 저녁식사를 했다. 저녁식사 후에는 금강산호텔의 공연장에서 금강산예술소조의 가무공연을 관람했다. 여성 5인조 전자 악단의 연주와 함께 북측 가요와 우리 민요 등을 감상할 수 있어서 즐거웠다. 가무 공연 관람 후에 함께 온 일행 몇이서 북측 주점인 온정봉사소에 들러서 밤이 늦도록 술잔을 기울이며 금강산 여행의 첫날 밤을 보냈다.

금강산 여행 둘째 날인 12월 21일에는 오전 6:30분에 일어나 호텔 식당에서 아침식사를 하고 8:30분에 구룡연 관광길에 올랐다. 산을 오르며 초등학교 때 배운 금강산 노래를 흥얼거렸다.

　"금강산 찾아가자 일만이천봉

볼수록 아름답고 신기하구나
철따라 고운 옷 갈아입는 산
이름도 아름다워 금강이라네
금강이라네."

　금강산은 철에 따라 부르는 이름이 다르다. 봄에는 금강산, 여름에는 봉래산, 가을에는 풍악산, 그리고 겨울에는 개골산이라고 부른다. 외금강을 대표하는 구룡연 관광은 신계사를 지나서 목란다리를 건너 구룡연 초입에 있는 북한 음식점인 목란관에서부터 본격적으로 시작되었다. 계곡을 흐르는 맑은 물소리를 들으며 금수다리를 건너고 삼록수를 지나서 만경다리를 거쳐 금강산 안쪽으로 들어가는 입구인 금강문에 도착했다. 그러나 경관이 아름다운 곳마다 모양이 빼어난 바위를 깎고 파내어 글과 이름을 새겨 놓은 모습은 내 마음을 아프게 했다. 큰 바위 사이로 뚫린 금강문을 지나서 흔들다리를 건너 가파른 오르막길을 힘들게 올라갔다. 길옆으로 옥같이 맑은 물이 흐르는 옥류계곡이 이어지고, 계곡 초입에 금강산 담소 중 규모가 가장 크다는 옥류담이 있었다. 그리고 계곡을 따라 연주담, 비봉폭포, 무봉폭포 등 크고 작은 담소와 폭포가 나타났다. 그 가운데에서 구룡폭포, 옥영폭포, 십이폭포와 함께 금강산 4대 폭포 중 하나라고 하는 비봉폭포는 마치 봉황새가 하늘을 비상하는 모습을 닮았다고 하여 붙여진 이름이라고 한다. 계곡을 끼고 옆으로 나있는 좁은 등산로를 따라 숨을 몰아 쉬며 계속 길을 오르다 보니 마침내 금강산 최대 절경 중 하나로 꼽히는 구룡폭포가 눈앞에 와 닿았다. 구룡폭포는 개성의 박연폭포, 설악산의 대승폭포와 함께 한국의 3대 폭포 중 하나라고 한다. 욕심 같아서는 '나무꾼과 선녀'의 전설로 유명한 상팔담과 구룡대까지 오르고 싶었지만 구

룡폭포 맞은편의 관폭정에 올라 구룡폭포를 바라보며 땀을 식히고 쉬
다가 길을 내려왔다.

구룡연 관광길에는 조장이라고 부르는 현대아산의 가이드들이 길을
안내하고 곳곳에 남녀가 한 조로 된 북한 사람들이 있었는데 비교적
친절하고 상냥한 편이었다. 북한의 금강산 관리인인 듯한 사람들이
나와서 등산로의 얼음을 깨고 모래도 뿌리며 길을 정비하고 있었다.
구룡연으로 가는 길과 계곡은 휴지 한 조각도 없이 깨끗했다. 길을
내려오다 길가에서 음료를 파는 북한 아가씨에게서 차 한 잔을 사서
마시며 잠시 쉬었다. 차를 팔고 있는 아가씨 옆의 비닐 봉지에 받아
둔 맑은 계곡물을 보고 빈 병을 내밀며 물을 채워달라고 부탁했다.
아가씨는 힘들게 계곡에서 떠온 물을 선뜻 내 물병에 채워 주었다.
고마운 마음에서 돈을 꺼내어 건네려고 하자 극구 사양하고 돈을 받지
않았다. 북한 사람들의 순수하고 고운 마음을 느낄 수 있었다.

점심식사를 하기로 정한 목란관까지 내려와서 잠시 쉬다가 '금강산
도 식후경'이라고 먼저 길을 내려온 일행 몇 사람과 노점에서 녹두 지
지미와 도토리묵을 안주로 막걸리를 사 마시며 갈증을 풀었다. 우리
일행들이 등산을 마치고 거의 길을 내려오는 것을 보고서 북한 식당인
목란관에 들어가 단고기라고 하는 북한의 보신탕을 시켜서 맛있게 먹
었다. 북한의 단고기는 담백하고 순수한 맛이 일미였다.

점심식사 후에 예로부터 관동 8경의 하나라는 삼일포 관광을 했다.
삼일포는 주위에 36개의 크고 작은 봉우리가 병풍처럼 둘러싸여 있고
호숫가를 따라 장군대, 연화대, 봉래대가 있었으며, 단풍관과 사선정
이 자리잡고 있었다. 그리고 호수 한가운데에 와우도라는 섬이 있었
다. 외금강 동쪽 바닷가의 삼일포는 자연 호수로 하룻동안 놀러왔던
어느 임금이 경치가 너무 아름다워서 3일 동안 놀고 갔다고 하여 붙여

진 이름이라고 한다.

삼일포의 절경을 뒤로 하고 온정리로 돌아와서 오후 4:30부터 금강산 문화회관에서 공연되는 평양 모란봉교예단의 종합교예공연을 관람했다. 평양 모란봉교예단은 북한 문화성 산하의 예술단체로 인민배우, 공훈배우 등 총 120명의 일류 배우들로 구성된 북한의 대표적인 교예단이라고 한다. 국제교예축전에서 입상한 작품이라는 〈눈꽃조형〉, 〈장대재주〉, 〈봉재주〉등의 교예공연은 문외한인 내가 봐도 수준이 상당한 것 같았다. 교예공연 관람 후 금강산호텔 식당에서 한식 코스 요리로 만찬을 했는데 모든 음식이 테이블 위에 개인별로 차려지는 것이 특이했다. 만찬을 마치고 호텔로 들어와서 샤워를 하고 일찍 잠자리에 들었지만 좀처럼 잠이 오지 않았다.

금강산 여행의 마지막 날인 셋째 날 아침이 밝았다. 아침식사를 하고 오전 8:00에 가지고 왔던 짐을 챙겨서 버스에 올라 금강산 여행의 절정이라는 만물상 관광길에 올랐다. 셔틀버스로 갈아 타고 험준한 산속 길을 굽이굽이 돌고돌아서 만물상 주차장까지 왔다. 주차장에서 만상정, 삼선암, 귀면암, 칠층암, 절부암, 안심대, 하늘문, 천성대, 망양대로 이어지는 만물상 코스는 대부분이 가파른 돌계단과 철제계단으로 되어 있어서 오르기가 무척 힘든 코스였다. 삼선암에 올라 삼라만상의 형상을 모아놓은 듯한 층암절벽과 기암괴석으로 이루어진 만물상을 바라보다가 절경을 좀더 가까이 보고 싶어서 칠층암까지 올라갔으나 무릎에 무리가 오는 것 같아서 아쉽기는 했지만 다시 되돌아서 내려왔다.

만물상 관광을 마치고 온정리로 돌아와 온정각 동관의 푸드코트에서 해물 된장찌개로 점심식사를 했다. 2박 3일 동안 금강산 관광을 무사히 마치고 오후 1:10분 온정리를 떠나왔다. 들어올 때와는 달리

북측 출입사무소에서 출경 수속을, 남측 출입사무소에서 입경 수속을
하고서야 서울로 돌아올 수 있었다. 그러나 무거운 마음을 안고 서울
로 돌아와야만 했다. 현대아산의 금강산 관광버스의 운전기사들이 모
두 중국의 조선족들이었으며 온정리의 모든 국도와 관광도로 양편으
로 철제로 된 울타리가 처져 있었다. 북한 주민들이 살고 있는 마을
입구마다 군인들이 지키고 있었다. 금강산 관광을 하는 동안 관광길에
서 일반 북한 주민은 한 사람도 만나 볼 수가 없었다. 다만 북한 주민
들을 가득 태운 낡은 트럭 한 대가 온정리의 허름한 온천장 앞에서
차를 세우고 주민들을 내려놓는 광경을 멀리에서 보았을 뿐이다. 금강
산 온정리의 각종 편의시설과 금강산 관광은 그곳 북한 주민들에게는
'그림의 떡'이 아닌가 하는 생각을 해보면서 남과 북의 동포들이 서로
손을 잡고 한마음이 되어서 금강산을 오를 수 있는 그날을 기대해 본
다.

난기류

　지난 토요일 오후 주말을 맞아 집에 내려온 두 딸애를 태우고 아내와 함께 교외로 차를 몰고 나갔다. 시내를 벗어나서 외곽도로에 진입하여 얼마 못갔을 때 도로가 오가는 차량들로 꽉 막혔다. 반대편 차선에서 승용차 한 대와 택시 한 대가 추돌하는 사고가 발생했기 때문이었다. 경찰차와 구급차가 와서 사고를 수습한 후에야 겨우 도로를 빠져나올 수 있었다.

　각종 차량들이 질주하는 교통의 홍수 속에서 일상을 살아가면서 우리들은 누구나 항상 크고 작은 사고의 위험에 직면하여 생활하고 있다. 지난 1월 말에 4박 6일의 일정으로 중국 운남성의 곤명, 대리, 여강 일원을 여행한 적이 있다. 중국 남서부에 위치한 운남성은 베트남, 라오스, 미얀마와 국경을 접하고 있었다. 그리고 곤명은 운남성의 성도로 해발 1,900m의 고원지대에 위치해 있으며 기후가 온화해서 사계절 내내 봄처럼 꽃이 피는 아름다운 도시였다.

　여행 셋째 날 아침 일찍 곤명공항으로 이동하여 중국 동방항공의 국내선 비행기에 올라 대리로 향했다. 곤명공항에서 대리공항까지는 시간이 40분 정도 소요되는 짧은 비행거리였다. 그러나 우리가 탄 비행기는 공항을 이륙하여 30분 정도 지나면서부터 심하게 흔들리기 시작했다. 비행기의 흔들림은 더욱 심해지고 비행기 안은 쥐죽은 듯이 조용해졌다. 우리가 탄 비행기가 거대한 난기류를 만난 것 같았다. 승객들은 마음을 졸이며 비행기가 난기류를 벗어나길 초조하게 기다릴 뿐이었다. 점점 더 비행기의 몸체와 날개가 크게 요동치다가 비행기가 갑자기 수직으로 수십 미터 하강하였다. 비행기가 추락하지나 않을까 하는 불길한 생각도 들었지만 시간이 지나자 비행기는 차츰 흔들림이 줄어들고 평온을 되찾아갔다. 승객들은 안도의 한숨을 내쉬며 서로 얼굴을 마주보고 환한 미소를 지었다.

우리가 탄 비행기는 그날 심한 난기류 때문에 목적지인 대리공항에 내리지 못하고 다시 곤명 공항으로 돌아와야만 했다. 우리 일행은 오후 늦게 다시 비행기에 올라 대리공항에 상륙할 수 있었지만 '자라 보고 놀란 가슴 솥뚜껑 보고 놀란다.'고 비행기가 조금만 흔들려도 마음이 불안해졌다. 물질 문명과 첨단 의학이 발달한 현대 사회에서 사람들은 풍요로움과 편안함 속에 장수를 누리며 안락한 생활을 하고 있지만 항상 예기치 못한 사고 때문에 불안한 삶도 함께하고 있다. 그래서 우리들은 하루 일을 무사히 마치고 잠자리에 들었다가 다시 새 아침을 맞이 할 수 있다는 사실에 감사하지 않을 수 없다.

며칠 전에 있었던 일이다. 오후 4시경 사무실에서 밀린 업무를 처리하고 있는데 전화벨이 울렸다. 한 젊은 여자가 다급한 목소리로 나를 확인하면서 말을 했다. 아내가 근처 온천장에서 온천을 하다가 뒤로 넘어져서 병원으로 후송 중이라는 말을 전했다. 이 말을 들었을 때 눈앞이 깜깜했지만 간신히 정신을 가다듬고 나서 알려준 병원으로 급히 차를 몰았다. 응급실에서 간단한 수속을 한 후에 단층 촬영을 포함한 몇 가지 검사를 받았다. 검사 결과가 별 이상이 없다는 의사 선생님의 소견을 듣고 나서야 마음이 놓였다. 당분간 안정을 취하라는 의사 선생님의 말을 들으며 가벼운 마음으로 집에 들어왔다.

우리들은 사도 바울의 말씀처럼 하루하루를 범사에 감사하며 살아야 한다. 일엽편주를 저으며 망망대해를 항해하는 것 같은 불안한 삶 속에서 하루하루 무사히 생활할 수 있다는 것은 감사한 일이 아닐 수 없다. 그러나 대부분의 사람들은 삶이 편안할 때에는 이러한 감사한 일들을 쉽게 잊고 지낸다. 죽을 고비를 넘긴 후에 새 생명을 얻어 다시 맞게 된 세상은 더할 수 없는 감사한 일들로 가득 차 보인다고 한다.

우리 일행은 우여곡절 끝에 어릴 적 내가 다니던 시골 초등학교의 운동장만한 대리공항에 도착했다. 비행기에서 내려 밖으로 나오니 몸을 제대로 가눌 수 없을 정도로 바람이 거세게 불었다. 전세 버스에 올라 대리 시내로 들어갔다. 뒤로는 창산蒼山이 병풍처럼 둘러싸고, 앞에 사람의 귀 모양을 닮았다는 바다같이 넓은 이해耳海호수가 내려다보이는 대리 시내의 한 음식점에 들렸다. 저녁 무렵이 다 되어서 먹는 늦은 점심이라 그런지 모든 음식이 정말 맛있었다. 허기진 배를 채우고 나니 눈이 감기며 졸음이 찾아왔다. 대리의 상징이라는 대리삼탑을 잠깐 둘러보고 배로 이해 호수를 유람한 후에 다시 전세버스를 타고 다음 목적지인 여강으로 향했다. 겨울철인데도 기후가 봄처럼 따뜻해서 갖가지 채소들로 파란 물감을 들인 듯한 들녘과 산자락 끝의 고즈넉한 농촌 풍광이 차창 밖으로 정답게 지나갔다.

할아버지의 연

큰 산 너머 북쪽 하늘에서 일기 시작한 바람은 벌거벗은 나뭇가지 사이로 휘파람을 불면서 동네 아이들을 모두 불러낸다. 해마다 이맘때가 되면 아이들은 뒷동산 언덕 위에 올라가 하나둘씩 연을 날리기 시작한다. 찬 바람을 안고 학교에서 오느라고 코끝이 빨개진 웅이가 마루 위에 책가방을 내동댕이치며 볼멘소리를 한다. "아빠 우리도 연을 만들어요. 석이가 연을 날리면서 자꾸 약을 올리잖아요."

그러나 내가 대답이 없자 멋쩍은 듯 내 눈치만 살피다가 그만 시무룩해진다. 올해에도 옆집에 사는 석이가 먼저 연을 만들어 날리자 웅이는 샘이 난 모양이다.

바람이 제법 흥이 나서 언덕배기 위로 말려 나오자 아이들이 점점 모여들고 안산마루 중턱에는 연의 수가 계속 불어난다. 아이들은 저마다 가진 재주를 다 부려서 연을 날린다.

"연아, 날아라. 높이 높이 날아라

연아, 날아라. 멀리 멀리 날아라.……"

먼산 너머 북녘 하늘에서 바람이 일기 훨씬 전부터 웅이는 연을 만들자고 조르더니 오늘은 온종일 더욱 떼를 쓴다. 내가 모른 척하고 하던 일만 계속하자 웅이는 금세 뾰로통해져서 제 방으로 들어간다. 밖에서 몇 차례 불러봐도 대답이 없어서 살그머니 문을 열고 들어가 보았다. 웅이는 벌써 잠이 들고, 한 손으로 꼭 쥐었다 놓친 듯한 종이 위에는 크레용으로 그리다 만 연 하나가 얼굴을 반쯤 내밀고 있다.

웅이처럼 일곱 살이 되던 해 겨울이었다. 그날도 아이들은 뒷산 언덕에서 연을 날리고 있었다. 마음으로는 달려나가서 연을 날리고 싶었다. 그러나 가늘고 힘이 없는 한쪽 다리가 부끄럽기도 하고, 미워서 안마당 한구석에 쪼그리고 앉아 뾰족한 막대기 끝으로 땅바닥 위에 연만 수없이 그리고 있었다. 그때 옆에서 내 모습을 물끄러미 바라보고 있던 할아버지께서 다가와 꺼칠한 손으로 내 손을 잡으면서 말씀하셨다.
"우리 성일이도 연을 갖고 싶은 모양이로구나. 이 할애비가 세상에서 가장 큰 연을 만들어 주마."
그러나 할아버지께서 내 속마음을 알게 된 것이 부끄러워서 머리를 숙이고 손바닥으로 그려놓은 그림을 모두 지워버렸다.
그날부터 할아버지도 연을 만들기 시작했다. 창호지 한가운데를 오려내어 구멍을 뚫고, 댓살을 산적 꼬챙이같이 가늘고 얄팍하게 깎아서 종이에 붙였다. 머릿살은 머리 접은 곳에 가로로 붙이고, 중살은 한가운데에 세로로 내려 붙이고, 허릿살은 중간 허리에 가로로 붙였다. 그리고 장살을 오른쪽 머리와 왼쪽 머리에 귀를 걸어서 엇갈려 붙이고 난 후에, 종이를 오려서 발을 붙였다. 맨 마지막으로 벌잇줄을 매어 평형을 잡으면서 할아버지는 어린아이처럼 좋아하셨다.

"성일아, 연을 다 만들었다. 밖에 나가서 날려보자."

할아버지는 내 손을 잡아 끌고 뒷산 중턱까지 올라갔다. 연은 줄을 주자 바람을 타고 하늘 높이 올라갔다. 줄을 당기면 연은 뽐내며 머리를 들고 솟아 오르고, 다시 줄을 주면 머리를 숙이고 달아났다. 언덕 위에 어둠이 찾아와서 연줄이 안보일 때까지 연을 날렸다.

언덕을 내려오면서 할아버지께 여쭈어 보았다.

"할아버지, 정말 세상에서 가장 큰 연을 만들 수 있어요?"

"그럼, 만들 수 있지. 세상에서 가장 큰 연을 만들어서 저 하늘 끝까지 날려야지."

나는 할아버지의 눈을 보면서 말없이 할아버지의 손을 꼭 잡았다.

그 후 할아버지는 우리 집 창문만한 연을 만들었다가 다시 우리 집 대문짝만한 연을 만드셨다. 북쪽 하늘이 가장 화가 난 날에 연을 날리기로 정하고, 날이 밝으면 먼저 하늘을 쳐다보곤 했다.

어느 날 아침 일찍 잠이 깨서 북녘 하늘을 훔쳐보니 바람이 황소 울음소리를 내며 불어오기 시작했다. 할아버지와 나는 간신히 뒷산 중턱에 올라가서 바람을 등지고 섰다. 조심조심 줄을 풀자 연은 거센 바람을 타고 하늘 높이 올라갔다. 할아버지는 줄을 당겼다. 그러나 연은 화가 난듯 바람을 타고 계속 하늘을 치솟아 올라갔다. 옆에서 구경하던 나도 겁이 나서 할아버지와 함께 줄을 잡아당겼다. 그때 연은 미친듯이 하늘 높이 치솟다가 줄을 끊고, 안산 너머로 멀리 도망쳐 버렸다. 할아버지는 끊어진 연줄을 잡으려고 쫓아가다 그만 언덕 아래로 굴러 떨어지고 말았다.

그 후로는 할아버지께서 다시 연을 만들지 못하셨다. 나는 할아버지께 떼를 썼다.

"할아버지, 연을 다시 만들어요. 세상에서 가장 큰 연을 만들어야지요."

그러나 할아버지는 말없이 먼 북녘 하늘 끝만 바라보셨다. 할아버지는 내가 잠든 어느 날 밤, 나의 머리맡에 빛 바랜 누런 종이 한 장을 남기고 조용히 눈을 감으셨다. 종이 위에는 이렇게 쓰여 있었다. '세상에서 가장 큰 연을 만들어서 두고 온 북녘 하늘 끝까지 높이 날리고 싶다.'라고.

잠자던 웅이가 "아빠, 연…연을 만들어요."하고 잠꼬대를 한다. 그날 밤 나는 꿈속에서 할아버지를 만났다. 뒷동산 언덕 위에 올라가서 안산 너머 먼 하늘을 바라보고 서 있는데, 갑자기 하늘에서 하얀 조각 구름 하나가 내 앞으로 내려왔다. 구름은 오색 빛을 내며 꽃 구름으로 변하고, 꽃 구름 위에는 할아버지가 타고 계셨다. 할아버지는 나를 알아보고, 반갑게 웃으면서 말씀하셨다.

"성일아, 그동안 잘 있었느냐? 약속이 늦어져서 미안하구나. 오늘은 세상에서 가장 큰 연을 만들려고, 너를 찾아왔다. 이 할아버지와 함께 가자."

할아버지는 한 뼘쯤 되어 보이는 줄 한 가닥을 내게 주셨다. 잠시 망설이다가 할아버지의 재촉으로 줄을 잡는 순간 구름이 갑자기 하늘로 떠올랐다. 구름은 점점 높이 떠오르고, 먼 북쪽 하늘 끝에서는 작은 별 하나가 오색 찬란한 빛을 내면서 반짝이고 있었다. 구름이 별 가까이에 이르자 일곱 색깔의 무지개가 다리를 놓고, 앞에 푸른 초원이 보였다. 풀밭 위에서는 아이들이 평화롭게 뛰어 놀고 있었으며 숲 속에서는 아름다운 새소리가 들렸다.

할아버지와 나는 구름 속에서 나와서 아름다운 무지개 다리를 건너 언덕 위의 하얀 집으로 들어갔다. 그 집은 대문과 울타리가 없었으며 주위에는 이름 모를 아름다운 꽃들이 피어 있고, 일곱 색깔의 창문이 달린 커다란 방이 하나 있었다. 큰 방안에는 키 작은 책상과 의자들이 긴 원을 그리면서 예쁘게 놓여 있고, 정면 벽 한가운데에 대문짝만한 연이 하나 걸려 있었다. 연 위에는 태극 마크와 오륜기가 예쁘게 그려져 있고, 그 밑에 초록 색깔로 '자유, 평화, 통일'이라고 쓰여져 있었다.

종이 울리자 밖에서 뛰어 놀던 아이들이 할아버지를 따라 방안으로 들어와서 정해진 책상 앞에 얌전하게 앉았다. 아이들의 눈은 모두 한결같이 샛별처럼 빛나고 있었다. 할아버지는 밝게 웃으면서 아이들을 향하여 말씀하셨다.

"얘들아, 오늘은 이 세상에서 가장 큰 연을 만들자. 옛날 그리스의 알투스 할아버지가 만든 연보다 더 크고, 중국 송나라 때 한신 할아버지가 만든 연보다도 크고, 신라 선덕여왕 때 김유신 장군이 만들어 띄운 연보다도 더 큰 연을 만들어 보자."

아이들은 조그만 손으로 정성을 다하여 백지를 접어서 가운데에 방 구멍을 뚫고, 댓살을 깎아 머릿살, 중살, 허릿살, 장살을 종이에 붙여서 연을 만들었다. 아이들은 여러 가지 연을 만들었다. 방패연, 꼬리연, 반달연, 오색연, 까치날개연…. 연을 다 만든 아이들은 명주실이나 무명실로 연줄을 만들고, 나무 기둥을 깎아서 네모, 육모, 팔모 얼레를 만들었다. 나는 창호지를 접어서 방패연을 만들고, 무명실을 꼬아서 줄을 만들고, 나무를 두 기둥으로 깎아서 납작한 볼기짝 얼레를 만들었다.

할아버지는 신이 나서 벙글벙글 웃으면서 말씀하셨다.

"할아버지가 너희들에게 줄 선물을 준비했다. 각자 만든 연을 가지고 이 앞으로 차례차례 나와서 소원을 말해 보아라."

아이들은 기뻐하며 양손으로 연을 조심스럽게 받쳐들고 할아버지 앞으로 걸어나와서 제각기 소원을 말했다.

"저는 '사랑'을 주셔요."

"할아버지 저에겐 '자유'를 주셔요."

"저는 '평화'를 갖고 싶어요."

할아버지는 웃으면서 우리 집 마당비만한 붓으로 연 위에 정성을 들여 아이들의 소원을 써 주셨다. 나는 맨 마지막으로 할아버지 옆으로 살그머니 다가가서 수줍게 내 소원을 말했다.

"할아버지, 제 소원은 '통일'이어요."

할아버지는 내 연 위에 떨리는 손으로 '평화 통일'이라고 써주셨다.

아이들은 모두 노래를 부르며 밖으로 나갔다.

"바람아, 바람아 불어라.
바람아, 네가 춤을 추면
우리 연이 춤을 추고,
우리 연이 춤을 추면
해님도 춤을 춘다.
바람아, 바람아 불어라."

푸른 언덕 위에는 바람이 알맞게 불어 오고, 아이들은 하나씩, 둘씩 줄을 풀어 연을 날리기 시작했다. 한 연이 떠서 두 연이 되고, 두 연이 떠서 다시 세 연이 되더니, 연의 수가 불어나서 마침내 연이 하늘 전체를 덮고, 하늘은 하나의 커다란 연이 되었다. 아이들은 서로 손에 손을 잡고, 춤을 추면서 노래를 부르기 시작했다.

"한 연이 떠서
두 연이 되고,

두 연이 떠서
세 연이 되고,
우리 연이 모두 떠서
다시 한 연이 되었네."

하늘이 큰 연이 되어 바람을 타고 끝없이 높이 솟아오르고,
아이들은 다시 노래를 계속했다.

"한 소망이 떠서
두 소망이 되고
두 소망이 떠서
세 소망이 되고,
우리 소망이 모두 떠서
다시 한 소망이 되었네."

할아버지도 아이들을 따라서 노래를 부르셨다.

"한 마음이 떠서
두 마음이 되고,
두 마음이 떠서
세 마음이 되고
우리 마음이 모두 떠서
다시 한 마음이 되었네."

하늘 전체가 하나의 연이 되어 떠가고, 푸른 언덕 위에는 어느새
밝은 햇살이 나와서 방긋 웃으며 인사를 했다. 아이들이 연을 따라
가면서 안석주 선생님이 노랫말을 쓰고, 안병원 선생님이 곡을 쓴 〈우

리의 소원〉을 힘차게 합창을 했다.

　　"우리의 소원은 통일
　　꿈에도 소원은 통일
　　이 정성 다해서 통일
　　통일을 이루자.
　　이 겨레 살리는 통일
　　이 나라 찾은 데 통일
　　통일이여, 어서 오라.
　　통일이여, 오라."

그때 누군가가 멀리서 나를 부르는 소리가 들린다. 깜짝 놀라서 잠이 깨어 사방을 둘러보았지만 할아버지의 모습은 보이지 않고, 웅이 녀석이 옆에서 나를 부르고 있었다.
"아빠, 아빠…."하고.
어느새 창가에는 햇살이 찬란히 비치고 있었다.
"웅이야, 오늘은 연을 만들자."
"아빠, 정말?"
"정말이고 말고, 세상에서 가장 큰 연을 만들어 저 북녘 하늘 끝까지 높이 날려 보자."
"야, 신난다. 우리 아빠가 최고다."
웅이의 좋아하는 모습을 물끄러미 바라보다가 서둘러 연을 만들기 시작했다.

　　1993년 '제24회 통일문예작품 공모'에서 일반부의 산문 부문에 입선한 글입니다.

두멍 장재현 수필집

| 인 쇄 | 2010년 5월 25일 |
| 발 행 | 2010년 6월 10일 |

저 자	장 재 현
발 행 인	서 정 환
발 행 처	수필과비평사

출판등록	1984년 8월 17일 28호
주 소	서울시 종로구 익선동 30-6
	운현신화타워 빌딩 2층 208호
전 화	(02) 3675-5633, (063) 275-4000
메 일	essay321@hanmail.net

값 10,000원

ISBN 978-89-5925-699-0   03810

※ 저자와 합의하여 인지는 생략합니다.
※ 잘못된 책은 바꿔드립니다.